HINTER DEN WÄLDERN
MONOLOGE

PATRICK THALI

HINTER DEN WÄLDERN

MONOLOGE

Bibliografische Information der Deutschen Nationalbibliothek:
Die Deutsche Nationalbibliothek verzeichnet diese Publikation
in der Deutschen Nationalbibliografie; detaillierte bibliografische
Daten sind im Internet über http://dnb.dnb.de abrufbar.

© 2017 Patrick Thali
Satz, Umschlaggestaltung, Herstellung und Verlag:
BoD – Books on Demand

ISBN: 978-3-7431-9789-3

Inhalt

EINLEITUNG..........................7

I.   BILD / SEHNSUCHT.............11

II. BLICKWINKEL.................47

III. KORREKTUR...................81

IV. ATMOSPHÄRE / HEIMWEH.......111

V.   WERK.........................151

VI. WILLE........................183

VII. ARBEIT...................... 233

SCHLUSSWORT.................... 275

EINLEITUNG

Goût des Lebens
Was vermag ich denn mehr auf dieser Erde, als zu bezeugen, was ich gefühlt habe? Ein Mensch kann weiter nicht gehen. Wohin sollte ich weiter gehen, denn in mein Inneres, um es auszuleuchten und darzustellen? Die Bezeugung des Lebens ist das Subjektivste, das es gibt, und doch oder gerade dadurch sagt es auch einem anderen zu. Ich muss ganz bei mir sein, um dem anderen etwas sagen zu können, das auch ihn berührt.

Wenn ich sage, ich liebe die Welt, dann liebe ich sie, weil ich in ihr sorgenlos leben konnte. Sie hat mich in Ruhe leben lassen. Hätte sie es nicht, ich wäre ein zorniger Mensch gewesen. Ich war stets auf eine Ungerechtigkeit gefasst, aber sie traf nie ein.

Da fluchen, schwatzen, weinen, lachen und hadern sie. Sie stehen mitten im Leben. Kommt es daher, dass ihnen der Goût für das Leben abhandengekommen ist? Für den Geschmack, die Freude am Leben muss man weniger in ihm stehen denn über ihm. Man soll es beobachten und bewerten wollen, man soll es auch loslassen können, ein bestimmtes Leben, wenn es nicht stimmt, wenn es durch die Probe fällt.

***

Liebe Leserin, lieber Leser

Was können uns Romane geben? Romane erzählen uns eine Geschichte. Ihr Erfinder, der Autor, präsentiert uns eine Art Film. Wir lassen uns auf seine Geschichte ein, wenn wir sein Buch in die Hand nehmen. Ob wir in guter Gesellschaft bei ihm sind, wird sich mit der Lektüre weisen. Wir sind aber nicht bei uns während des Lesens. Wir geben damit Eigenverantwortung ab. Wir sind für einige Momente nicht mehr wach. Wir schalten unser Denken aus.

Die beste Gesellschaft ist unsere eigene oder eine, die uns Fragen stellt. Nur wenn wir bei uns bleiben, können wir unsere Sinne schärfen. Romane fördern nicht unser Wachsein, im Gegenteil. Was können wir tun?

A) Wir sollen unsere Zeit nicht mit Romanen verschwenden. Lesen wir lieber nichts.
B) Lesen wir Texte, die Fragen aufwerfen zu unserem Leben. Wählen wir Autoren, die uns wirklich etwas sagen wollen, die uns den Ball zuspielen, die mit uns reden, die zu uns kommen.

Darum versuche ich in diesem Buch zu Ihnen zu reden. Wenn ich „Sie" sage, meine ich Sie, die Leserin, den Leser, die bzw. den ich mir vorstelle. Die Monologe, die Sie hier in verschiedenen Längen vorfinden, suchen Ihre Meinung, Ihre Beteiligung. Somit soll dieses Buch eine Art Gespräch sein, obschon ich mir Ihre Meinung nur vorstellen kann und *finalement* diese meine Vorstellung auch nur meine Meinung ist. Somit rede ich mit mir selber. Aber dennoch: Man redet, man erzählt nicht, so hoffe ich. Und so hoffe ich auch, dass Sie für sich mir eine Antwort geben.

Talente
Große Talente sind das schönste Versöhnungsmittel.
Johann W. v. Goethe, *Maximen und Reflexionen*

Ein talentierter Autor prägt Begriffe, die eindeutig ihm zuzuordnen sind und die durch seinen Mund eine besondere Bedeutung und etwas ihm Charakteristisches ausdrücken. Es sind Schlüsselbegriffe, die einem Leser den Zugang zum Autor ermöglichen, aber auch den Zugang zu sich selber. Ich gebe Beispiele:

Friedrich Glauser brauchte zwei Wörter, die für ihn typisch waren und die aussagen, worauf es ihm ankam, was ihm wichtig war – und was einer beachten und reflektieren sollte, wenn er gut schreiben will: *Atmosphäre* und *Korrektur*.

Kurt Guggenheim prägte die beiden Begriffe *Werk* und *Heimweh*.

Schlüsselbegriffe lassen nicht nur erraten, was einen Autor im Innersten bewegt. Sie berühren den empfänglichen Leser und ermöglichen ihm eine Form von „Abgleich" mit sich selbst. Ein Schlüsselbegriff ist ein Schlüssel. Er öffnet Türen.

Ludwig Hohl steht für die beiden Wörter *Arbeit* und *Bild*. Und welche Türen damit geöffnet werden, welchen Reichtum an Bildern Sätze kreieren wie: *Der Mensch hat die Pflicht, reich zu sein*, oder *Arbeiten ist nichts anderes als aus dem Sterblichen übersetzen in das, was weitergeht*, weiß ich selber gut. Zwei Begriffe werden zu Grundpfeilern eines ganzen Werks.

Nehmen wir nun die Schlüsselbegriffe dieser drei Autoren zusammen: *Atmosphäre, Korrektur, Werk, Heimweh, Arbeit* und *Bild*, so setzen wir damit die Kapiteltitel eines Buches, das es noch zu machen gilt, das aber – wenn wir nun nicht einfach hingehen und billig kopieren – ein respektables Werk sein müsste, von der Gewichtigkeit oder der Stoßrichtung der Begriffe her gesehen.

Kühn genug wären wir dann, es mit zwei eigenen Kapiteln zu ergänzen: *Blickwinkel* und *Wille*.

Nun denn, liebe Leserin, lieber Leser – vor Ihnen liegt der Versuch dieses Buches.

Juni 2017   Patrick Thali

I.
BILD / SEHNSUCHT

1.
DREIMAL DER SÜDEN

Der Wille zum Leben

Der Süden! Alles Instinkt! Alles Wille zum Leben! Was ist Instinkt? Was gesund ist, was am Leben erhält, was Leben bejaht: Die Natur, die Sonne, die Luft. Instinkt ist körperlich. Der Süden ist Instinkt. Er ist Gesundheit.

Der Süden ist ein Bild, ein Ideal, wenn man nicht im Süden ist. Was ist ein Ideal? Ein starkes Bild, das uns trägt. Das Bild des Südens: Es bleibt lange intakt, trägt weit, selbst in Zeiten der Orientierungslosigkeit, der Müdigkeit, in Zeiten der Dunkelheit und Kälte. Ganz orientierungslos, sehr müde ist man nie, wenn man den Süden in sich hat. Man badet im Meer, badet sich Kraft an und Zuversicht, auch wenn es nur in der Vorstellung ist. Die Sonne scheint, das Licht ist eine Kraftquelle, auch wenn es nur eine Erinnerung ist. Der Süden macht Freude, auch wenn sonst nichts mehr Freude macht.

Der Süden ist vom Leben inspiriert. Inspiration – ein großes Wort. Was bedeutet es? Der Süden ist inspiriert, was heißt das? Ich gebe eine Definition: Etwas ist inspiriert, wenn es uns eine Antwort abverlangt, wenn wir nicht anders können als zu antworten. Etwas ist inspiriert, wenn es uns erschüttert, wenn es uns beunruhigt, wenn es uns betört und anzieht, wenn es in uns Sehnsucht erzeugt. Kunst kann inspiriert sein, eine Rede kann inspiriert sein, aber auch eine Gegend. Ein Bild, das uns trägt, ist ein inspiriertes Bild. Es ist da, es beschäftigt uns, es erfüllt uns. Was es ausmacht, dass der Süden inspiriert ist? Wenn ich sage, es seien die Lichtverhältnisse, die Lufttemperatur, die Trockenheit der Winde, die Wasserbeschaffenheit, die Gerüche, aber auch die Essgewohnheiten, die Küche, der Wein, die Oliven, der Käse, die Nüsse, eine positive Energie insgesamt, eine gesunde Stimmung, wäre dies eine Erklärung für Inspiration? Haben Sie eine bessere, eine umfassendere?

Der Süden ist Instinkt, er ist Ideal, er ist Inspiration. Er ist Gesundheit, ein tragendes Bild, er ist Sehnsucht. Dreimal der Süden.

2.
DIE LANGE ANKUNFT

Und dann, an einem warmen, schönen Märztag, fragt man sich, ob das, was man sich in kalten Wintertagen, in der Dunkelheit ausgedacht hat, wohl richtig sei. Aber man hat es sich nicht ausgedacht. Es war der Stimmung der Zeit entsprechend. Was den Unterschied nun macht?
Die Sonne. Ganz einfach. Die Sonne.

Eine Vorstellung:

Sehnsucht
Ich hatte solche Sehnsucht nach dem Süden. Ich hielt die Nebelsuppe in Zürich nicht mehr aus. Ein Taxi brachte mich vom Bahnhof Toulon direkt auf die Halbinsel Giens hinaus. Da stand ich schließlich am Strand. Das Meer lag ruhig vor mir. Es war genau so, wie ich es mir vorgestellt hatte. Weiter musste ich nicht gehen. Dieser Ort war meine Sehnsucht. Ich *konnte* weiter nicht gehen. Verstehen Sie? Möwen ließen sich im blauen Himmel über der Brandung treiben. Ein helles Licht lag in der Bucht. Die Sonne hatte schon richtig Kraft.

Was würden Sie tun, wenn Sie am Ort ihrer Sehnsucht angelangt sind und diese Sehnsucht dennoch nicht eingelöst ist? Ich war im Süden angekommen und gleichwohl war ich es nicht. Wie gesagt, es war alles vorhanden, wie ich es mir vorgestellt hatte: das Licht, der Himmel, das Meer, die Möwen. Alles hatte die Farbe und den Geruch, wie ich es erwartet hatte. Und doch war alles so nüchtern, so ohne Antwort für mich.

Es ist so eine Sache mit der Vorstellung, nicht wahr? Immer und immer wieder fällt man darauf herein, auf die Illusion, dass die Vorstellung bloß Anlass ist für ein bestimmtes Tun, für eine Umsetzung in die Tat. Man vergisst, dass sie bereits

Umsetzung ist. Die Vorstellung ist Ziel. Die Sehnsucht verlangt nichts weiter.

Nun, da ich diesem Irrtum wieder einmal erlegen war und eine Umsetzung in Form einer langen Reise auf mich genommen hatte, wollte ich immerhin profitieren von der schönen Landschaft. Aber die Sonne über mir blieb leer. Ich schaute in den blauen Himmel hinauf. Endlos wölbte er sich über mir bis zum Horizont, wo er mit dem Meer eine klare Linie bildete. Die Tiefe und die Weite dieses Blaus waren so trostlos, so ohne Ende, ohne Aussicht auf Veränderung. Es gibt nichts für einen Menschen, dort oben. Nach dem Himmel kommt das Weltall, ein noch endloserer Raum. Dort ist es nur kalt und einsam. Und man kann nicht atmen.

Die moralische Frage
Wenn man über nichts Bescheid weiß, muss man sich mit dem Spekulieren begnügen. Ich gehöre zweifellos zu denen, die ihre Sätze beginnen mit: „Ich glaube, dass …", „Ich denke mir, dass …", „Ich vermute, dass …". Solche Sätze erwachsen aus dem Unwissen. Man ist nicht informiert, kann nicht aus Fakten heraus argumentieren. Ich habe kein Talent zum Wissen. Mich hat wenig wirklich interessiert, außer der Frage nach der Moral. Wenn man nichts weiß, wenn man auf keinem Gebiet ein Fachwissen hat, dann rückt die Frage nach dem menschlichen Verhalten in den Vordergrund. Man kann dieses Verhalten beobachten, täglich, an allen Orten. Man kann dann sehen, wie sich einer benimmt, wie er redet, was er sich erlaubt oder anmaßt, was er von sich hält und was er von den anderen hält. Das Denken, das aus der Beobachtung entsteht, wird ein beurteilendes, moralisch strenges Denken sein. Man schenkt dem anderen nichts und sich selber auch nicht. Es kann nicht sein, dass man einen anderen leicht aburteilt und sich selber über allen Zweifeln erhaben glaubt. Man würde so in einer verzerrten Realität leben, in einem Irrglauben. Nein. Ich habe viele Fehler gemacht, doch diesen, mich selber zu überschätzen und andere zu unterschätzen, nicht.

Die moralische Frage ist, so scheint es mir, eine der grundsätzlichsten Fragen zum menschlichen Dasein. Wie sich einer verhält im Leben, mit oder ohne Fachwissen, mit oder ohne Bildung, mit oder ohne Machteinfluss, mit oder ohne finanzielle Mittel, ist entscheidend, nicht wahr? Nur, was genau will man damit analysieren und aufdecken? Was will dies genau sagen: Einer hat eine strenge Moral oder einer ist moralisch flexibel? Ist einer integer, wenn er genau tut, was er denkt und sagt? Diese Definition reicht nicht. Auch Verbrecher halten ihr Wort. Ist integer, wer einen anderen sieht und sich in ihn einfühlen kann? Oder ist integer, wer eine klare Meinung hat, wer zuverlässig ist? Oder derjenige, der bereit ist, sich für eine Idee zu opfern? Sie sehen, wir befinden uns in einem Bereich, wo eine abschließende Definition schwierig ist. Mancher Übeltäter würde mit der Bejahung dieser Fragen zum moralischen Musterschüler werden.

Ich möchte Ihnen dennoch eine Definition anbieten, die mir plausibel erscheint: Integer ist derjenige, der in seinem Sinn für das Gute unbestechlich ist. Was ist das Gute? Das Aufbauende, das Wohlwollende, das Verbindende, das Freundliche. Aber wir wollen hier nicht zu weit nach dem Himmel greifen. Begriffsdefinitionen sind etwas sehr Persönliches. Das heißt, die Bilder, die mit einem Begriff mitschwingen, sind sehr persönlich. Dennoch möchte ich festhalten: Moral ist ein Sinn, ein Instinkt. Sie ist nicht lernbar. Sie macht im Menschen einen Urtrieb aus, einen angeborenen Reflex, einen Charakterzug. Genau dies macht Moral interessant. Nicht alle haben diesen Sinn, diesen Instinkt identisch und gleich ausgeprägt.

Ich biete Ihnen eine weitere Definition an: Moral ist das Ureigenste im Menschen und daher für andere das Interessanteste an ihm. Wie steht es wirklich mit seiner Moral? Diese Frage will erkunden, wie es im Herzen eines Menschen aussieht. Es ist die Frage danach, was einen Menschen belebt, was ihn begeistert, was ihn erfüllt, was ihn antreibt. Es ist nicht die Frage danach, was einer sagt oder tut. Tun und sagen kann einer viel, je nach Situation. Die Frage nach der Moral ist eine Frage nach dem

Antrieb, dem Motor, dem Lebenselixier. Sie verstehen mich sicher, wenn ich sage: Diese Frage wird kaum je eine eindeutige Antwort finden. Oder können Sie die Frage nach dem Antrieb in Ihrem Dasein sofort beantworten? Ist nicht die eigene Moral für jeden eine nicht immer klar zu fassende Angelegenheit? Treiben mich edle Motive an oder tendiere ich zu einer niederen Gesinnung? Für andere haben wir diesbezüglich Klarsicht. Aber für uns selber hegen wir ein Gefühl, eine Vermutung, wagen wir eine ungefähre Selbsteinschätzung. Wer bin ich? Wer weiß es genau? Und damit ist nicht gemeint: Chauffeur, Putzfrau, Lehrerin, Sachbearbeiter. Wer bin ich, was treibt mich an?

Natur und inneres Leben
Dies war die Frage, die ich mir stellte, als ich am Strand stand und in den großen, unendlichen, blauen Himmel über mir schaute: Wer war ich eigentlich und was suchte ich? Ich hatte Sehnsucht nach dem Süden, nach diesem Ort, der Halbinsel Giens. Warum genau? Was zog mich an? Viele Fragen. Und kaum gültige Antworten. Wenn ich sagen würde, es waren die Sonne, das Licht, das Meer, die Wärme, der Duft nach Rosmarin und Thymian, nach Pinien und Salz, dann wäre dies richtig, der Wahrheit entsprechend. Wenn ich ergänzen würde, eine heimliche Liebe, eine Begegnung? – Das wäre auch plausibel. Aber es war nicht so. Ich war allein mit dem Meer und den Möwen und dem ockerfarbigen, feuchten Sand unter meinen nackten Füßen. Ich war allein unter dem großen, blauen Himmel. Vor allem aber war ich alleine mit mir. Glauben Sie mir, wenn ich sage, dass dies keine angenehme Erfahrung war?

Was will er jetzt, werden Sie vielleicht fragen, trauert er um seine Sehnsucht? Der Sand unter den Fußsohlen, die Sonneneinstrahlung auf der Haut, das kühle, frische Meerwasser um den Körper, das ist Leben, das macht den Puls unseres Seins aus! Ja, natürlich, Sie haben Recht, zu einem großen Teil. Aber Leben erstrahlt nicht nur aus der Natur. Obschon die Natur eine unglaubliche Kraft hat. Leben muss auch innerlich sein. Was einen bewegt, gibt Leben. Nur, was innerlich Leben gibt, was inneres Leben ausmacht, ist nicht offensichtlich.

Ich hatte Sehnsucht nach dem Süden. Ich hätte auch Sehnsucht nach etwas anderem haben können, nach einem Menschen, nach einer Liebschaft oder Freundschaft. Ich hatte Sehnsucht. Das war die Hauptsache. Ich fühlte etwas. Da war inneres Leben. Etwas fühlen ist Leben und die Frage scheint mir berechtigt: Lebt man innerlich, wenn man nichts spürt? Wenn man nichts liebt? Wenn man nach nichts Sehnsucht hat? Ja, Sie haben Recht, ich trauere um meine Sehnsucht. Meine These: Man soll sich Sehnsucht erhalten für ein gutes Leben. Man soll etwas fühlen wollen. Man soll sich darum die Sehnsucht nicht zu erfüllen suchen, dem Objekt der Sehnsucht nicht nähern. Was bedeutet dies? Entsagung um des Fühlens willen. Entsagung für inneres Leben.

Wofür und wovon

Es geht um folgende Frage: Wovon lebt einer eigentlich? Die Frage lautet nicht, wofür er lebt. Wofür er lebt, kann jeder leicht beantworten. Einer lebt für eine berufliche Aufgabe. Ein anderer lebt für eine kreative Arbeit. Ich gebe Beispiele: Frau Denzler ist Sachbearbeiterin. Sie lebt für die tägliche Bearbeitung von Versicherungspolicen. Aber wovon lebt sie? Was treibt sie zu dieser Tätigkeit an? Ist es ein Kompliment ihres Vorgesetzten? Ist es die Freude an ihrer Kompetenz, an der gründlichen und seriösen Arbeit? Sind es Macht und Respekt, die man ihr dafür zollt? Ist es der tägliche Umgang mit Arbeitskollegen? Oder ist es ein gutes Salär? Die Antwort auf die Frage nach dem „Wovon" wird uns eine Antwort geben auf die Moral Frau Denzlers. Aber wie gesagt: Eine Antwort auf die Frage des Antriebs, des Motors ist so einfach nicht. Oft ist sie unklar oder sie ist schmerzhaft oder vielleicht erschütternd schlicht. Sollte sich Frau Denzler zugestehen, dass sie über Jahre hinweg ihrer Arbeit nachkommt, um von ihrem Vorgesetzten Josef Kraus mit einem Kompliment und einem freundlichen Lächeln belohnt zu werden? Sollte sie sich zugestehen, dass eine gemeinsame Tasse Kaffee mit ihm jeweils freitags um 15 Uhr in ihrem Büro für sie einen emotionalen Höhepunkt bedeutet? Er setzt sich jeweils auf die Kante ihres Pults, ein Macho alter Schule, und plaudert ungezwungen mit ihr. Sollte sie sich zugestehen, dass ihr dies gefällt? Dass sie davon lebt?

Ein anderes Beispiel: Wofür lebe ich? Um solche Texte, von denen Sie gerade einen lesen, zu schreiben. Wovon lebe ich? Von der Hoffnung, dass Sie diesen Text lesen. Vom Wunsch nach Anerkennung. Nicht wahr, es ist doch ein entscheidender Unterschied, ob man nach dem „Wofür" oder dem „Wovon" fragt. Ein Physiker lebt für die Forschung zur Lagerung von Energie. Er lebt von der Anerkennung seiner Leistung. Vielleicht gar wird seine Karriere gekrönt mit dem Nobelpreis? Das „Wofür" fragt nach der Arbeit, die einer erbringen will oder muss. Das „Wovon" fragt nach etwas sehr Menschlichem: dem Bild, das einer von sich selber macht, bezogen auf andere. Dieses Bild entspricht der schlichten Aussage: Seht, dies habe ich für euch gemacht. Anerkennt mein Können und respektiert mich dafür.

Keiner arbeitet nur für sich. Kein Künstler erschafft seine Werke nur für sich. Kein Arbeitnehmer macht Karriere nur für sich. Immer, ohne Ausnahme, erbringt der Mensch eine Leistung bezogen auf andere. Er lebt für etwas, weil er sich davon eine Belohnung durch andere verspricht. Eine Leistung ist an einen sozialen Vorgang geknüpft. Sie finden dies zu einfach? Aber zeigen Sie mir einen Künstler, der ein Leben lang arbeitet ohne Anerkennung, ohne Erfolg. Ich kenne keinen. Wer nie Anerkennung bekommt, hört irgendwann auf mit seiner Arbeit oder er hört auf, seine Arbeit gut zu machen. Er wird sich sagen: Wozu soll es gut sein? Es bringt ja doch nichts. Es interessiert niemanden.

Wer bin ich? Ein Wesen, das etwas leisten will und von der Anerkennung dafür durch andere lebt. So wird meine Leistung legitimiert und dauerhaft.

Mentale und körperliche Empfindungen
Aber was bringen solche Selbstanalysen? Sie schützen vor Ratlosigkeit nicht. Denn als ich schließlich am Strand stand, ich hatte

mich auf diesen Moment sehr gefreut, verlor ich die Orientierung. Ich hätte in jenem Moment nicht sagen können, wer ich war oder was ich wollte oder wovon ich lebte. Ich spürte den kühlen, feuchten Sand unter meinen Füßen. Ich tat ein paar Schritte zum Wasser hin, schließlich ins Wasser hinein. Ich schätzte seine Temperatur auf ungefähr 18 Grad. Die Sonne brannte mir ins Gesicht. Meine helle Haut erforderte die Applikation eines hohen Schutzfaktors. Dies hatte ich bereits im Zug erledigt. Ich dachte dann, wenn man der Schönheit und der Kraft der Natur nichts entgegenhalten kann, innerlich, wenn man leer und orientierungslos ist, wenn man ohne Vision lebt, ohne Sehnsucht, dann ist auch die Natur leer und nüchtern. Wo innerlich Leere ist, ist auch äußerlich Leere. Man projiziert seinen inneren Zustand in die Welt hinaus. Man kann die Welt nicht anders empfinden als so, wie man in sich selber empfindet. Somit wird die Welt zum Spiegelbild des Innern jedes Menschen. Und da kein Mensch dasselbe empfindet wie der andere, ist die Welt für jeden anders.

Die Rede ist hier von mentalen Zuständen oder Gefühlen, nicht aber von körperlichen Empfindungen. Körperliche Empfindungen sind das Einzige, was wir nicht aus uns hinausprojizieren in die Welt, sondern das uns die Welt erfahren lässt. Man spürt Wärme und Kälte, man nimmt Gerüche wahr. Man sieht Licht und Farben. Man hört Meeresrauschen und das Geschrei der Möwen. Ich kann Ihnen weitere Definitionen anbieten: Körperliche Empfindungen favorisieren ein geistiges Klima. Oder: Körperliche Empfindungen sollen genügen, wenn der Geist erschöpft ist.

Es schien mir dies in der Tat das einzig Sinnvolle, was ich tun konnte: die Natur annehmen, sie mit meinen Sinnen aufnehmen, mich den Gerüchen, den Farben und den Geräuschen hingeben. Man musste sich dafür selber ein Stück weit aufgeben. Aber dieses Aufgeben war eben gerade das, was gut tat. Man konnte vergessen und abtun und, beinahe willenlos, ganz im Moment leben. Ich musste dazu, ohne Leistungsdruck, bloß akzeptieren, was um mich herum geschah. Keine Beobachtungen mussten festgehalten, keine Schlüsse gezogen werden. Es ging darum, mich zu integrieren in die Landschaft, an ihr teilzunehmen, mich zurückzustellen und aus mir herauszuschauen.

Ich setzte mich für einen Augenblick in den Sand, fühlte die feinen Körnchen unter den Händen. Überall lagen kleine Muscheln, Hölzchen und Steine herum. Schließlich nahm ich meine Shorts aus dem Rucksack, zog mich um und ging für ein Bad ins Meer. Unter dem gleißenden Sonnenlicht tauchte ich ein in das kühle Wasser und ließ mich auf den Wellen treiben. Die prickelnde Frische tat gut.

Es fiel mir das Annehmen der Natur nicht schwer. Das mediterrane Klima ist für den menschlichen Körper wie geschaffen. Das Meerwasser hat eine angenehme Temperatur. Die Sonneneinstrahlung ist nicht zu stark, die Luft nicht zu heiß. Die Pflanzen, Sträucher und Bäume duften gut und wuchern nicht allzu üppig und dicht. Es ist eine gefahrlose, milde Natur. Sie hat nichts von den Extremen, wie man sie in den Tropen findet. Sag das mal einem Pernambucano oder einem Céarense, er solle die Natur einfach annehmen. Er würde sagen: „Wenn ich mich der Natur überlasse, bin ich bald ihr Opfer." Im Nordosten Brasiliens sind die klimatischen Verhältnisse extrem. Die Trockenheit, die Dürre und die Hitze sind lebensfeindlich. Die Sonneneinstrahlung ist brutal. Wasser ist knapp. Dort zu leben heißt: die Natur besiegen. Wenn sich die Brasilianer ihr kampflos ergeben würden, wäre der Nordosten des Kontinents unbewohnt.

Das Paradies kann man sich schwerlich im Hinterland Pernambucos vorstellen. Das milde und vegetationsreiche Klima Südfrankreichs ist dazu besser geeignet.

Ich ließ mich für einige Minuten auf der Wasseroberfläche treiben, schaute zur Sonne hinauf. Nein, ihre Einstrahlung war nicht brutal. Sie war kräftig, ja. Das Licht war intensiv, die Farben leuchteten. Die Luft war trocken und klar, somit auch die Hitze gut erträglich. Es war alles wohltemperiert. In dieser Landschaft lag eine gute, wohlbekommende Energie. Obschon das Land viele Probleme hat. Über Politik will ich nicht reden.

Wenn ich über Politik rede, bewege ich mich wieder im Spekulativen. Es bliebe dann beim inkompetenten Ich-glaube-dass oder beim Ich-denke-man-sollte und so fort. Ein solches Palaver will ich mir ersparen. Ich sage nur so viel: Was Europa fehlt zurzeit, ist ein Philosoph vom Format eines Erasmus von Rotterdam. Politiker sind keine Philosophen. Philosophie aber wäre nötiger denn Wirtschaft und Politik, weil sie in der Ausstrahlung und im Einfluss in menschlichen Fragen mächtiger ist. Wenn man nach Persönlichkeiten Ausschau hält, die es richten könnten, die Gewicht haben, kommen nicht viele in Sicht. Fast alle begnügen sich in der Selbstdarstellung, im Marketing in eigener Sache, statt das kulturell Verbindende Europas zu betonen. Kultur, Bildung und Kunst haben das Abendland von jeher ausgemacht und verbunden, und nicht ein politischer Wille.

Aber ich lasse mich wieder von meinen Gedanken forttragen.

Bleiben wir im Süden. Sie waren in jenem Moment in der Sonne nicht spürbar, die Probleme Frankreichs, will sagen Europas. Die Landschaft lag strahlend um mich herum. Sie kannte keine Identitätskrise. Ich war froh, ja sogar dankbar für diese Sorglosigkeit, während ich mich in der Sonne trocknen ließ. Es war eine fast freche Sorglosigkeit, eine unerlaubte, musste ich eingestehen. Aber dies war wieder eine Empfindung, die ich in die Natur hinausprojizierte und die bewies, dass ich innerlich auf dünnem Eis ging, dass ich dem Frieden um mich herum nicht traute, da meine innere Energie erschöpft war. Hier war es möglich, die Batterien wieder aufzuladen, wenn ich es denn zuließ. Es zulassen konnte ich, wenn ich Gelassenheit übte, wenn ich nichts anderes wollte, als mein Leben durch die Natur bestimmen zu lassen, für eine beschränkte Zeit wenigstens.

Ein leichter Wind ging über den Sand. Ich schaute auf das Meer hinaus. Die Sonne stand bereits im Westen und leuchtete als große, feurige Scheibe in die breite Bucht auf der Westseite der Halbinsel. Goldgelb glitzerten die sich bewegenden Wellen in ihrem Licht. Ich konnte mich an diesem Funkeln kaum sattsehen. Es hatte etwas Beruhigendes, Einschläferndes, etwas Suggestives.

Mild lagen die Hügelketten am Horizont. Im Gegenlicht sah man nur ihre sanften Silhouetten. Einige Segelschiffe lagen vor Anker. Ab und an kam ein Flugzeug angeflogen vom Westen her, um auf dem Flughafen von Hyères zu landen. Es war alles so friedlich, schlicht und natürlich. Was hätte ich dem noch beifügen können? Es war nicht an mir, diesem Naturschauspiel noch etwas beizufügen. Wer war ich denn, ich, ein kleines Menschlein? Aber ist es nicht dies, was die Natur uns lehrt, wenn wir unsere Zeit in ihr verbringen: Wende dich ab von deiner Innenschau, Mensch, und siehe mich. Schaue in die Welt hinaus und werde froh darüber.

Zeit und Langeweile
Ich packte schließlich meine Sachen zusammen und tat ein paar Schritte am Strand entlang. Nicht weit von meinem Badeort entfernt erblickte ich eine Bar oder eine Art Strandbude, die kleine Imbisse offerierte. Ich setzte mich an einen Tisch unter freiem Himmel, bestellte ein Glas Weißwein und einen Teller frische Austern. Es war nun Abend geworden und die Sonne stand knapp über den Hügeln am Horizont. Bald würde die Nacht hereinbrechen. Der leichte Wind war kühler geworden. Wie aus dem Nichts überkam mich ein Gefühl der Beklemmung. Noch standen mir einige Stunden zur Verfügung, bis ich im Bett meines Hotelzimmers einen erlösenden Schlaf finden würde. Wie wollte ich diese Zeit verbringen? Es war mir klar, dass ich mit dieser Sorge wieder in ein altes Muster zurückfiel, das mich schon beinahe das ganze Leben begleitete: Mir steht Zeit zur Verfügung und ich leide unter dem selbstauferlegten Druck, mit dieser Zeit etwas Sinnvolles zu tun. Nur, was war sinnvoll? War sinnvoll, etwas zu lesen oder die Nachrichten zu schauen? War sinnvoll, einige Sternenbilder zu erkennen und den Mond zu betrachten? War es sinnvoll, in dem Hotelgarten zu sitzen und in die Nacht hinauszulauschen? War es sinnvoll, etwas zu notieren? War es sinnvoll, sich zu üben im Nichtstun? Ich weiß es heute nicht und ich wusste es an diesem Abend nicht. Das Einzige, was

ich mit Sicherheit weiß: Langeweile ist etwas vom Unangenehmsten, das der Mensch erfahren kann. Langeweile ist ein Gefühl, das alles Äußere öde macht und innerlich Beklemmung erzeugt. Natürlich ist sie eine mentale Empfindung, ein inneres Erleben, das auf die Welt projiziert wird. Die Welt ist nicht langweilig. Wir sind gelangweilt. Immerhin kann man sagen: Langeweile ist nichts Nachhaltiges. Sobald sie vorbei ist, ist sie vergessen. Aber dieses Wissen nützt nichts, wenn man Langeweile empfindet. Es lindert oder vertreibt sie nicht. Ich bin der Meinung, wer ein Mittel oder einen Weg entdecken will, sie zu eliminieren aus seinem Leben, muss sich mit sich selber gründlich auseinandersetzen.

Meine Definitionen: Wer meditiert und sich dabei wohl fühlt, kennt keine Langeweile. Wer keine Beklemmung empfindet beim Nichtstun, hat Langeweile überwunden. Es mögen dies banale Sätze sein. Wenn ich nichts tue, kein Schauspiel sich abspielt vor meinen Augen zu meiner Unterhaltung, wenn nichts und niemand Ablenkung bringt und ich mich wohlfühle dabei, das heißt in mir selber, ganz mit mir allein wohl bin, habe ich einen respektablen Grad an Gelassenheit erreicht. Ich muss zugeben: Ich bin noch nicht so weit. Vielleicht sind Sie es? Er ist erreichbar, dieser Grad, davon bin ich überzeugt, durch Eigenbeobachtung, durch Selbsterziehung.

Aber bleiben wir bei den Ereignissen: Statt nun meine Austern und den Wein zu genießen, überlegte ich fiebrig, was ich nun nach dem Abendessen tun sollte. Die Sonne war soeben untergegangen. Es wurde frisch. Die Luft war feucht. Es gab Mücken. Natürlich würde ich zuerst den Spaziergang zurück zum Hotel machen; er dauerte vielleicht 30 oder 40 Minuten. Danach verblieben ungefähr zwei Stunden, die ungeplant waren. Dann dachte ich an den kommenden Tag, was würde ich unternehmen? Eine Wanderung? Eine Schifffahrt? Ein Tag konnte lange sein, wenn er ohne Inhalt blieb.

Sie werden denken, der jammert auf hohem Niveau. Einem, der Stress hat wegen ungeplanter Stunden in seinen Ferien, ist nicht zu helfen. Ich kann es Ihnen nicht übel nehmen. So viel zu meiner Verteidigung: Schauen Sie genau hin, in Ihren nächsten Sommerferien, oder beobachten Sie Menschen in Ihrem Alltag. Ich bin kein Einzelfall. Ich behaupte: Der ihm frei zur Verfügung stehenden Zeit Sinn zu geben, ist eine der größten Herausforderungen für den heutigen Menschen.

Ein nächtlicher Spaziergang
Ich nahm also den letzten Schluck aus meinem Weinglas, bezahlte die Konsumation und machte mich auf den Weg zurück ins Hotel. Es war ein Spaziergang durch eine kühle Nacht. Ich hatte keinen Pullover dabei, trug immer noch Strandtenü. Die Straßenbeleuchtung war spärlich. Ab und an kam mir ein Auto entgegen und blendete mich mit Nebelscheinwerfern. Linker Hand befand sich das kleine, flache Binnenmeer, das beinahe die ganze Halbinsel ausfüllte. Aber in der Dunkelheit sah man es nicht, auch die zahlreichen Fischreiher nicht, die sich zu dieser Jahreszeit in ihm aufhielten. Rechter Hand, über der Straße, standen dichte Schilfwände, die Sicht auf die Lichter von Giens verdeckend. Ich begegnete kaum jemandem. Ein Fahrrad ohne Licht überholte mich. Schließlich kam mir eine Gestalt entgegen, mit einem Hund an der Leine. Mit einer Taschenlampe leuchtete sie auf den Gehweg, dann in mein Gesicht. Mir missfiel diese Geste. Ich ließ ein höfliches „Bonsoir" verlauten, um der Person die unbegründete Furcht vor mir zu nehmen. Ein helles „Bonsoir" kam zurück. Es war die Stimme einer Frau. Ich erreichte die besser beleuchtete Parallelstraße zur Hauptverbindung zwischen Tour Fondue und dem Festland. Sie war kaum befahren. Es befanden sich einige Liegenschaften an ihr, mit einem großzügigen Garten auf die Seite des Binnenmeeres hinaus. Es war eine sumpfige, feuchte Gegend. Ein Pizzabäcker wartete am Straßenrand vor seinem beleuchteten Wagen und rauchte eine Zigarette. Es gab keine Kundschaft. Ich überquerte die Hauptstraße beim Rondell und bog in die schmale Quergasse ein, die an den Strand auf der Ostseite der Halbinsel führte. Die Bade- und Surfboutiquen waren schon alle längst geschlossen.

Die letzten Meter bis zum Hotel ging ich barfuß durch den Sand. In der Ferne waren die Lichter des Festlandes sichtbar. Der Mond stand tief über der Insel Porquerolles. Ich gelangte zum Hotel durch den Garten, trat ein in das helle Entrée, wo sich die Rezeption und das Hotelrestaurant befanden. Ich setzte mich an die Bar und bestellte einen Pfefferminztee, um mich aufzuwärmen. Im Hotelrestaurant waren kaum Gäste. Ein einzelnes Paar belegte einen Tisch in der Mitte des Saals. Im Fernseher neben der Theke präsentierte eine schlaksige Moderatorin das Wetter für die kommenden Tage: Sonne und Wind bei 25 Grad.

Entsagung und Liebe
Ich möchte nochmals auf das Thema der Entsagung zurückkommen: Was braucht man zum Leben? Man braucht nicht viel und tut sich einen Gefallen, immer weniger zu brauchen. Was will ich damit sagen? Wir müssen weniger Fantasien und Gelüste umsetzen und mehr nachdenken. Wir setzen besser nicht um, da die Umsetzung keinen Gewinn bedeutet. Ein Beispiel: Ich befinde mich in meiner Wohnung in Zürich und stelle mir vor, wie ich an der Hotelbar auf der Halbinsel sitze und einen Tee bestelle. In meiner Vorstellung male ich mir das Interieur der Eingangshalle des Hotels aus. Ich sehe den Fernseher neben der Theke. Vorne an der Rezeption steht ein Angestellter und kontrolliert die Abrechnungen für die Nachtessen. Das Paar erhebt sich vom Tisch in der Saalmitte, wünscht der Angestellten an der Bar eine gute Nacht und geht in Richtung Ausgang. Ich stelle mir dies alles genau vor. Wozu soll ich morgen den Zug nehmen, um es nachzuprüfen? Um es wirklich zu erleben? Was bringt diese Umsetzung?

Dasselbe galt für die Situation an der Hotelbar, und damit komme ich wieder auf die Langeweile zurück. Warum musste ich an jenem Abend etwas umsetzen? Warum konnte ich nicht einfach ruhig nachdenken? Resultierte die Langeweile nicht aus der Furcht, nichts umzusetzen zu haben, wenn man doch etwas umsetzen müsste? Entsagen meint: sich nicht durch Neugier treiben lassen, nicht sofort etwas umsetzen wollen. Es gut sein lassen. Das war der Satz, von dem ich spürte, dass er richtig war, als ich an der Hotelbar saß: Lass es gut sein. Du musst gar nichts. Wer nichts muss, hat keinen inneren Druck, ist frei, etwas zu tun, das er mag.

Es kommt ein Mensch auf die Erde. Er bringt sich ein, er tut gut daran, etwas zu lieben. Schnell wird er alt. Bald wird er sterben und vergessen sein. Das menschliche Schicksal ist kein komplexer Vorgang. Ich gebe eine Definition: Der Mensch hat keine Rechte, denn zu lieben. Wer etwas liebt oder gut findet, gibt seinem Dasein Sinn und Legitimation. Leben heißt, etwas lieben. Wer in der Entsagung liebt, liebt in der Vorstellung, liebt still für sich. Es ist eine „verinnerlichte" Liebe. Liebe ist nicht Lohn der Entsagung, sondern die Entsagung ist ein Verlangen der Liebe.

Was konnte ich lieben? Was konnte ich lieben in diesem Moment an der Hotelbar? – Alles. Alles? Die Teetasse. Den Fernseher. Das Interieur des Hotels. Die Farben und das Material der Tische und Stühle des Hotelrestaurants. Den Moment, an der Bar zu sitzen, an diesem Ort zu sein. Die Erinnerung an den Nachmittag am Strand, in der Sonne und im Wasser. Mein Leben in solchen Gedanken zu verbringen. Überhaupt einen Gedanken zu haben. Alles. Auch das Gitarrensolo, zu dem Keith Richards soeben am Ende von *Jumpin' Jack Flash* ansetzte, Stones in Uruguay im Februar 2016, eine Übertragung im französischen Fernsehen. Seine Gitarre wird lauter. Was tut er? Er schrammt das Riff, nichts weiter. Der Sound ist gut. Er schwebt leicht umher. Ist es wegen des Windes? Der Mann spielt das Riff minutenlang, fetzt den Akkord immer wieder neu. Dieser angezerrte Sound, eine wahre Freude, noch einmal schrammt er ihn. Man sieht, auch Charlie Watts hat Spaß. Auch er spielt gut. Richards Fender-Amps liefern den richtigen Ton. Und noch einmal zelebriert er das Riff. Das ist Leben, das ist Liebe. Nicht wahr, lassen wir es geschehen, das Gute im Leben, lassen wir es zu. Wir sollen nichts weiter.

Es geht um die Disposition, das Leben gutzuheißen. Liebe ermöglicht diese mentale Disposition. Ja, ich würde behaupten, *nur*

Liebe ermöglicht sie. Lieben wir, alles andere ist Zeitverschwendung und Selbstquälerei.

Sonne
In einer einigermaßen aufgeräumten und freundlichen Stimmung zog ich mich schließlich auf mein Zimmer zurück, nahm eine heiße Dusche und legte mich hin. Ich schlief sofort ein.

Am nächsten Morgen freute ich mich auf ein rechtes Frühstück. Ich war einer der ersten Gäste am Buffet. Nebst frischen Croissants packte ich mir Käse, Joghurt, salzige Butter, Honig und Kaffee auf mein Tablett. Ich setzte mich an einen Tisch auf der sonnigen Gartenterrasse und ließ mir, gut gelaunt, Zeit für das Essen. Was wollte ich unternehmen an diesem sonnigen Tag? Ich entschied mich für eine Wanderung nach Polynesien, der Südküste der Halbinsel.

Zurück in meinem Zimmer, bepackte ich meinen Rucksack mit Badetuch und Shorts, Sonnenschutz, genügend Wasser und Äpfeln, die ich vom Buffet mitgenommen hatte.

Dann machte ich mich auf den Weg. Der erste Abschnitt ging am Oststrand entlang. Die Sonne stand schon hoch über dem Horizont und ließ die Wasseroberfläche funkeln und glitzern. Es gab kaum Wind und das Meer lag ganz ruhig da. Durch die schmale Quergasse, die ich am Vorabend schon genommen hatte, gelangte ich zur Hauptstraße nach Tour Fondue. Ich folgte ihr für einige Meter, dann ergab sich eine direkte Verbindung zum Eingang Polynesiens. Es war der alte Weg nach Tour Fondue, ein autofreies Sträßchen zwischen den Bäumen, Wiesen und Gärten einiger wenigen Villen. Es war angenehm warm, nicht heiß. Die Luft war trocken und klar. Es duftete nach frisch geschnittenem Gras, Thymian und Rosmarin. Einige Zikaden sangen bereits. Ich ging auf diesem Sträßchen ohne Hast und Eile. Der Asphalt blendete im Sonnenlicht. Die Schatten der Bäume waren bereits kurz. Bald schon würde die Sonne senkrecht am Himmel stehen. Ich ging also auf diesem Weg. Ich war innerlich immer noch in der freudigen Stimmung des Vorabends. Es war, als wäre es eine

Vorfreude auf etwas, das ich nicht kannte. Fast war ich nervös und aufgeregt. Ich ging in die sonnige Landschaft hinein. Ich ging der Sonne entgegen. Das Licht war hell und brachte die Farben zum Leuchten. Das Gras glänzte grün, der Himmel war fast dunkelblau. Die Villen und Häuser standen ockerfarbigen Klötzchen gleich in der Gegend herum. Ich genoss dies alles außerordentlich. Die Wärme der Sonne auf dem Körper bedeutete Geborgenheit. Ich erfuhr auch innerlich eine Aufhellung durch das äußere Licht. Ich fühlte mich, als würde ich nach Hause zurückkehren. Ich war im Süden angekommen.

Auf der Höhe einer Autogarage, es standen alte Renaults 4 und 5 herum, sogar ein Renault 16, aber ohne Motor, kam mir eine kleine, geschmeidige Frau entgegen. Sie trug die Blüte einer Zistrose im Haar. Um ihre Hüfte hatte sie ein weißes Tuch geknotet. Was ich zu diesem Zeitpunkt nicht wusste, nicht wissen konnte: Es war meine zukünftige Frau.

3.
NACHPRÜFUNGEN EINER KRISIS

Wie es wirklich war:
Das Hotel *Caravelle* in Genf schien in chinesische Hände geraten zu sein. Das Shampoo aus Orangenblütenextrakten im Bad und die Tücher in Lotusblütenviolett wiesen darauf hin. Im Frühstückssaal ertönte eine leichte asiatische Musik. An den Wänden hingen kleine, farbige Lichter und Lampen. Die Palme in der Mitte des Saals war mit Papiervögeln geschmückt. Eine Chinesin betreute das Buffet, das einem kontinentaleuropäischen Frühstücksbuffet entsprach, serviert auf chinesischem Geschirr.

Nach dem Frühstück machte ich einen kleinen Spaziergang in der Stadt. Über die Rue Voltaire erreichte ich das Rhôneufer. Bald war ich auf der Pont des Bergues. Die Sonne beschien den Rücken Rousseaus, der einsam auf seiner Insel saß. Um ihn herum blühten gelbe Tulpen. Ein Angestellter der Stadt reinigte den Wasserspender für Hunde von Abfall. Der Salève war im morgendlichen Dunst und im Gegenlicht ein hohes, dunkles Felsmassiv ohne Konturen. Es leuchteten Genfer und Schweizer Fahnen auf der Pont du Mont-Blanc, in ihrem intensiven Rot und Gelb einen starken Kontrast bildend zum Blau des Himmels und des Wassers. Die Brücke Mont-Blanc war stark frequentiert von Fußgängern und Verkehrsmitteln. Die Leute mussten zur Arbeit. Es ging gegen 9 Uhr. Es war ein Dienstag. Ich hatte noch Zeit. Mein Zug in den Süden ging gegen Mittag. Auf dem Quai du Mont-Blanc bewegten sich vereinzelte Jogger. Das Bain des Pâquis wurde von einer Reinigungsequipe der Stadt auf die Sommersaison vorbereitet. Ich ging bis zum Turm am äußersten Ende und machte ein Foto des Jet d'Eau.

Auf dem Rückweg zum Hotel kam ich an einem Orgeldreher vorbei. Er stand am Quai des Bergues und spielte *Hey Jude*, dann *I am sailing*, schließlich *Yesterday*. Ich fragte mich, ob er damit Geld verdienen konnte.

Es war warm und schön, als ich um 17 Uhr vor die Bahnhofshalle in Toulon hinaustrat. Der Himmel war wolkenlos blau. Ein Taxi fuhr mich auf die Halbinsel Giens hinaus. Als ich aus dem Auto ausstieg, wusste ich, warum ich immer wieder in diese Gegend kam: Ein angenehm trockener Wind blies. Und die Sonne stand frei am westlichen Horizont und schien über die ganze Halbinsel. Kein einziges Gebäude hinderte sie daran. Ich bezog mein Zimmer und zog mich um für einen Spaziergang ins Städtchen Giens hinauf.

Ich folgte dem Sandstrand, bog dann ein auf die Parallelstraße, die wiederum Anschluss bot an die westliche Straße nach Giens. Der Aufstieg dauerte von da an noch etwa 15 Minuten. Ich erreichte den Hauptplatz bei der Kirche. Die Bäckerei war geschlossen. Ich setzte mich kurz auf eines der Bänklein unterhalb der Kirche und schaute auf das Meer hinaus. Dort, im Abendlicht, lagen friedlich die Inseln Porquerolles, Le Grand Ribaud und Le Petit Ribaud. Schließlich stieg ich hinter dem Hotel *Provençal* die Treppe hinunter und bog in den Küstenweg ein. Die Allée Des Tennis war hell erleuchtet von der untergehenden Sonne. Ich machte ein paar Fotos. Am Port du Niel lagen zwei weiße Boote angebunden. Ob man die mieten konnte?

Es war Zeit, ins Hotel zurückzukehren. Ich benötigte vom Städtchen Giens bis zu meinem Zimmer gute 40 Minuten. Als ich ankam, war die Sonne gerade untergegangen.

Nach einer Dusche setzte ich mich in den Speisesaal. Das Restaurant war nicht voll, es gab nicht viele Gäste im Hotel. Die Saison hatte noch nicht richtig begonnen. Wir schrieben den 3. Mai. Ich bestellte eine Fischsuppe mit Senfsauce, Käse, trockenem Brot und Knoblauch. Dazu ließ ich mir ein Glas Rosé servieren. Zum Dessert gab es Hartkäse mit Salat. Das Essen war hervorragend.

Am nächsten Morgen packte ich, nach dem Frühstück auf der Gartenterrasse, meinen kleinen Rucksack. Ich benötigte Shorts und ein Badetuch, Wasser und Sonnenschutz. Dann machte ich mich auf den Weg nach Tour Fondue, der Schiffsstation für die Überfahrt nach Porquerolles. Nach ungefähr einem Kilometer Marsch am Strand entlang gelangte ich auf das kleine Sträßchen, das über Polynesien auf die Südseite der Halbinsel führte.

Und nun sehe ich mich gezwungen, mich selber zu zitieren:

Es war der alte Weg nach Tour Fondue, ein autofreies Sträßchen zwischen Bäumen, Wiesen und Gärten einiger wenigen Villen. Es war angenehm warm, nicht heiß. Die Luft war trocken und klar. Es duftete nach frisch geschnittenem Gras, Thymian und Rosmarin. Einige Zikaden sangen bereits. Ich ging auf diesem Sträßchen ohne Hast und Eile. Der Asphalt blendete im Sonnenlicht. Die Schatten der Bäume waren schon kurz. Bald schon würde die Sonne senkrecht am Himmel stehen. Ich ging also auf diesem Weg. Ich ging in die sonnige Landschaft hinein. Ich ging der Sonne entgegen. Das Licht war hell und brachte die Farben zum Leuchten. Das Gras glänzte grün, der Himmel war fast dunkelblau. Die Villen und Häuser standen ockerfarbigen Klötzchen gleich in der Gegend herum. Ich genoss dies alles außerordentlich. Die Wärme der Sonne auf dem Körper bedeutete Wohlbefinden. Ich erfuhr auch innerlich eine Aufhellung durch das äußere Licht. Ich fühlte mich, als würde ich nach Hause zurückkehren. Ich war im Süden angekommen.

Auf der Höhe einer Autogarage, es standen alte Renaults 4 und 5 herum, sogar ein Renault 16, aber ohne Motor, kam mir eine kleine, geschmeidige Frau entgegen.

Natürlich traf ich am Ende des Weges, auf der Höhe der Autogarage, nicht auf meine zukünftige Frau. Dies war eine Vorstellung, eine Fantasie.

Auch standen in der Garage nicht alte Renaults 4 und 5 herum, sondern modernere Modelle aus den 90er-Jahren mit den Namen

Trafic und *Express*. Ich könnte jetzt noch schildern, wie ich das Schiff nach Porquerolles nahm, wie ich dort zum Westzipfel der Insel wanderte, wie ich badete und die Landschaft fotografierte. Aber ich habe dies alles schon geschildert. Ich würde mich wiederholen. Wer das „Ich" ist, fragen Sie? Ich, der Autor, also weder Pfenniger noch Gabatuler noch Steiner noch Eidenbenz noch Wälti, Figuren aus meinen anderen Büchern.

Sagte mir letzthin jemand: „Sie schreiben auch immer dasselbe; immer schreiben Sie über Porquerolles."

Warum ich immer von Porquerolles rede?

Ich rede genaugenommen nicht von der Insel selber. Ich rede kaum von den Wegen, die sich über sie ziehen, kaum von den Buchten und vom klaren Wasser. Ich rede nicht von den Touristen, welche sie besuchen in großer Zahl, und auch nicht von den zahlreichen Restaurants um die Place d'Armes.

Ich rede von der Sehnsucht nach dem Süden. Ich rede von Felsenmauern im Sonnenlicht, von versteckten Buchten, die es vielleicht gar nicht gibt. Es geht um Licht, um Helligkeit, es geht um Wasser, das von der Sonne beschienen wird. Es sind Bilder der Sehnsucht. Und diese Bilder von Licht und Wärme zeigen sich dann, wenn die Wirklichkeit sich am weitesten von ihnen entfernt hat: im Winter, wenn die Nächte lang sind und es kalt bleibt.

Die Insel Porquerolles ist eine Wunschvorstellung, ein Ideal, eine schöne Welt. Gibt es diese Welt wirklich? Es gibt sie. Porquerolles ist zauberhaft, charmant. Aber darum geht es nicht.

Es geht um Bilder, die uns tragen. Sie sollen uns tragen durch die Dunkelheit. Bilder von Licht und Helligkeit, von Wärme und einer lebendigen Natur sind uns gute Gesellschaft, sind uns ein erquickender Traum. Man kann nicht genug sagen, wie wertvoll sie sind. Und die Frage ist berechtigt: Was soll uns denn tragen, was kann uns erquicken, wenn unsere Bilder erloschen sind?

Es ist eine Vorstellung, ein Ideal, eine natürliche und verlässliche Lebenshilfe. Vom täglichen Hinauf und Hinunter, den kleinen Freuden und Enttäuschungen, die uns im Alltag zufällig ereilen, von Launen, leben wir nicht! Der Zufall generiert in der Regel nichts Dauerhaftes.

Es sind alte Bilder, die uns zuverlässig leuchten. Sie kommen aus der Ewigkeit und schweben treu in uns. Sie sind älter als der Alltag.

Darum rede ich von Porquerolles. Die Insel ist ein ferner Traum, sie ist Licht und Helligkeit schon lange Zeit. Sie redet von einem dauerhaften Leben, das ewig und unveränderlich, schon immer so gewesen ist. Ihr Bild trägt durch die Nacht des Nordens. Es blickt aus der Ewigkeit zu uns herüber. Es ist ein altes und starkes Bild.

Es war lange vor uns – und es wird nach uns sein.

Versteht man mich?

***

Damit möchte ich meinen Bericht über den Süden beenden und mich anderen Themen zuwenden. Der Süden im Film und in der Literatur sei noch kurz erwähnt unter dem Titel: *Der Süden oder die Traurigkeit, die nie mehr vergeht.*

Zudem möchte ich Sie auffordern: Reisen Sie einmal nach Porquerolles. Es ist wirklich sehr schön hier unten. Und meistens ist das Wetter gut. Sie haben richtig gelesen: *hier* unten. Diese wenigen Zeilen sind geschrieben am Strand von Langoustier unter einem blauen Himmel. Vom Süden schreiben muss man nicht, wenn man dort ist. Wenn man *nicht* dort ist, schreibt man aus der Sehnsucht nach ihm heraus.

So, jetzt ein Bad! Einige Möwen machen grad ein wenig Lärm. Es ist Brutzeit. Dort kommt ein kauziger Typ im Seeräuberlook daher und sammelt Holz. Wozu wohl? Die ganze Insel steht unter Naturschutz. Ein Feuerchen liegt da nicht drin.

Vorhin auf dem Küstenweg fiel mir ein junges Paar auf. Sie, blond, klein, mit erhitztem Gesicht und treuen Augen, rief: „Georges!" Ihr Freund oder Mann sagte nichts, fingerte bloß an der Schaltung des Fahrrades herum. „Georges!", wiederholte sie. „Oui, on y va", sagte er in einem bestimmten, entschlossenen, kooperativen Ton. (Es ist schwierig, diesen Ton zu erklären. Aber es war etwas Positives darin für sie beide. Er war Ausdruck eines Willens zur Rücksichtnahme und Zusammengehörigkeit.) Er fuhr los. Sie folgte ihm. Das ist Treue, das ist Liebe, dachte ich. Die beiden sind sich Heimat, sie arbeiten an sich, sie arbeiten daran, sich Heimat zu sein. Ich finde dies ein sehr würdiges Verhalten. Die Rede ist hier von Rechtschaffenheit in geistigen Dingen, wie Nietzsche gesagt hätte. Und Treue *ist* ein geistiges Ding, nicht wahr?

4.
MENSCHLICH-
ALLZUMENSCHLICHES

Andere leiden sehen wollen, damit man ihnen helfen kann, da man selber leidet, das ist christliche Psychologie und weitestverbreitet. Es ist auch die Psychologie der Zu-kurz-Gekommenen.

Am Abend im Hotelrestaurant, in dem ich nach der Rückkehr von der Insel einen gegrillten Lachs bestelle, kann man eigenartige, sehr menschliche Dinge beobachten:

Einige essen und trinken nicht sehr schön. Vor allem ältere Ehepaare. Man kennt sich ja und muss sich nicht mehr verstellen. Et on est chez nous, n'est-ce pas?

Eine Dame meint zu ihrem Lebenspartner (sie hat das Etikett im Nacken ihres Abendkleids zu entfernen vergessen und er sagt ihr einfach nichts), die Katze, die auf der Terrasse herumschleiche, sei „bicolor", zweifarbig ...

Nicht zu reden vom Schauspieler an Tisch Nummer 3: „C'est bon chérie, n'est-ce pas?" Dabei schaut er verstohlen zur Frau am Nachbarstisch. Eigentlich redet er zu ihr. Ein Andocker, der mit zahmster Stimme schlimmste Schweinereien vom Stapel lässt ...

Andere wiederum fotografieren sich, oder sie fotografieren das Essen, oder dann die Inneneinrichtung des Restaurants ...

Ein hagerer Mann mit großer Bogennase steht am Salatbuffet und macht kleine Adleraugen. Er scheint etwas zu suchen. Da! Seine Hand kreist über den Salatsaucen. Nun greift er die richtige heraus und schüttet eine anständige Menge davon über seinen Teller. Ein befriedigtes Lächeln durchhuscht sein Gesicht ...

Die drei Frauen am runden Tisch haben harte Gesichter. Man ahnt, sie sind zu kurz gekommen. Sie haben mehr erwartet von ihrem Leben. – Das will gerächt sein. „Und, hast du das denn verdient?", sagt die eine. Die andere lächelt schuldbewusst. „Ja, ich denke schon."

Das Vokabular der Zu-kurz-Gekommenen ist ein Vokabular der Beschneidung, der Sabotage, des Kaputtmachens von Freude.

„Ich meine bloß – es wäre mir nicht recht, wenn du zwischen Stühle und Bänke fällst", sagt die Erste dann. Die Dritte isst währenddessen gierig vom aufgehäuften Teller. Kommt Gier nicht aus demselben Gefühl des Zu-kurz-Gekommen-Seins?

Es gibt keinen Umgang mit Beschädigten. Ihr Leiden will andere mit in den Abgrund reißen. Ihre Wortwahl aber verrät sie schnell.

Aber wir wollen uns nicht in bitterer Häme vergessen. Bittere Häme macht selber bitter. Üben wir uns in Wohlwollen und vergessen wir nicht:

Ein jeder trägt seinen Lebensrucksack, und er trägt unter Umständen schwer ...

Nun ging mir vorher, beim Eintreten in das Restaurant, ganz anderes durch den Kopf, nämlich die Frage:

Wem oder was jagen wir nach im Leben und wozu? Ist dies eine Definition einer Krise – wenn einer nicht mehr zu sagen weiß, wonach er sich sehnt? Er jagt und sehnt sich ziellos.

Wenn er nicht mehr jagen würde, wäre er dann tot?

Aber nicht doch!

Er würde leben, ruhig vor sich hinleben. Vielleicht gar intensiv vor sich hinleben?

Wann leben wir intensiv?

Wenn wir uns fortpflanzen, wenn wir Kinder haben, eine Familie gründen?

Ich rede von einer anderen Intensität. Ich rede vom Sich-selber-nahe-Sein, am eigenen Leben nahe dran sein. Ich erinnere mich an den Nachmittag auf der Insel:

Ich setze einen Fuß vor den anderen, über mir ist der blaue Himmel, ein Wind geht. Man hört Vögel zwitschern, ein Auerhahn krächzt. Blumen blühen und Schmetterlinge flattern herum. Der Weg zum Leuchtturm an der Südküste führt über ein Feld von Olivenbäumen.

Lebe ich intensiv?

Doch, aber ja doch!

Und wir dürfen intensiv leben wollen! Sonst können wir uns gleich Blaise Pascal anschließen, unser Erdendasein abhaken und uns vorzeitig auf das Jenseits vorbereiten. Nein. Wir sollen intensiv leben, hier, jetzt, im Diesseits, auf dieser Erde! Dieser Anspruch ist nicht nur legitim, er ist eine Forderung, ein Verlangen. Von wem, fragen Sie? Ich sage: von meinem Lebensinstinkt, meinem Willen zum Leben.

Unser Leben ist das, was wir sind und was wir haben. Wir sind und haben sonst nichts.

Oder:

Als ich einst unter der Sonne ging, war mein Leben in Ordnung, nur hatte ich das nicht gesehen. Nun ist Dunkelheit um mich herum – und jetzt sehe ich es.

Warum nicht von Anfang an denken:

Ich gehe unter der Sonne. Ich lebe.

5.
DIE JAGD

Er hat die Melancholie des Unvermögens; er schafft nicht aus der Fülle, er durstet nach der Fülle. Rechnet man ab, was er nachmacht ... so bleibt als sein Eigenstes die Sehnsucht ...
Nietzsche, *Der Fall Wagner*

Wem oder was jagen wir nach im Leben und wozu?

Fragen Sie das einmal einen alten, einer protestantischen Arbeitsethik ergebenen Winterthurer. Was würde er wohl antworten? Er würde wahrscheinlich sagen: Wir jagen nach Arbeit, die uns Respekt und Erfolg einbringt. Wir jagen nach gesellschaftlichem Ansehen, das wir durch unsere Leistung erreichen können. Vielleicht würde er zu einer jüngeren Generation sagen: Geht, macht zuerst etwas Anständiges, werdet etwas Rechtes, dann könnt ihr den Mund aufmachen, vorher nicht. Natürlich würde er selber glauben, was er sagt. Für sich, in seinem Leben hat er sich diese Arbeitsethik einverleibt, er hat sich ihr unterworfen. Tut man Unrecht, wenn man sagt, er sei Opfer einer strengen Erziehung, er habe sich selber den Dingen, die in seinem Leben auch wertvoll gewesen wären, entzogen? Ziemlich sicher trifft dies den Sachverhalt genau.

Zwei Gefahren überschatten sein Leben:

Er wird gegen die Versuchung ankämpfen müssen, sich für seine Beugung, seine Unterwerfung *rächen* zu wollen. Vermutlich werden seine Kinder, wenn er denn welche hat, Opfer seiner unterdrückten Rachsucht sein; unterdrückt in dem Sinne, als er ihnen nicht klar sagt, was er von ihnen erwartet (was nämlich sein Vater von ihm erwartet hat – nur hat es der gesagt), um sie nachher, wenn sie ihren Weg gegangen sind, zu verachten.

Das Zweite: Er wird vielleicht nie das tun in seinem Leben, was ihn *wirklich interessiert* hat. Dass er sich überhaupt ein Interesse, nebst dem Berufsgang, erhalten konnte, ist bereits nicht selbstverständlich. Da er vermutlich eine gute Schulbildung absolviert hat (nur das Beste war gut genug), spielt er ein Instrument oder er ist belesen. Er hätte also, von der Bildung her, auch Musiker oder Schriftsteller werden können. Sicherlich hatte er Gelegenheit, in jungen Jahren, sich mit Geistern auseinanderzusetzen, die mit dem Werdegang in die Anpassung, was auch sein Werdegang war, das spürte er, eines Tages gebrochen hatten. (Alle haben gebrochen mit diesem Werdegang, die wirklich etwas gesagt haben. Sie hätten es nicht sagen können in der Anpassung.)

Er sah also in jungen Jahren bereits die Ungleichheit zwischen sich, seinem bescheidenen Maß an Mut und denen, die den Mut aufbrachten, einen selbstbestimmten Weg zu gehen.

Ich möchte hier meine Meinung darlegen, dass der Weg in die Anpassung nicht nur ein vergeblicher, fruchtloser ist. Solange der Betroffene sich nicht ganz aufgibt, seinen Lebensinstinkt nicht verleugnet, ist nicht alles verloren. Man kann angepasst sein und man kann trotzdem leben.

Das Wissen um die eigene Unmöglichkeit eines Ausbrechens erzeugt *Sehnsucht*. Man weiß um die anderen Dinge, die auch möglich gewesen wären, denen man auch hätte nachgehen können, nachgehen wollen. Sie werden einem teuer, diese Dinge, die in eine unerreichbare Ferne gerückt sind. Sie leuchten dort, sie rufen. Sie werden groß und man sieht ihren Wert. Nehmen wir an, unser protestantischer Arbeitsethiker lebt mit dieser Sehnsucht. Sie trägt ihre Früchte:

Sehnsucht hat man nach etwas, das man nicht besitzt – aber gerade deswegen sieht man den vollen Wert dieser Sache. Man sieht Dinge in ihr, die man nicht sähe, wenn man sie besäße. Es findet eine mentale, theoretische Auseinandersetzung mit ihr statt, dank der Sehnsucht. Sehnsucht ermöglicht uns also Vertiefung, die Arbeit im Detail, eine Arbeit, die aber bei uns bleibt, die nicht an der Sache an sich gemacht wird. Wir arbeiten, ziellos, so scheint es – aber wir arbeiten lange, so lange, wie es die

Sehnsucht uns abverlangt. Sie ermöglicht uns also etwas, das wir, ohne Sehnsucht, nie erlangt hätten: unsere Profilierung, unseren Blickwinkel, unsere eigene Spezialisierung in einer Sache, deren Besitzer wir nie waren. Wir vermögen, dank Sehnsucht, unsere *eigene Stimme* zu entwickeln.

Die Frage war, wem oder was jagen wir nach im Leben und wozu?

Die Antwort möge ein Trost auch dem alten Winterthurer sein (sofern er nicht verächtlich abwinkt): *Wir jagen dem Falschen nach, dem Glanzlosen, dem wenig Wertvollen, um uns das Richtige, das Wertvolle zu erhalten.* Sehnsucht ermöglicht uns Einsicht in Dinge. *Nur* Sehnsucht ermöglicht uns das Sehen von Dingen. Wollen wir uns sie erhalten, bedeutet dies: Besitzen wir den Gegenstand derselben nie. Bleiben wir immer außen vor. Aber so haben wir gelebt. Wir haben so *intensiv* gelebt.

6.
DER SÜDEN
ODER DIE TRAURIGKEIT,
DIE NIE MEHR VERGEHT

In Jean-Luc Godards *Pierrot le Fou* stirbt das Paar, das zusammen von Paris nach Porquerolles flüchtet, nach einem Akt der Untreue. Mit dem Tod beider, er begeht Selbstmord, findet in der Schlussszene über dem Meer ihre Wiedervereinigung im Jenseits statt.

Der Süden als Ort der Versuchung, der Sehnsucht und des Todes findet sich nicht nur bei Godard.

In *Le Cercle des Mahé* lässt Georges Simenon den Arzt Mahé während des Fischens auf Porquerolles ins Meer stürzen und ertrinken. Seine Sehnsucht nach Elisabeth, der Tochter eines Einheimischen, die nun in Hyères ihren Lebensunterhalt verdient, ist so groß, dass nur ein Selbstmord die Wiedervereinigung mit ihr ermöglicht.

Der Süden als Ort der Ernüchterung und des Scheiterns, statt als Ort der Erfüllung von Sehnsucht, findet sich auch bei Kurt Guggenheim. In *Die heimliche Reise* lässt er Sylvester Eigenmann, Grabsteinfabrikant, von Zürich nach Genf reisen, um dort ein Künstlerdasein nachzuholen. Der Roman endet mit der Einsicht Eigenmanns, als Künstler seine Zeit verpasst zu haben. Begleitet von Frau und Sohn, verlässt er Genf drei Wochen später wieder.

Die Flucht, der Ausbruch aus dem Alltag soll im Süden belohnt werden mit Freiheit, Glück, Selbstfindung oder Selbstverwirklichung. Weder bei Godard, Simenon noch Guggenheim findet dies statt. Der Süden ist bei ihnen ein Ort, wo Zwänge und Ernüchterung, die im Norden, im Alltag ihren Anfang nehmen und Grund zur Flucht in den Süden sind, ihren Höhepunkt finden, statt sich aufzulösen. Die Ernüchterung ist im Süden, da eine

Befreiung nicht erfolgt, unerträglich. Der Ort der Sehnsucht bleibt ohne Antwort. Was folgen muss: eine Implosion oder ein Akt der Befreiung durch den von Sehnsucht Getriebenen selbst. In keinem der oben genannten Beispiele gelingt diese Befreiung.

In Claude Chabrols *Les Biches* dient der Süden als Kulisse eines dekadenten, bürgerlichen Lebens, in dem Müßiggang und amouröse Spielereien den Tagesverlauf bestimmen. Dasselbe gilt für Eric Rohmers *La Collectionneuse*. Der Süden ist bei beiden kein Ort der Sehnsucht, der eine Befreiung möglich machen könnte, sondern von Anfang an Ort des Stillstandes, des Nichtstuns, aber auch der Langeweile und der Leere. Aber – ist nicht dann der Mensch in größter Gefahr, wenn er viel Zeit hat? Zeit, um über sein Leben nachzudenken, sich zu definieren in Bezug auf andere? Ist nicht der Süden bei Chabrol und Rohmer Ort der Muße, des Zeithabens und des Definierens von Beziehungen, somit Ort der Gefahr? Wo keine Ablenkung und Korrektur von außen möglich sind, führt eine Gruppendynamik zu Unvernunft, Zügel- und Grenzenlosigkeit. Der Süden mutiert zum Ort des Albtraums. Der Mensch verkommt unbeschäftigt zu einem amoralischen Wesen. Bei Chabrol führt der kollektive Müßiggang zum Mord, bei Rohmer zur vorzeitigen Auflösung der Gruppe und zum Abbruch des Aufenthalts.

7.
VON KOFFERN UND DEM TANZEN

Ich reise mit großem Koffer. In Filmen von Eric Rohmer oder Claude Chabrol reisen die Leute elegant, mit wenig Gepäck. Ein kleiner Suitcase reicht. Im Süden braucht man nicht viel, Shorts vielleicht, ein Badetuch und eine Abendgarderobe. Alles ist leicht, stilsicher und ungezwungen. In Filmen wird das Handwerk des Tanzens beherrscht. Im echten Leben tanzt man nicht so einfach. Ich reise mit großem Koffer, weil ich auch elegant sein will. Dazu braucht es Kleider, Schuhe, Hosen, mehrere Hemden. Ich will auch etwas von dieser leichten, stilsicheren Welt erfahren, will Teil von ihr sein, wenn auch nur für einige wenige Tage. Ich will tanzen können.

Aber ein schöner Anzug macht noch keinen rechten Tanz, ich weiß. Um tanzen zu können, braucht es mehr. Es verlangt einen souveränen Umgang mit Kommunikationscodes. Wir sollen leicht und stilsicher kommunizieren. Es gibt nichts Uneleganteres als einen Tölpel, der den richtigen Ton nicht trifft. Grobheiten und Sarkasmus sind fehl am Platz. Es ist ein Vorteil, wenn man gebildet ist in Geschichte, Literatur und Philosophie. Man tut gut daran, ein ästhetisches Auge zu haben, und man sollte etwas von Kunst verstehen.

Oberstes Gesetz aber ist: Verleugne dich nicht! Wir dürfen zugeben, dass wir nicht tanzen können. Ehrlichkeit entwaffnet.

Die Kunst ist nun, wirklich redlich zu sein und es nicht bei Lippenbekenntnissen zu belassen, der Eleganz wegen. Es ist dies eine große Versuchung. Wer aber wirklich redlich ist, will er noch tanzen können? Braucht er dann noch den großen Koffer? Natürlich braucht er ihn im Leben. Er soll sich dafür nicht entschuldigen. Wer etwas erreichen will, muss investieren, muss tragen können. Aber ob der gute Tanz noch Ziel ist?

Sagen wir es so: Wenn wir erreichen, dass jenes, was wir reden, auch jenes ist, das wir leben, dann tanzen wir so schlecht nicht.

II.
BLICKWINKEL

1.
DER BLICKWINKEL

Ist Moral nicht ein anderer Begriff für das instinktive Abwägen, das wir fortlaufend, ohne Unterbruch tun, um das für unser Leben Förderliche und das ihm Schädliche zu ermessen?
Moral ist somit etwas völlig Individuelles und wird von jedem Individuum verschieden aufgefasst.
Wenn wir aber von der Moral anderer reden, dann meinen wir ihr Verhalten bezogen auf die Gesellschaft. Wir erwarten, dass sie für das Wohl der Gesellschaft vom instinktiven Abwägen für sich selber absehen.
Daran sieht man, wie tief Begriffe missverstanden werden.

Was gut und schlecht ist?

Meinen Sie, was für Sie gut und schlecht ist? Für Sie, in Ihrem persönlichen Dasein? Oder meinen Sie das Gute und Schlechte für die Gesellschaft, was dasselbe ist wie das, was die Gesellschaft für Sie als gut und schlecht empfindet?

Wir reden von zwei verschiedenen Dingen, die unterschiedlicher nicht sein könnten. Es geht um Blickwinkel.

Ich zähle auf. Für mich gut sind:

Unabhängigkeit, Freundlichkeit, innere Freiheit, Zeit haben.

Für mich schlecht sind:

Manipulatoren, Kontrolle, Verachtung, Langeweile.

Was die Gesellschaft für mich und für sich bezogen auf mich als gut empfindet:

Eingliederung, Bescheidenheit, Anpassung, Servilität.

Was sie für mich und für sich bezogen auf mich als schlecht empfindet:

Unabhängigkeit, Unangepasstheit, Müßiggang, Zahlungsunfähigkeit.

Was gut und schlecht ist, fragen Sie?
Der Blickwinkel entscheidet.
Eine andere Frage muss uns aber auch beschäftigen:
Wie können wir in der *Spannung* zur Gesellschaft ein annehmbares Leben führen?
Gehe ich zu weit, wenn ich sage:
Unser Leben definiert sich *gerade* an dieser Spannung?

***

Der eine schreibt ein Buch, ein anderer rackert sich ab an seinem Arbeitsplatz. Wo liegt der Unterschied?
– Welcher Unterschied? Der Grad der Sinnlosigkeit in ihrem Tun ist derselbe.
Der Blickwinkel macht einen Unterschied, er wertet.

Dass der Mensch plötzlich nicht mehr arbeiten soll, nachdem er sich sechzig Jahre lang an das Arbeiten gewöhnen musste (und er hat sich daran gewöhnt, hat sich damit arrangiert und abgefunden), daran sieht man, wie wenig gesellschaftliche Verhältnisse wirklich mit dem Menschen zu tun haben. Sie sind ein großes Missverständnis, das darauf beruht, dass der Blickwinkel des Einzelnen und jener der Gesellschaft, auf ihn bezogen, ganz verschieden sind.

Dass sich die Gesellschaft für das Wohl des Einzelnen nicht einsetzen wird, ist so wahr, als ein Individuum, das sich wehrlos der Gesellschaft ergibt, sich selber verloren hat. Und ebenso wahr ist es, dass der Einzelne, der sich in einer Individualisierung nicht zu retten weiß, durch die Gleichgültigkeit der Gesellschaft dafür abgestraft und nicht belohnt wird.

Kürzer gesagt:
Ein Mensch, der sich in seinem Denken gesellschaftlichen Normen fügt, läuft Gefahr, daran persönlich zu scheitern.

Erkenntnis versus Gewohnheit
Es lohnt sich, einen eigenen Blickwinkel zu entwickeln und ihn kundzutun.

Was gibt es Erfrischenderes, denn das Erfahren einer ungewohnten Sichtweise? Das Schweigen in der Normkonformität kann uns nichts geben, wir haben es täglich um uns. Es kann uns nicht erquicken.

Aber das Betrachten der alltäglichen Dinge in einem neuen Lichte belebt uns, weckt uns auf, führt uns unseren Standort vor Augen. Es tut uns gut, Normalität zu durchbrechen.

Ein neuer Blickwinkel ist ein gutes Mittel gegen Langeweile in der Gewohnheit. Langeweile in der Gewohnheit ist – wir unterschätzen und verdrängen dies leicht – eines der gefährlichsten Gifte gegen das Leben.

Eine neue Sichtweise, eine Erkenntnis, ein eigener Blickwinkel verschaffen uns Leben.

2.
TERMINE

Das größte Verderben? Uns in die Freudlosigkeit des Alltags zu schicken und deswegen Undank zu üben, indem wir das Leben verachten, indem wir uns selber verachten.

Wertmüller schaute mich an. Seine Erwartungen waren groß. Natürlich war ich für das Projekt zuständig. Gleich würde ich etwas dazu sagen. Die Strategie war klar, die Termine lagen vor. Als Leiter der IT-Abteilung stand ich im Fokus des Interessens der Geschäftsleitung. Bei mir liefen die Fäden zusammen. Es war keine kleine Geschichte, es musste der ganze Laden auf das neue Betriebssystem umgerüstet werden, damit das von uns entwickelte Sicherheitskonzept sauber betrieben werden konnte. Bis nur schon die Rechtsabteilung grünes Licht gegeben hatte bezüglich Fragen des Datenschutzes, waren wertvolle Wochen verloren gegangen. Aber das gehörte dazu, ich hatte mit einer Verzögerung gerechnet, allerdings nicht in diesem Ausmaß. Die Umsetzung sollte nun zügig erfolgen. Es fehlte mir an allen Ecken und Enden Zeit. Zudem gab es empfindliche Ausfälle von mehreren Mitarbeitern. Meili kämpfte mit einem Burnout. Es war überhaupt nicht sicher, ob er noch zurückkommen würde. Simona Meierhans hatte Schwangerschaftsurlaub und der Kollege Bosshard hatte von sich aus kurzfristig gekündigt. Also musste ich in einem Zeitraum, in dem es Schlag auf Schlag gehen sollte, noch neues Personal anwerben und einschulen. Ich stand unter enormem Druck.

Umso befremdlicher mutete mich an, was ich in einer Tageszeitung bei einem Thunfischsandwich während ein paar ruhiger Minuten über Mittag gelesen hatte. Stand doch darin die Aussage eines Philosophen, dass der Mensch sein Leben *unter* sich sehen müsse, dass er über sich hinaus schaffen und dabei zugrunde gehen soll, dass er die ganze Menschheit hinter sich lasse und hinaufsteige in die klare, belebende und befreiende Luft seiner Einsamkeit.

Ach! Diese Philosophen, die Zeit haben, dachte ich. All diese Sätze und Bilder, die aus *dem Zeithaben* heraus geschrieben waren. Sie hatten mit meinem Leben nichts zu tun. Und doch – war auch ich nicht einer dieser von ihnen Verachteten, ein Herdentier, das blind am Boden herumtappte, weil es klein dachte, weil es selber klein war, da es sich damit arrangierte, sich in ein Gefüge einzugeben, sich in den Dienst von etwas zu stellen? War ich nicht einer von jenen, die nichts von Größe verstanden, von Erhabenheit, da sie sich im Alltag von Termin zu Termin quälten?

Ach! Diese Verachtung, die aus dem Zeithaben, aus dem Müßiggang heraus entwickelt wurde, gegen diejenigen, die sich einspannen ließen, von denen man etwas erwarten durfte, sie widerte mich an. Sie kränkte mich. Musste ich, der wenig Zeit hatte, mir noch solches anhören?

Mir fehlte die Muße, andere zu verachten. Ich konnte mir solch elitäres Richten nicht leisten. Zu sehr drängte die Traktandenliste, zu knapp waren die Zeitfenster für die Umsetzung der Vorgaben. Meine Leute arbeiteten unter Hochdruck in Überstunden, auch am Wochenende. Ich wollte ihnen mit gutem Beispiel vorangehen, nahm daher eine hohe Präsenzzeit und Erreichbarkeit rund um die Uhr auf mich.

Es fuchste mich, dass einer mit leicht und mühelos dahergeschriebenen Sätzen zum Richtwert ganzer Generationen geworden und in die Geschichte eingegangen war. Es fuchste mich, dass mich seine Sätze beschämten, dass ich mich durch sie ertappt fühlte und in die Ecke gedrängt wurde. Ich empfand mich ungerecht behandelt.

Aber es war so: Des Philosophen Stimme war bekannt, wurde gehört! Also war er im Recht, also sagte er Richtiges. Sein Wort war mächtig, mein Gedanke über ihn nichtig. Er hatte Gewicht, ich mühte mich ab im Alltag. Er schuf Bleibendes, ich steckte meine ganze Energie in Vergängliches. Er redete vom Mond, der

Sonne, dem Wind und dem Wetter, ich überprüfte Excel-Tabellen und Parameter. Er sprach von Werten und sagte mir, dass mein Lebensinhalt nicht nur wenig Wert habe, sondern falsch sei. Er redete vom Leben und dem Sinn des Lebens. Ich urteilte nicht mehr und versuchte den Zeitplan einzuhalten.

Er sabotierte mich auf der ganzen Linie, nahm mir meinen Schwung und die Freude, die ich, trotz des Drucks, an meiner Arbeit hatte.

Wertmüller schaute mich an und sagte, mir das Wort übergebend: „Herr Wägelin wird uns nun das weitere Vorgehen und den Zeitplan seitens IT aufzeigen. Darf ich Sie bitten, Herr Wägelin?"

Ich öffnete meinen Laptop. Meine Präsentation war am unteren Ende des Sitzungstisches gut sichtbar an die Wand projiziert. Ich kam kurz auf den aktuellen Stand unserer Arbeit zu sprechen, fasste die Strategie, die Stoßrichtung für die nächsten Monate nochmals zusammen. Wertmüller hatte das neue Geschäftsmodell ja schon ausführlich vorgestellt. Dann blendete ich die Tabelle mit dem Zeitplan für die nächsten zwei Jahre ein. Ich schilderte die Problematik, mit der ein neues Sicherheitssystem im Bereich Online-Banking im Allgemeinen und in unserem Falle mit einer neuen, kundenfreundlichen, übersichtlichen, aber sicheren Plattform im Besonderen zu kämpfen hatte. Das Verhindern von Cyberkriminalität und Angriffen auf Kundendateien durch Systemhacker waren die großen Herausforderungen. Ich versicherte der Geschäftsleitung das Einhalten des Zeitplans und gab mich optimistisch und zuversichtlich bezüglich des Gelingens der Aufgabe. Ich schloss mit einem dezent angehauchten philosophischen Satz, den ich langsam und feierlich zelebrierte: „Was wir wirklich wollen, das erreichen wir auch."

Für einen Augenblick hatte ich den Eindruck, Wertmüller war emotional bewegt durch meine markanten Worte. Sein Blick, der mich von der Seite her traf, drückte Respekt und Anerkennung aus. Er glaubte mir.

Ich aber war eigenartig entrückt. Auch glaubte ich mir selber nicht recht. Ich betrachtete die Gesichter der Sitzungsteilnehmer, die immer noch mir zugerichtet waren, und dachte für mich:

Aber wir können nicht alles wollen. Wir können nur das wirklich wollen, was für uns bestimmt ist. Und das erreichen wir auch. So macht jeder das, weil er so ist, wie er ist, was ihm zu tun gebührt.

Es versöhnte mich diese Einsicht mit dem Philosophen in der Zeitung – und mit mir selbst.

3.
DIE JAGD II

Ich behaupte: Jeden steuert sein Selbsterhalt.

Die Frage ist, ob er ihn in die Anpassung hineinsteuert oder in einen starken Individualismus. Der in die Anpassung Hineingesteuerte wird wegen seiner Anpassung ein erhöhtes moralisches Empfinden entwickeln und sich vielleicht für seine Mutlosigkeit rächen wollen. Während der Individualist sich dem Angepassten überlegen fühlt und sein moralisches Kriterium darin besteht, keinesfalls angepasst zu sein.

Grundsätzlich möchte jeder frei sein. Worin aber genau besteht diese Freiheit?

Der Angepasste holt sich Freiheit, indem er davon profitiert, dass man ihn übersieht. Er fällt nicht auf. Seine Freiheit besteht in der Ruhe. Er wird in Ruhe gelassen.

Der Individualist holt sich Freiheit durch seinen künstlerischen Ausdruck. Freiheit besteht für ihn im Zeithaben für seine Arbeit, im Zeithaben, seiner Berufung nachzugehen.

Der Angepasste wird über den Individualisten sagen (und dabei verständnislos die Schultern hochziehen): „Wenn er es unbedingt tun muss, soll er es tun."

Der Individualist wird über den Angepassten sagen (und dabei bedauerlich den Kopf schütteln): „Der arme Tropf hat ein ganzes Leben gelebt, ohne je wissen zu wollen, wer er eigentlich war."

Wir wollen hier nicht Position beziehen. Was man sicher sagen kann: Jeder weiß genau, wo er steht, bei den Angepassten oder bei den Individualisten, und er weiß auch genau, ob es für ihn der richtige Platz ist.

Meine Sympathie aber gehört nicht denen, die wissen, wohin sie gehören, die ihr Feld abgesteckt haben, die mit sich im Reinen sind, sondern jenen, die sich *verändern wollen*, die nicht zufrieden sind mit ihrem Platz, die sich andere Gebiete zu eigen machen möchten und sich nach neuen Horizonten sehnen. Denn sie werden ihre Fühler ausstrecken, ihr Sensorium aktivieren, ihre Wahrnehmung verfeinern, ihr Bemühen intensivieren und dadurch einen Gewinn haben. Sie werden auch Gewinn sein für andere, als Orientierung.

Die Plumpheit in der Selbstzufriedenheit ist der größte Feind demjenigen, der eine innere Entwicklung anstrebt. Diese ist nur möglich aus einer Sehnsucht heraus. Sehnsucht gibt Feingefühl, weckt ein Sensorium für Nuancen und fördert Wachsamkeit. Und ist es nicht so, dass in der Sehnsucht Freude und Leid am Leben ihren Ausdruck finden und sie den *Geschmack für Sinnfragen* fördert, folglich Sehnsucht uns überhaupt Leben gibt?

Eins ist sicher: Wer die Veränderung sucht, will leben. Wer Sehnsucht hat, fühlt. Wer etwas fühlt, ist schon sehr nahe dran am Leben, an einem intensiven Leben. Und das ist das, was wir wollen: intensiv leben.

4.
NORM ODER VON EINER ÜBERFORDERUNG

In Gedanken kann der Mensch fliegen, in die Sonne, ins Licht. Konkret lebt er in seinem Körper und dieser wohnt in einem kleinen Zimmer unterhalb der Nebelgrenze.

Ist es verwunderlich, wenn sich einer in der Norm, in der Normalität nicht wohlfühlt, in der Limitierung zur Monotonie, zum Immer-Gleichen? Was ist dann ein Leben, wenn es sich in der Beschränkung einrichten muss?

Und doch: Der Ausbruch aus der Norm, ein Leben außerhalb, körperlich, bedeutet meistens einen Akt der Selbstzerstörung auf Zeit. Süchtige oder Aussteiger, die auf der Straße leben, werden kaum alt und verbrauchen ihre Kräfte schnell. Es fehlt ihnen an Nahrung, an Gesundheit, an Geld. Sie erleiden größte Entbehrungen – und haben dennoch nichts erreicht.

Wer zufrieden ist mit einem Leben in der Norm, hat sich versöhnt oder abgefunden mit der Limitierung, hat sich in seinem Denken eingerichtet in der Beschränkung. Vielleicht empfindet er sie gar nicht. Seine Aufgabe wird sein, sich in der Gesellschaft seinen Talenten gemäß zu positionieren und seine Kräfte darin einfließen zu lassen.

Ein Einzelner, wenn er aus der Norm ausbrechen will – nehmen wir an, dass er das will, da er die Limitierung zur Monotonie nicht mehr aushält, die Selbstbeschränkung zum Immer-Gleichen als Verschwendung von Leben empfindet –, muss und kann dies nur *in Gedanken* tun. Er braucht Vorstellungskraft, um einen Gegenwert, einen höheren Wert sich zu denken. Er muss gesegnet sein mit Willen zur Gesundheit, denn er muss eine ganze Gesellschaft gegen sich aushalten.

Hier nun ist der Blickwinkel wieder entscheidend. Die Gesellschaft hat kein Interesse an Nicht-Normkonformen, sie braucht Menschen in der Anpassung, die ihre Kraft in die Gemeinschaft investieren. Nie wird sie dich auffordern, deine Talente nur für deinen Gewinn einzusetzen.

Du, der du dich aus der Norm ausklinken willst, musst a priori über die Norm hinaus talentiert sein. Dich treiben eine starke Vision, eine innere Unruhe an. Dein Vertrauen in sie ist unerschütterlich, deine Einsamkeit definitiv – du wirst außerhalb der Gesellschaft arbeiten.

Verfügst du nun über diese Kräfte, über die benötigte Gesundheit nicht sicher oder nicht immer, erleidest du vielleicht eine persönliche Krise; sie ist temporär, lass die Zeit ihre Wirkung tun. Von außen wird dir derweil kaum Schaden zugefügt.

Du wohnst in deinem kleinen Zimmer unterhalb der Nebelgrenze, lebst in der Norm, bewegst dich in einem abgesteckten Rahmen, gleich aller Welt – und da wiederum vermagst du einen Gedanken zu fassen! In ihm erreichst du deine größte Reichweite, auch die größte Freude. So kannst du leben, sogar gut leben, dir Spannung und innere Unabhängigkeit erhalten – und du vermeidest ein großes Unglück.

5.
IM RESTAURANT

Und wieder eine Windböe, ach was, ein Windsturm, man versteht sein eigenes Wort nicht mehr!

9. Mai. Das Wetter ist umgeschlagen. Im Hotel gibt es kaum noch Gäste, der Campingplatz nebenan scheint komplett leer zu sein. Das Meer ist so unruhig, dass nur noch wenige Windsurfer es wagen, hinauszusegeln. Man hört den Sturmwind und das Donnern der Brandung. Möwen schweben an immer derselben Stelle über der Küste. Der Himmel ist dicht bewölkt, es könnte noch Regen kommen.

Auf dem Weg nach Tour Fondue begegnete ich drei Personen, letzte Woche war es das Zehnfache. Mir bleibt nur noch zu sagen: Herrlich!

Die „bicolore" Katze schaute mir beim Essen zu. Sie saß auf dem Fenstersims unter dem windgeschützten Vordach des Hotels. Es störte mich ihre Anwesenheit überhaupt nicht, im Gegenteil, sie war mir angenehm. Ruhig saß die Katze da und schloss ab und an die Augen. Eine gewisse Erhabenheit strömte von dem Tier aus, ein Faible für Discrétion.

Dies konnte man von dem Herrn am Fenstertisch nicht sagen. Seine Augen, die durch eine starke Korrektur in Weitsichtigkeit noch zusätzlich vergrößert schienen, ruhten unentwegt auf mir. Es waren Augen, die nicht sehr intelligent wirkten. Sie verrieten einen Charakter, den man als „lourd" bezeichnen musste. Ich ging davon aus, dass nicht ich ihn interessierte, sondern dass er nicht wusste, wohin er schauen sollte. Nun schaute er halt zu mir. Tant pis! Ich hatte keine Skrupel damit, ihn zu ignorieren. Es gab Schöneres anzuschauen im Restaurant, zum Beispiel die Katze auf dem Fenstersims. Vor mir, ich saß am Ecktisch mit der Nummer eins, saßen links und rechts je an einem Tisch zwei alleinstehende Damen. Ich fand diesen Rahmen a priori nicht unsympathisch, ich passte sozusagen ins Ensemble, denn auch ich saß allein an meinem Platz.

Ich musste dann aber leider feststellen, und es tat mir weh, dies sehen zu müssen, dass beide Frauen sich nicht sehr wohl fühlten in ihrer Haut. Sie überspielten ihr Alleinsein mit mehr oder weniger hilflosen Aktionen.

Die eine las während des Essens. Sie hielt einen zerblätterten Schmöker in der einen Hand und schaufelte sich mit der anderen einen Hamburger hinein. Es war kein sehr schönes Bild. Ich fragte mich dann, wie sie das Fleisch einhändig überhaupt zerteilen konnte. Offenbar war sie darin geübt, es funktionierte einwandfrei. Sie aß und las routiniert simultan, sie nahm Praxiserfahrung von zu Hause mit in die Ferien.

Die andere telefonierte, statt zu essen. Ihr Fischteller war denn auch kalt, als sie schließlich aufhängte und mit dem Tranchieren begann. Zu sich selber sagte sie: „Maintenant, c'est froid!" Aber das Telefonat rechtzeitig abzuklemmen, hätte sie nicht übers Herz gebracht. Sie hatte noch nicht den ersten Bissen genommen, als ihr Handy erneut klingelte. Bereitwillig antwortete sie. Dieses Mal dauerte es länger. Ab und an lachte die Frau. Vielleicht telefonierte sie mit einem Liebhaber? Es war, so schien es, der Eindruck, den sie erwecken wollte. Sie machte einen auf gurrendes Turteltäubchen. Sie opferte dafür ihren Fisch. Schade darum, dachte ich.

Es waren zwei einsame Frauen, meine Nachbarinnen. Jede versuchte auf ihre Art, ihre Einsamkeit zu überspielen. Aber gerade das Überspielen machte ihre Einsamkeit offensichtlich. Dies schien nun auch der Weitsichtige gemerkt zu haben. Unverschämt ruhten seine großen Augen nun nicht mehr auf mir, sondern auf der Frau, die telefonierte.

Die „bicolore" Katze, die eine Gesichtshälfte hatte sie schwarz, die andere braun, saß auf dem Fenstersims, schloss ab und an die Augen und schien ganz zufrieden. Sie war ein Einzelgänger wie ich. Und wie ich stand sie in ihrem Leben mit einer gewissen Genussfreudigkeit. Man soll das Leben genießen können. Man muss sich nicht dafür schämen. Ich fühlte mich der Katze darum näher als den beiden Frauen. Die Katze und ich waren uns im Charakter ähnlicher.

6.
FREUNDLICH SEIN

Der Kellner vergaß den Apfelsaft. Ich sagte es ihm, als er mir die Rechnung präsentierte. Er offerierte mir darauf einen Kaffee. Ich sagte ihm, es sei nicht schlimm wegen des Apfelsafts. Er sagte, er würde es das nächste Mal nicht vergessen. Ich dankte ihm für den Kaffee. Er dankte mir für das Trinkgeld und die Geduld. Er entschuldigte sich noch einmal wegen des Apfelsafts, er sei mit dem Kopf nicht recht bei der Sache. Ich sagte, das sei nicht schlimm, es mache nichts. Er lächelte und ging zurück zum Buffet. Ich wünschte ihm einen schönen Abend beim Verlassen des Lokals. Er bedankte sich nochmals.

Es kostet nicht viel, freundlich zu sein. Aber es lohnt sich. Es lohnt sich, der guten Stimmung wegen. Es lohnt sich, um souverän zu bleiben.

Souverän sind wir, wenn wir die Leistung anderer anerkennen, wenn wir unser Herz darin schulen, Gutes im anderen zu sehen. Eine gute Stimmung bringt uns weiter. Wir vermögen so unser Leben zu vertiefen und zu bestehen.

Wenn wir verachten, sind wir nicht souverän. Wenn wir nicht souverän sind, machen wir uns zu Opfern des Lebens. Wenn wir diesen Weg gehen, fügen wir uns in unser Scheitern.

7.
VON EINER GRENZE

Ob einer Kraft hat oder nicht, weiß er selber genau. Hilfe von außen ist da nicht möglich.
Kraft? – Inspiration, Durchblick, Urteilsvermögen und – vielleicht nicht zuletzt – Lebensfreude. Ohne Lebensfreude geht gar nichts.

Um sich mit anderen zu beschäftigen, braucht es ein gesundes Maß Selbstvertrauen. Fühlt man sich nicht auf ihrer Höhe, wendet man sich besser von ihnen ab. Denn es kann nicht sein, dass man aus der Warte des Unterlegenen mit einem Überlegenen reden will. Ein solcher Gesprächsversuch tut dem Unterlegenen nicht gut. Es entmutigt ihn und nimmt ihm die Orientierung. (Den Überlegenen berührt es nicht.)

Zudem wird er sich sagen lassen müssen: „Du wolltest auch mitreden, dabei warst du schnell zufrieden und hast es dir einfach gemacht." Dabei hat er es sich gar nicht einfach gemacht, er konnte mehr nicht. Er erreichte seine Grenze, begab sich an sein Limit.

Eine solche Kritik braucht niemand.

Nun ist einer versucht zu sagen: „Schuster, bleib bei deinem Leisten. Sage das dir Entsprechende. Rede auf deinem Niveau. Oder such dir ein Niveau, mit dem du dich messen kannst, ohne daran zu verzweifeln. Such dir ein für dich passendes Milieu aus deiner Umgebung aus. Passe deine Umgebung dir an und nicht umgekehrt. So tust du dir nicht weh und du kannst dich wohlfühlen in deiner Haut."

Er hat gut reden. Wenn das Niveau eines anderen als das zu erreichende, gültige Niveau erkannt ist, wird kaum einer in seiner eigenen Seichtheit dümpeln wollen.

Das einzig Richtige, was er tun kann, ist: sich von einer Sache zu verabschieden, aus ihr auszutreten mit dem Wissen, ihr nicht gerecht werden zu können. Er erweist sich damit den besten Dienst. Was er nun statt dieser Sache tun soll, bleibt offen. Am besten tut er nichts und bleibt ruhig. Wo man sich nicht misst, sieht man seine Grenzen nicht. Wo man seine Grenzen nicht spürt, darf man sich wohlfühlen, darf man Selbstvertrauen gewinnen.

Auf einem neuen Gebiet würde er mit Sicherheit erneut ein ihm überlegenes Niveau erkennen. Sein Dilemma würde sich wiederholen.

***

Vom Glauben an sich selbst
Wenn einer sich selber nicht mehr glaubt, dann sackt der Boden unter seinen Füßen weg, dann kommt die große Krise. Was andere glauben, hilft ihm ohnehin nicht.

Dass man in allem, was man tut, anerkannt wird, hängt von der eigenen Haltung ab. Ist man davon überzeugt, dass man etwas gut kann, glauben es andere auch. Zweifelt man an sich, zweifeln andere auch. Ob man etwas gut kann oder nicht, ist demnach nicht die erste Frage. Die erste Frage ist, ob man es sich *glaubt*, dass man etwas gut kann, oder nicht.

An seine Leistungsgrenze zu kommen, heißt für den Leistenden, nicht mehr einverstanden zu sein mit der Form seiner Leistung. Das Sehen seiner Leistungsgrenze ist gleichzusetzen mit einer Identitätskrise. Wenn die Form, die Dichte seiner Arbeit nicht mehr genügt, erfährt er sich als geschwächt. Wer sich selber nicht mehr glaubt, wer seiner Leistung nicht mehr vertraut, verliert jegliche Beziehung zur Welt, vertraut auch ihr nicht mehr und nimmt sich zunehmend als isoliertes Wesen wahr.

Oder anders formuliert:
Einer Aufgabe nicht gewachsen zu sein, führt in eine Krise, die nur im Selbstbetrug einen Ausweg hat, nämlich den, der Aufgabe

sehr wohl gewachsen zu sein. Es fehlt nur an der richtigen Disposition. Wie sonst soll man diese Krise aushalten?

Es sei denn, man ginge hin und änderte die Aufgabe. Dies aber kommt einer Resignation gleich – eine Krise, die vielleicht noch arger ist als die erste und die es nicht weniger schönzureden gilt.

Innere Zerrissenheit
„Es steht mir nicht zu." Dieser Satz bestätigt das Gesetz der Verschwendung. Gesunde, selbstbewusste, lebensbejahende Kräfte werden verschwendet, brachliegen gelassen, da man denkt, sie stünden einem nicht zu.

Stattdessen nimmt man Schuld, Scham und ein schlechtes Gewissen auf sich in der Meinung, dass diese schwächenden Elemente einem entsprechen, für das Leben geeignet und gut genug seien und man mehr nicht verdient habe.

Es hat dieses Denken weniger mit Bescheidenheit zu tun denn mit Resignation. Aus ihr resultiert der Nichtgebrauch, die Verschwendung von aufbauenden Kräften.

Wenn man nun bedenkt, dass es für die innere Zerrissenheit nicht einmal einen großen äußeren Anlass braucht, sondern sie unser Denken beeinflusst bei fast allen Entscheidungen, auch im Kleinen, Alltäglichen, dann lässt sich das Maß an verlorenen Kräften erahnen, während wir für uns finden: Es ist gut genug, ich brauche mehr nicht, und wir damit der Absage zusagen.

8.
GRÖSSE UND IDEAL

Man muss nicht glänzen, man soll leben und arbeiten; vielleicht glänzt dann ein wenig, was man tut.

Solange einer schreibt, scheint alles in Ordnung. Er hat ein Mittel zum eigenen Ausdruck gefunden und nützt es. Wenn er nun aber, der bis anhin immer geschrieben hat, plötzlich nichts mehr schreibt, nichts mehr von sich gibt, was ist dann mit ihm los? Ist er krank oder ist er endlich richtig gesund? Hat er resigniert oder hat er endlich begonnen zu leben?

Wahrscheinlich hat er eine Krise. Denn das Schreiben war doch immer auch identitätsbildend und Teil seiner Persönlichkeit. Wenn er nun nicht mehr schreibt, ist er nicht mehr, was er war: ein Schriftsteller. Was ist er nun? Ein nicht mehr schreibender Schriftsteller? Er wird wahrscheinlich sagen: „Ich bin nichts mehr, ich lebe einfach." Diese Krise auszuhalten ist gar nicht so leicht. Es ist leichter zu sagen: „Ich tue dies, also bin ich das."

Kaum einer kann ohne diese Selbstdefinition leben. Bei ihr sucht man gern Zuflucht – und sie beruhigt. Ich spiele Gitarre, ich bin Musiker. Ich male Bilder, ich bin Künstler. Ich forsche, ich bin Wissenschaftler. Ich gehe einer Arbeit nach, ich bin Arbeitnehmer. Ich tue nichts, was bin ich? Ich bin, ich lebe, ich, ein Mensch. Es braucht Mut zu dieser Einsicht. Denn sie beruhigt nicht. Sie schmeckt nach Provisorium, nach einem persönlichen Scheitern. Dabei ist sie das Gegenteil. Sie ist das, was man als ein Sehen unserer tiefsten Existenzbedingung bezeichnen darf. Der Mensch ist eine sinnlose Erscheinung. Alles, was er ist, redet er sich zu. Alles, was er ist, will er sein. Was er tut, will er tun. Was er nicht tut, will er ebenfalls. Zu sagen, ich tue nichts, aber ich lebe dabei gut, bedeutet eine neue Selbstdefinition. Keine einfache, nach einem Leben, das über den Leistungsausweis definiert war. Hauptirritation wird der Verdacht sein, es sich damit zu einfach, zu bequem zu machen. Dabei war die frühere Definition doch einfacher und bequemer.

Das Glanzlose im Leben, vor wem muss man es verantworten? Vor sich selber kann man sich rechtfertigen, man kann es auch zurechtbiegen, sodass es erträglich ist. Aber – vor wem kann man es nicht?

Es gibt eine Art Verinnerlichung von Erwartungen und Ansprüchen anderer, eine Form von Gewissen gewordenen Vater und Mutter. Dabei waren Vater und Mutter immer auch Sohn und Tochter. Unser Weltverständnis schult sich an diesen Zusammenhängen.

Das Gewöhnliche, Alltägliche soll man annehmen können. Es gehört zum Leben. Ist es nicht gar so, dass man über es zum Leben findet?

Vergessen wir nicht: Große Würfe sind selten. Es gibt viele kleine, die dann in der Summe Größe ausstrahlen mögen. Größe macht man nicht. Sie ist oder sie ist nicht. Sie muss uns daher nicht beschäftigen.

Warum wir dennoch über etwas uns groß Erscheinendes, ein Ideal nachdenken?

Wir können es vielleicht nie erreichen.

Ein Ideal mahnt, es erhebt und begeistert uns. Größe belebt und schult unser Werteverständnis.

Ein Sohn, eine Tochter aus gutem Hause hat eine Verpflichtung: Er, sie soll sich in ein Thema einarbeiten, sodass dieses Thema eine Referenz für das Leben wird. Für das Einarbeiten ist dem Sohn oder der Tochter Zeit gegeben, die vielen nicht zur Verfügung steht.

Mit anderen Worten: Wer aus gutem Hause kommt, hat die Gelegenheit, der Nüchternheit des Alltags einen erarbeiteten Wert entgegenzuhalten.

***

Ein Gräuel sind solche, die sich für nichts begeistern, sich an nichts berauschen und an kaum etwas sich freuen können. Sie sagen mit einem müden Lächeln: „Aber es ist nicht so einfach", oder: „Die Realität ist eine andere", und ähnliche Dinge. Ihre Nüchternheit nimmt auch denen die Freude, die sich in etwas hineingeben können um der eigenen Belebung willen.

Man kann ihre Gesellschaft nur meiden. Sie bringen nichts denn Trockenheit und Zweifel zum Tragen. Aber diese Qualitäten tragen gerade nicht. Sie lassen einbrechen in Desillusionierung und Wertlosigkeit. Wir müssen unsere Werte illusionieren, erträumen, erfinden. Werte sind Fantasieprodukte und nicht etwas, das die Realität dem Leben zuträgt.

Was bedeutet schon Realität, außer der Wille zum Nichtstun?

Von dem, was Kraft hat

Wenn man darüber Bescheid geben könnte, was Kraft ausmacht und wann etwas Kraft hat, wäre damit die Kraft ein einfach messbarer, benennbarer Wert. – Etwas hat Kraft. Was will damit gesagt sein? – Es ist lebendig, es ist inspiriert, es ist gut beobachtet, es hat einen übermütigen, frechen Zug?

Von dem, was Kraft hat. Ein schöner Titel. Er soll auf etwas hinweisen, das nicht benennbar ist; obschon es um sie und nichts anderes geht, um die Kraft, wenn wir darüber sprechen, was uns berührt, was uns etwas angeht, was uns belebt und was uns erschüttert.

Und dies wollen wir doch, nicht wahr? – Uns erschüttern lassen.

Wenn wir dies nicht mehr wollen, dann wollen wir nichts mehr. – Dann haben wir resigniert, aufgegeben. Dann wollen wir nicht mehr leben. Wir sind in der Glanzlosigkeit, in der Trockenheit verkümmert.

Leben heißt: Emotionen empfinden, fühlen. Was sonst soll Leben sein?

Und damit ist nicht nur gemeint – vielleicht bräuchte ich dies gar nicht zu sagen – ein kuscheliges, beglückendes Wohlgefühl, dies auch, sondern die ganze Palette an Emotionalität, im Glücklichen wie im Traurigen, im Aufbauenden wie im Zersetzenden.

9.
ETWAS KENNEN

Wir können nur beurteilen, was wir kennen.

Können wir immer genau unterscheiden, ob wir etwas kennen aus eigener Erfahrung oder ob wir uns verlassen auf eine Vorstellung von der Sache?

Was kennen wir genau?

Um das Lebensgefühl eines alten Menschen zu verstehen, müsste man selber alt sein. Um eine öffentliche Person zu verstehen, müsste man selber eine solche sein. Um den Blickwinkel eines Süchtigen zu verstehen, müsste man selber süchtig sein. Um einen Schriftsteller zu verstehen, müsste man wie er schreiben können und so leben, wie er lebt(e). Um die Einsamkeit des Überbegabten zu verstehen, müsste man selber ein Genie sein. Und so fort.

Wenn wir wirklich alles kennen wollten, was uns begegnet, wären wir sehr überfordert. Wir müssten breit gefächert und wandlungsfähig sein. Es ist uns diese Fähigkeit nicht gegeben.

Dennoch urteilen wir dauernd. Es fängt damit an, ob uns etwas anspricht oder nicht, ob wir etwas gut finden oder nicht, ob wir in einer Sache einen Wert erkennen oder nicht, ob uns ein Mensch sympathisch ist oder nicht. Solche Urteile werden bar jeder Kenntnis gefällt. Sie passieren aus dem Bauch heraus und basieren auf einem Gefühl, einer Vorstellung.

Wir sagen dann: Das Universum ist primär eine physikalische Erscheinung, aber wahrscheinlich ist es erschaffen von einem Schöpfer. Dieser Mensch sagt genau, was ich denke. Wahrscheinlich sind wir uns ähnlich. Dieser Bergsteiger hat einen zähen Willen und eine sehr gute Kondition. Vermutlich treibt ihn ein großer Ehrgeiz an. Dieser Schriftsteller schreibt gut, jedes Wort ist inspiriert. Er muss ein außerordentliches Talent haben.

Wir kommen selten wirklich an eine Sache oder einen Menschen heran. Es fehlt uns die Kenntnis dazu. Wir befassen uns immer, wenn wir über etwas oder jemanden nachdenken, in erster Linie mit uns selber, mit unserer Vorstellung. Denn wir kanalisieren unser Denken, unser Empfinden in einer uns gemäßen Form. Diese Form entspricht unserem Charakter.

Wir fällen also Urteile gemäß unserem Charakter. Und wir müssen dies tun, da uns echte Kenntnisse fast überall fehlen.

Man kann also sagen: Wir können nur beurteilen, was wir kennen. Aber da wir wenig kennen, beurteilen wir aus einer Vorstellung heraus. Solange wir uns dessen bewusst sind, werden wir bescheiden bleiben und unser Urteil nicht vehement vertreten. Wir wissen, dass es subjektiv ist.

Wenn wir aber davon überzeugt sind, dass unsere Vorstellung richtig ist, werden wir unser Urteil mit aller Vehemenz vertreten und dabei so tun, als wüssten wir etwas sicher. Genaugenommen nehmen wir damit nur unsere Fantasie sehr ernst.

Was spricht dagegen? Dass wir dann manipulieren, bar jeglicher Kenntnis, aus einer Überzeugung, aus einem Glauben, aus einem ganz persönlichen Motiv heraus.

Aber sage ich damit etwas Neues? Die abendländische Geschichte – ist sie etwas anderes als eine Aneinanderreihung von Manipulatoren, die ihre Vorstellung von der Welt mit Vehemenz und Überzeugung dargelegt hatten? Sie wurden von den einen oder den anderen genauso vehement, aus einer persönlichen Interpretation heraus, *missverstanden*.

Es geht hier um die Kommunikationsfähigkeit unter Menschen und darum, wie sehr sich der Mensch überhaupt seiner Umgebung annähern kann.

Ich behaupte: Mit des Menschen Kenntnis ist es nicht weit her, aber mit seiner Vorstellung schon. Seine Vorstellung jedoch führt ihn nicht in die Welt, sondern zu sich selber. Die Kommunikation mit anderen wird dadurch nicht erleichtert.

Die Kenntnis der Welt holt er sich mit Messungen, Vergleichen, wissenschaftlichen Untersuchungen. Ob er aber dadurch die Dinge *begreift*, wirklich *erkennt*, ist wieder eine andere Frage.

Ich sage es so: Es spielt vielleicht weniger das Wissen eine tragende Rolle im menschlichen Leben als die Vorstellung. Denn die Vorstellung kann uns antreiben, motivieren und beflügeln. Sie vermag zu tragen. Sie verschafft uns Bilder und Illusionen. Aber sie ist eine sehr persönliche Sache und färbt die Welt für jeden in eine andere Farbe.

Die Untersuchung der Welt, eines Sachverhalts, des Handelns eines Menschen fördert unser Verständnis. Aber mit *unserem* Leben hat dieses Verständnis wenig zu tun. Wir bleiben verbindungslos in der Kenntnis, während wir in der Vorstellung verbunden sind – wenigstens mit uns selbst.

10.
MEINUNGEN UND ANSICHTEN

Jemand zu sein vor der Gesellschaft, ist das eine. Vor dir selber zu bestehen, etwas anderes. Es ist schwerer, denn du kennst deine wahren Absichten.

Nivellierung
Es liegt mir fern, jemandem Ratschläge zu erteilen. Niemand hört gern Ratschläge. Jeder weiß in der Regel für sich sehr genau, was er zu tun und zu lassen hat. Wollte ich Ihnen sagen, was Sie zu tun haben, würden *Sie* mir wahrscheinlich den Ratschlag geben, zuerst gewisse Dinge zu erledigen, bei mir selber Ordnung zu schaffen, bevor ich Ihnen sage, was Sie tun sollten. Ich verstehe Sie. Sie würden mir ans Herz legen, einen Leistungsausweis zu erbringen, etwas Sichtbares zu schaffen, Verantwortung zu übernehmen, in einem Unternehmen zum Beispiel, oder im Sport Rekorde zu schlagen. Sie würden mir sagen, ich solle doch zuerst beweisen, dass ich so viel könne, dass wir überhaupt auf gleicher Augenhöhe uns begegnen können. Sie würden sich vielleicht sogar die Freiheit herausnehmen, mir zu empfehlen, dasselbe zu tun, was Sie getan haben.

Nur, ist es andererseits nicht auch so, dass Sie solche, die ehrgeizig über andere hinwegsteigen, scharf verurteilen? Würde ich jetzt dasselbe tun wie Sie – und noch ein wenig oder viel mehr –, hätte ich Sie nicht zum Todfeind? Wären Sie nicht derjenige, der dann rufen würde: „Nun kommen Sie zurück, steigen Sie von Ihrem hohen Ross herunter. Schuster, bleib bei deinem Leisten!" Einen, der weniger oder anderes tut als Sie, verachten Sie. Einen, der mehr tut, verachten Sie auch. Und Sie haben Angst vor ihm. Wenn einer so ist wie Sie, dann würden Sie ihn vielleicht mögen, obschon Sie sich eingestehen müssten, dass es ihm an Persönlichkeit mangelt. Kurz, Sie möchten eine Nivellierung unter

Ihresgleichen, eine Gleichsetzung unter Leuten mit gleicher Veranlagung und gleichem Werdegang, sodass man unter Gleichen vom Gleichen spricht. Sie wollen sich in einer gefahrlosen und doch niveauhohen Zone bewegen.

Wie gesagt, was ich sage, ist nicht Gesetz. Ich würde mir auch nicht anmaßen, Gesetze zu machen. Aber ist es nicht so – und ich frage Sie jetzt –, dass Sie sich damit, mit diesem Kreis von Gleichgesinnten, auch schützen wollen? Sie wollen sich schützen vor dem, was Sie selber nicht können. Sie haben Angst vor dem, was jenseits Ihrer Leistungsfähigkeit liegt. In der Regel verstehen wir alle nicht viel von nichts. Aber wer die Leidenschaft eines anderen nicht nachempfinden kann, kann auch nicht verstehen, was diesen anderen antreibt. Er kann nur verstehen, was ihn selber antreibt. Sie werden mir nun sagen, es sei nicht nötig, sich in einen anderen einzufühlen. Es sei wichtiger, dass jeder weiß, was er *will*. Da bin ich mit Ihnen einverstanden. Nur, dass einer dasselbe will wie Sie, ist rar. Also will und tut er vielleicht etwas, das Ihnen wiederum die Grenzen Ihrer Leistungsfähigkeit aufzeigen wird. Sie können ihn nicht verstehen und sie werden ihn wiederum verachten.

Zuneigung und Mitgefühl
Ich könnte Ihnen jetzt von Zuneigung oder Mitgefühl reden als von Werten, die uns ermöglichen, uns über unsere Grenzen hinaus in einen Mitmenschen einzufühlen. Es gibt keine anderen Mittel, über uns hinauszusteigen, auf einen anderen zu. Sie würden dem vielleicht entgegnen, dass dies Zeitverschwendung sei, dass Mitgefühl die eigene Leistung schwäche, dass Zuneigung und Liebe uns verwirren, desorientieren, ablenken und strapazieren. Sie würden ausführen, dass es besser sei, in uns zentriert bleiben zu wollen, unserer Leistungskraft, auch der Schmerzlosigkeit wegen. Sie würden vielleicht sagen, der Mensch sei ein Egoist, der primär für sein eigenes Wohl sorgen will.

Ihre Aussage, scheint mir, führt zu keinem Fortkommen. Sie bleibt perspektivenlos.

Lassen Sie mich darauf Folgendes antworten:

Ob wir in unserem Leben Zuneigung oder Mitgefühl erfahren, ob wir selber leiden, da wir jemanden lieben, können wir nicht durch einen Willensakt steuern. Es gehören diese Erfahrungen zum Leben. Wir täten uns viel Gewalt an, sie vermeiden zu wollen. Es ist diese Gewalt nicht nötig. Wir müssen nicht dagegen ankämpfen, dass uns etwas mit anderen verbindet. Es ist gut, dass es Wege dazu gibt. Warum, werden Sie vielleicht fragen?

Weil – wenn wir verbindungslos leben, ohne Bindung zu Mitmenschen, ohne Bindung zu Dingen und zur Welt – wir dann nicht mehr lebendig wären. Zu leben bedeutet doch: bereit sein, sich zu öffnen – nicht, sich aufzugeben –, sich zu öffnen, um im Verbund mit anderen die eigenen Grenzen zu überwinden. Wir können uns erweitern, vergrößern, wenn wir lieben. Sie sagen: Liebe ist nichts anderes als ein egoistisches Motiv, eine Form von Habgier, es geht immer um uns, es geht um unser Weiterkommen. Auch Liebe ist Selbsterhaltungstrieb.

Das mag sein. Aber wir nehmen Liebe, Zuneigung oder Mitgefühl nicht so wahr. Es sind Gefühle, die uns motivieren, von uns abzusehen, um einen anderen in den Fokus unseres Blickfelds zu rücken. Wir wollen ihn verstehen, nicht verachten. Wir wollen an ihm lernen, nicht ihn vernichten. Welche anderen Mittel gäbe es, uns am Leben zu erhalten?

Wenn Sie sagen, dass Sie das Leben eines Mitmenschen nicht interessiert, dann müssen Sie die Konsequenz Ihres Denkens aushalten können: Auch Ihr Leben interessiert nicht.

Es ist ein solches Denken eine Anmaßung. Es steht auch Ihnen nicht zu. Es ist nicht unsere Aufgabe, über Leben und Tod, über das, was Existenzberechtigung hat oder nicht, zu richten und dazu eine Meinung zu haben.

Wir sind besser dran, wenn wir im Leben lieben lernen. Ist nicht dies eine dem Menschen würdige Haltung? Etwas in unser Herz aufnehmen können, vergrößert unser Herz, macht uns einsichtig, versöhnt uns mit dem Leben, macht uns lebendig.

Grenzen und Charakter
Sie sagen, Sie schulden niemandem etwas. Sie haben Recht. Sie schulden weder sich noch jemandem irgendetwas. Sie sagen: „Mich erwischt ihr nicht, da mach ich nicht mit", und verbleiben in einer Position des passiven Widerstands, der kühlen Analyse und Beobachtung. Sie bringen sich bewusst nicht ein, zum Beispiel in der Politik, im Sport oder in der Kunst. Sie möchten sich Organisationen und Gruppierungen jeglicher Art nicht verpflichten. Sie sagen, es passe nicht zu Ihnen, das Engagement im Kollektiv. Sie sagen, es interessiere sie nicht. Sie bevorzugen den Einzelgang. Wenn Sie sagen, es interessiere Sie nicht, dann ist das durchaus eine ehrliche Aussage. Aber müssten Sie nicht auch zugeben können: Ich kann mich nicht in der Politik zum Beispiel engagieren, weil ich dazu kein Talent habe? Ich habe keine Motivation, mich einzuarbeiten, da ich mich nicht genügend einbringen kann? In der Regel verstehen wir alle zu wenig von allem. Dies ist kein Vorwurf, an niemanden. Wir können nicht alles. Aber man darf dazu stehen. Man muss es nicht verstecken oder überspielen.

Sie müssen sich einen Vorwurf gefallen lassen, falls Sie die Rechtschaffenheit nicht aufbringen, eigene Grenzen anzunehmen. Es interessiert Sie etwas nicht, weil Sie sich dafür nicht begeistern. Sie können etwas nicht, weil ein Können in diesem Bereich für Sie keinen *Wert* darstellt. Sie können diesen Wert nicht fassen.

Sie werden mir Recht geben, wenn ich sage: Es führt, wenn man etwas können will, kein Weg an Begeisterung, an Freude an der Sache vorbei. Wir können nichts wirklich gut, wenn wir es aus der Kühle, aus der Analyse, aus der Berechnung heraus tun. Um etwas zu können, müssen wir uns einbringen. Wir müssen die Fähigkeit entwickeln, uns auf eine Sache zu fokussieren. Wir müssen eine Verbindung mit ihr eingehen, sodass sie irgendwann Teil sein wird unser selbst. Wir werden dann sagen: Ich bin der, weil ich dies kann. Weil ich dies kann, bin ich der. Wir werden unseren Charakter über unser Können definieren.

Wenn mich nun vieles interessiert, ich mich für vieles begeistern kann, wird mein Können auf vielen Gebieten groß sein.

Andere werden mich vielleicht als außerordentliches Talent bezeichnen. Sie werden mich einsetzen wollen. Da ich mich begeistere für diese Einsatzgebiete, werde ich dem Ruf gerne folgen und Aufgaben übernehmen.

Was aber ist nun einer, der sich für nichts begeistert, folglich nichts kann? Man wird keinem einen Vorwurf dafür machen, wenn er sich aus nichts einen Wert herauszuziehen vermag.

Da er nichts kann, wird man ihn auch nicht rufen. Man wird sagen, er habe keine Talente. Was ist er für sich?

Wenn er ehrlich ist mit sich, wird er sagen: Ich bin ein ruhiger Zeitgenosse, ich lebe vor mich hin, mich langweilt das Leben. Nichts macht mir Freude, darum kann ich nichts.

Wenn er unaufrichtig ist, wird er sagen: Es lohnt sich nicht. Nichts hat einen Wert, als dass es sich rentierte, dass ich mich dafür einsetzte. Mich erwischt ihr nicht, ihr Schlaumeier, bei euch mache ich nicht mit. Wenn ich wollte, könnte ich schon, aber ich will nicht.

Erlauben Sie mir folgende Bemerkung:

Man soll sich selber nichts vormachen. Dass man der Gesellschaft etwas vormachen muss, wird kaum jemand bestreiten. Wir alle müssen von etwas leben und uns darum auch verkaufen. Aber uns selber sollten wir nichts vormachen. Warum?

Weil wir Tiefe wollen in unserem Leben. Auch wenn wir nichts können. Wir können in unserem Leben nicht verankert sein, wenn wir nicht zu uns stehen. Und wenn wir nicht in unserem Leben verankert sind, was sind wir dann überhaupt? Blätter, die im Wind hin und her geschaukelt werden? Ein Nichts, das verbindungslos über die Erde schwebt?

Wir sind nicht nichts. Wir sind ein Körper, wir stehen auf der Erde. Es scheint eine Sonne auf uns nieder. Wir sehen diese Sonne. Unser Los ist es, diese unsere Kondition anzunehmen – uns selber in dieser Kondition anzunehmen.

Es ist ein Zeichen von Müdigkeit und Erschöpfung, wenn wir meinen, dass uns diese Aufgabe erspart bleibt. Unsere Verankerung müssen wir vorantreiben. Auch wenn wir sonst nichts mehr wollen, so wollen wir leben. Wir haben den Willen zum Leben, immer, es gibt keinen Willen zum Nicht-Leben.

Der Wille zum Leben
Sie werden mich nun fragen, was diesen Willen denn ausmacht und was genau er tut, dieser Lebenswille. Was einen Willen ausmacht, würde ich so definieren: Der Wille ist eine instinktive Kraft, die einen für uns gangbaren Weg aufzeigt und ermöglicht. Der Wille gibt uns eine Stoßrichtung vor, die für uns machbar ist. Ein Wille kann uns nicht ins Nichts führen oder in eine Situation, aus der wir nicht mehr lebend herauskommen. Der Wille ist eine instinktive Kraft des Lebens, des Überlebens. So ist auch definiert, was er mit uns tut: Der Wille erhält uns am Leben. Dies fängt im Körperlichen an. Unser Herz schlägt, unser Blut wird durch den Körper gepumpt, wir atmen. Der Wille zum Leben hält uns gesund, körperlich, aber auch mental. Er ist eine instinktive Kraft zur Gesundheit. Es gibt keinen Willen zur tödlichen Gefahr, zum Tod. Wenn es einen Willen zum Abenteuer, zum Risiko gibt, dann nur, weil dahinter die Überzeugung steht, dieses Abenteuer gut zu bestehen. Kein gesunder Mensch geht ein Risiko ein, von dem er weiß, dass es sicher sein Leben kosten wird. Der Wille zum Leben ist eine instinktive Kraft, die uns ermöglicht, unser Leben zu bestehen. Sie werden nun fragen, woher diese Kraft kommt. Was soll ich Ihnen antworten? In jedem Lebewesen ist diese Kraft vorhanden. Jeder kleinste, einfachste Organismus hat den Willen zum Leben. Woher? Wir wissen es nicht.

Sie werden nun sagen, der Wille zum Leben ist die Basis eines naturgegebenen Egoismus. Jede Form von Leben versucht sich zu erhalten. Ich bin damit nur zum Teil einverstanden und gebe Ihnen eine Definition: Egoismus ist eine beschränkte Form von Selbsterhalt. Er macht blind für verbindende Elemente, die dem Selbsterhalt förderlich sind. Anders ausgedrückt: Egoismus ist ein geschwächter Wille zum Leben. Er leidet an Kraftlosigkeit und beschränkten Ressourcen.

Volle Lebenskraft hingegen ermöglicht das Wahrnehmen eines anderen, in dessen Verbund wir profitieren und weiterkommen können. Dies gilt auch für einfachste Organismen. Eine kleine Pflanze auf dem Meeresgrund ändert ihre Farbe, damit sie von der Umgebung entweder besser wahrgenommen oder übersehen wird. Sie reagiert auf ihre Umgebung, um sich zu erhalten. Der Mensch kommt im Gedankenaustausch mit Mitmenschen weiter, als wenn er sich isoliert. Sein Lebenswille wird ihn daher kaum ein einsames Dasein in der Abgeschiedenheit suchen lassen, aber ein Leben unter seinesgleichen, wo er sich definieren, messen und profilieren kann.

Ein Mensch in der Krise sucht die Isolation. Er ist geschwächt. Er besinnt sich auf seine beschränkten Ressourcen. Im Tierreich kann man ein solches Verhalten ebenfalls beobachten. Ein gesunder Mensch fürchtet die Gesellschaft nicht. Er kann sich in ihr dank seiner instinktiven Kraft souverän bewegen, ohne die Orientierung und seine Ziele aus den Augen zu verlieren. Der Wille zum Leben ist demnach ein Wille zum Selbsterhalt im Verbund mit anderen.

III.
KORREKTUR

1.
KORREKTUR

Sich dem Leben hinzugeben oder sich aus dem Leben etwas herauszunehmen, ist nicht dasselbe.

Was der Sinn des Lebens ist?
Dass man etwas lernt dabei, meint der eine. Die Rede ist von Korrektur.
Die unvoreilige Versöhnung, sagt ein anderer und trifft damit bestimmt am genausten.
Der Unterschied:
Erstes macht mich zum Opfer. Das Leben formt oder deformiert mich. Ich bin ihm an Kraft unterlegen.
Zweites sagt, ich sei der Agierende. Ich lasse mich nicht deformieren durch schwierige Umstände. Ich verfüge über Kraft, mich zu bewahren.
Genaugenommen macht sich niemand so einfach zum Opfer. Niemand ist kraftlos.
In der „unvoreiligen Versöhnung" ist die Korrektur auch enthalten, im „unvoreilig", aber es betont das stetige Vorhandensein eines Kerns, der sich nicht verfälschen lässt, darum ist dieser Ausdruck umfassender, treffender – auch tröstender.

Hochglanz ist dort, wo nie eine Korrektur stattgefunden hat.
Seine Homepage ist perfekt. Seine Produktion ist sauber und professionell. Seine Referenzen sind beeindruckend. Er ist ein respektabler Mann – aber uninspiriert. Damit ist die Sache erledigt. Gefallen wollen und Schauspielerei sind überflüssig. Aber in einem langen Leben vergisst man dies zeitweise, vielleicht auch mangels besseren Wissens.
Die Bereitschaft, sich selber zu belügen, weil man gefallen will, weil man etwas darstellen will, hat seinen Preis. Gefallsucht ist

eine der größten Verschwendungen, die sich ein Mensch leisten kann. Sie bringt ihn um nichts weniger als seine Glaubwürdigkeit sich selber gegenüber, und das ist wahrlich nichts Erstrebenswertes. Sein Unwohlsein und seine Leere haben darin ihren Ursprung. Er würde besser seinem Instinkt Folge leisten und ernsthaft seinen Einzelgang angehen, und zwar *konsequent unverspielt*. So gelangt er nämlich dorthin, wo sein Leben wirklich ist: zu sich, und nicht über sich zu anderen.

Dass das Leben nicht einfach ein Spiel ist – hat einer nicht begriffen, solange er gefallen will.

2.
EIN NATURGESETZ

Es wäre für mich wichtig gewesen. Ich hatte mich lange auf diesen Auftritt vorbereitet. Natürlich war ich nervös. Die Gesichter der Jury waren ernst. Sie schauten mich erwartungsvoll an. Bei der Frau hatte ich das Gefühl, sie mochte mich nicht. Ihre Augen waren kalt. Ich hörte selber dann auch, dass ich im Intro den Ton nicht sauber traf. Sogleich begann die Frau mit dem Jurymitglied rechts von ihr zu schwatzen. Das irritierte mich. Auch war der Sound meiner Klarinette zu laut, ich hörte das Playback schlecht. Im Einstieg zum Chorus verlor ich deswegen das Timing und dann passierte mir dieser unschöne Patzer: Statt des schönen Legatos, die Stelle im Stück, die ich am meisten mochte, kam ein komisches Quietschgeräusch aus meinem Instrument. Sofort fing ich mich, auch stimmte das Timing wieder. Ich sah den Spott in den Augen der Frau. Sie schaute mich aufmerksam an, aber nicht wohlwollend. Sie wartete auf meinen nächsten Fehler. Ich hatte den Eindruck, sie freute sich heimlich darauf. Mit dem Mikrofon, das vom Instrument abfiel – ich wollte eine elegante Tanzbewegung machen, eine Drehung um mich selber, um auch optisch etwas zu bieten –, passierte er. Nun hörte man mein Instrument kaum mehr neben dem Playback. Ich hatte für einen Augenblick die Hoffnung, dass jemand aus der Jury auf die Bühne kommen würde, um das Mikrofon wieder an mein Instrument zu heften. Ich hätte so einfach weiterspielen können und es wäre eine Verbindung möglich gewesen zu dieser Menschenwand, die vor mir saß. Aber es half mir niemand. Die Frau hatte nun die Arme vor der Brust verschränkt und schaute zum Mikrofon, das vor mir auf dem Boden lag. Sie wartete ab, was ich nun tun würde. Ich unterbrach mein Spiel, bückte mich, um das Mikrofon aufzuheben und an mein Instrument zu klammern. Mir lief dabei der Schweiß ins Gesicht. Ich wusste, dass ich verloren hatte. Meine Performance war kaum mehr zu retten. Dennoch wollte ich sie zu Ende führen. Beim Bücken schlug ich mit der Klarinette auf dem Boden auf. Ich war irritiert vom Schweiß, der mir in diesem Moment in die Augen lief. Es war ein heftiger Schlag, der den unteren Teil meines Instruments über den Bühnenrand vor den Tisch der Frau fallen ließ. Ich konnte kaum glauben, dass ein solches Pech überhaupt möglich war. Ich sah, wie sie sich erhob, um das Stück meiner Klarinette vor ihrem Tisch zu betrachten. Das schwarze Holz lag direkt vor ihr. Aber sie bemühte sich nicht, es mir auf die Bühne hochzureichen. So stieg ich zu ihr hinunter, um es zu holen. Das Playback spielte inzwischen weiter und ging bald gegen das Ende zu. Statt auf der Bühne mein Stück zu präsentieren, fand ich mich nun am Bühnenrand wieder, mich bückend vor der Frau, um das schwarze Stück Holz zu ergreifen. Die Situation hätte grotesker nicht sein können. Sie stand mit verschränkten Armen hinter ihrem Tisch und schaute zu mir hinunter. Ich schaute kurz zu ihr hinauf. In ihren Augen funkelte kalte Schadenfreude. Ich stieg auf die Bühne zurück und setzte mein Instrument wieder zusammen, so schnell es ging. Dann klammerte ich das Mikrofon ans Klarinettenende. Ich wollte den Schluss des Liedes wenigstens noch mitspielen und setzte an zur Melodie, die sich an dieser Stelle stetig wiederholte. Aber der Ton stimmte nicht mehr. Er war zu tief. Die Stimmung war falsch. Dennoch spielte ich. Ich konnte doch meine Performance nicht einfach abbrechen. Ich wusste, dass es sich scheußlich anhörte. Eines der Jurymitglieder hielt sich die Ohren zu. Die Frau, sie hatte sich inzwischen wieder gesetzt, blickte mit einer Hand vor dem Gesicht zum Jurymitglied zu ihrer Rechten, das wiederum mit leerem Blick auf den Boden starrte. Endlich war das Lied zu Ende. Ein dünnes Klatschen des Publikums setzte ein und verebbte schnell.

Warum nur war alles so gekommen? Ich hielt die Klarinette in der einen Hand und stand einsam auf der Bühne. Du musst Haltung bewahren, sagte es in mir. Die Scheinwerfer heizten, der Schweiß brannte mir in den Augen. Ich hatte mich vor der

Nation blamiert, ich wusste es. Ich hatte Pech gehabt. Nun kam die Bewertung der Jury. Ich wollte sie eigentlich gar nicht mehr hören. Lasst mich einfach gehen, dachte ich. Aber sie war Teil der Show.

Das erste Jurymitglied sagte, sie habe viel Luft nach oben, meine Performance. Für ein Ja reiche dies ganz klar nicht, darum ein Nein.

Das Mitglied rechts der Frau sagte dann, ein kleines Ja könne es mir anbieten für das ungewollt Komische meines Auftritts, aber insgesamt gebe es leider ein Nein.

Die Frau sagte dann zögernd, als müsse sie die richtigen Worte suchen, als Komiker oder Pausenclown sähe sie Potenzial, als Musiker sei ich eine Zumutung. Darum logischerweise ein Nein, sorry. Ihr Gesichtsausdruck war ein erstarrtes Lächeln.

Das vierte Mitglied sagte schlicht: Nein, es reiche nicht. Sie suchten echte Talente und ein solches habe es nicht erkannt in mir.

Ich bedankte mich und zog ab wie ein geschlagener Hund. Für einen ganz kurzen Augenblick, für einen Bruchteil einer Sekunde, reizte mich der Gedanke, meine Klarinette zu zerteilen und die Stücke der Frau einzeln anzuwerfen. Ich stellte mir dann vor, wie sie ängstlich ihre Arme vor ihr Gesicht hielte, um sich zu schützen. Ich hätte dann dabei so etwas geschrien wie: „Da hast du deinen Pausenclown, du blöde Ziege, kannst ja selber nichts!" Aber wer weiß, vielleicht wäre mir auch diese Performance misslungen. Vielleicht hätte ich mein Ziel verfehlt, hätte sie nicht getroffen, stattdessen das Publikum hinter ihr oder einen Kameramann. Vielleicht hätte ich mich versprochen oder gespukt beim Reden. Die Kamera hätte alles fein säuberlich aufgezeichnet. Es hätte alles nur noch peinlicher gemacht.

Hinter der Bühne empfingen mich meine Frau und meine beiden Söhne. Alle drei weinten. Meine Frau blieb kühl und distanziert. Meine Söhne beobachteten mich und klebten an ihrer Mutter. Sie hatten keinen Grund, stolz zu sein auf ihren Daddy.

Er wäre für mich wichtig gewesen, dieser Auftritt. Es wäre wichtig gewesen, dass er gelingt. Morgen nun würde ich mich für ihn vor meinen Arbeitskollegen verantworten müssen, in meinem Freundeskreis. Dann irgendwann vor der ganzen Familie, der Verwandtschaft. Ich hatte mich schachmatt gesetzt. Schnell, einfach, aber gründlich und nachhaltig. Es hätte mich etwas warnen müssen, ein Gefühl, eine Vorahnung, vielleicht meine Frau, meine Kinder. Aber ich hatte mich lange auf den Auftritt vorbereitet, hatte ihnen viele Male das Stück vorgespielt. Sie fanden es gut, sie sagten, es klinge schön. Es war meine Frau, die mich anmeldete für den Wettbewerb. Ich selber wäre nie auf die Idee gekommen.

Nun ließ man mich allein. Ich war isoliert in der Blamage. Jetzt, da ich menschliche Nähe sehr brauchte, kassierte ich Verachtung. Aber es war dies normal. Es war eben menschlich:

Wenn einer fällt, fällt er allein. Wenn einer siegt, siegt er für alle. Es ist dies ein Naturgesetz. Ein Sieger beweist Stärke, er zeigt damit Lebenskraft. Wo Leben ist, fühlt sich die Gemeinschaft wohl. Wo Leben ist, lebt es sich gut.

Ein Verlierer zeigt Schwäche, ihm fehlt Lebenskraft. Wo kein Leben ist, ist Tod. Und wo der Tod lauert, fühlt sich der Mensch unwohl. Er will leben, er will zum Leben. Er liebt Stärke und verachtet Schwäche. So will es die Natur.

3.
BITTERE HÄME

Was dich kränkt, ist wahr.

Bittere Häme ist grundsätzlich verdächtig.
Wer verachtet, versteckt etwas; vielleicht eine Kränkung. Was einen kränkt, ist wahr. Man kann sich gegen eine Wahrheit schlecht wehren.

Die Frage aber stellt sich: Warum sagt uns jemand die Wahrheit? Wir kennen sie doch genau. Wir brauchen keinen, der sie uns mitteilt. Genaugenommen kränkt uns nicht die Wahrheit an sich, sondern der Umstand, dass sie uns ein anderer an den Kopf wirft. Wir empfinden einen solchen Akt als Anmaßung, als Frechheit, als respektlosen Übergriff. Kein anderer hat das Recht, uns wahrzusagen. Wer ist er denn? Er signalisiert damit Überlegenheit, er will über uns herrschen.

Dagegen wehren wir uns vehement. Es kränkt uns also nicht nur die Tatsache, dass einer uns sagt, wie die Dinge liegen, sondern dass er damit auf uns *herunterschaut*.

Ich übertreibe wohl nicht, wenn ich sage, dass wir da zu Totschlägern mutieren, zu beißenden Rächern.

Eine Kränkung ist eine Kriegserklärung. Wer sie begeht, weiß dies auch. Es wird also Krieg sein zwischen zweien. Jeder will diesen Krieg gewinnen und wird Stärke beweisen müssen. Das Mittel ist naheliegend: Man kränkt zurück, man kränkt noch mehr.

Ans Ziel kommt keiner. Ziel beider ist doch ein gutes Leben. – Und dies haben die zwei sich nun richtig verdorben.

Bittere Häme macht selber bitter. Wohlwollen und Respekt generiert Heiterkeit.

Vergeltungsschläge machen uns selber klein.

Wer verachtet, versteckt etwas. – Vielleicht Liebe?

Wir verachten und kränken nicht, was uns nicht berührt. Es lässt uns gleichgültig.
Aber was man liebt? – Das ist es uns wert, zu verachten.
Ach! Menschlich-Allzumenschliches.

4.
ARBEITEN ODER
DER WEISE BEKANNTE

Bei einigen spürt man stark, woher sie kommen, und wenig, was sie aus sich gemacht haben.

Sagte mir doch letzthin ein Bekannter aus dem Blauen heraus etwas, das er vielleicht schon lange dachte, aber nie ausgesprochen hatte: „Du bist doch der, der nie gearbeitet hat." Warum er mir dies einfach so ins Gesicht sagte, wusste ich nicht, ich war einigermaßen überrascht. Es verletzte mich. Denn es zeigte sich darin etwas deutlich:

Erstens, der Begriff Arbeiten wird ganz verschieden ausgelegt. Wie er ihn verstand, war mir klar. Unter Arbeiten verstand er geschäftliche Tätigkeit, Aufbau eines Handels, Dienstleistung, Verkauf, Karriere, Geldverdienen. Er gehörte einer Generation an, die sich am geschäftlichen Erfolg maß. Ich nahm ihm dieses einseitige Verständnis nicht übel. Aber nun, da er sich einen groben Übergriff mir gegenüber erlaubte, sah ich mich genötigt, ihn zu korrigieren. Es fiel mir dies angesichts des weißhaarigen, tatterigen Greises, der vor mir stand und mich giftig anfunkelte, nicht leicht. Ich hätte ihn lieber in Ruhe gelassen.

Zweitens war in seinem Satz deutlich ersichtlich: Keiner versteht den anderen. Jeder lebt in seiner Welt und seine Weltsicht ist das Maß seiner Dinge. Dies betrifft uns alle und dies ist auch, nach meinem Ermessen, das Hauptproblem im menschlichen Umgang: Das Unverständnis gegenüber dem Mitmenschen.

„Dann sag mir doch mal, was du unter Arbeiten verstehst, nachher gebe ich dir meine Definition", sagte ich. „Du nimmst es doch locker, oder? Hast nie ein Geschäft geführt", sagte er. „Also Geschäftssinn, ein Geschäft aufbauen, das ist für dich Arbeiten, das hast du ja auch getan", sagte ich. „Für mich heißt Arbeiten: eine Stimme entwickeln. Etwas Eigenes sagen. Aber das verstehst du nicht. Du hast nie etwas Eigenes gesagt. Nebst deinem Geschäftssinn hast du diese Fähigkeit nicht entwickelt. Es haben aber bereits Generationen *vor* dir gewusst, was damit gemeint ist. Es ist unser Missverständnis also nicht einfach ein Generationenkonflikt, sondern ein persönlicher. Ich bin ein Künstler, du bist ein Handwerker. Wir verstehen uns nicht. Ich lasse dich in Ruhe. Lass du mich in Ruhe. Nur weil du älter bist, solltest du dir nicht anmaßen, über Dinge zu urteilen, von denen du nichts verstehst. Dass du es dennoch tust, zeigt mir: Du hast es nicht weit gebracht. Arbeiten heißt auch: sein Denken schärfen."

Der alte Mann machte eine müde Handbewegung, drehte sich ab und ging wortlos weg. Es war besser so. Unser Gespräch brachte nichts. Es fehlte das Verständnis dafür. Eigentlich hätte ich diese müde Handbewegung machen sollen nach seinem ersten Satz. Es lohnte sich nicht, darüber sich aufzuregen oder überhaupt ein Wort zu verlieren. Ich tat es dennoch, *gerade* weil er ein alter Mann war – und weil ich seine Generation, des Alters wegen, respektierte und auch liebte. Er liebte mich nicht. Mich irritierte diese Engherzigkeit bei einem Menschen im Greisenalter. Er war ohne Güte und Großzügigkeit. Und man musste davon ausgehen, dass er schon immer – sein ganzes Leben lang – so gewesen war. So einen konnte ich nur als „gescheitert am Leben" bezeichnen. Er war geschäftstüchtig, aber dabei dumm geblieben. Es schien mir dies inakzeptabel und unverzeihlich.

5.
ANSTAND UND BENEHMEN

Man soll sich in einen anderen einfühlen, um zu wissen, was man ihm zumuten kann und was nicht.

Wenn einer, sodass seine Eltern mithören, da sie danebensitzen, einem Jüngeren Ratschläge erteilt und Befürchtungen äußert in Bezug auf seine Karriere, seinen Bildungsgang, so ist dies für den Gemaßregelten in doppelter Hinsicht beschämend.

Zum einen lässt man sich ungern Ratschläge erteilen. Das Ratschlaggeben definiert ein freundschaftliches oder familiäres Verhältnis zweier Personen um in ein Verhältnis des Überlegenen zum Unterlegenen, des Wissenden zum Unwissenden. Es bedeutet dieses Umdefinieren ein Machtgebaren und das Ende jeglicher Freundschaft, jedes Vertrauens. Es ist eine Kampfansage und für den Jüngeren peinlich, da es ihn bloßstellt, ihm Dummheit attestiert, Disziplinlosigkeit oder Bequemlichkeit.

Zum Zweiten sind die Eltern des Jüngeren Zeugen der Maßregelung. Natürlich ist dies kein Zufall. Der Ratschlaggeber hat dieses Szenario gewünscht, hat vielleicht lange darauf gewartet, hat es inszeniert. Warum? Weil es ihm nicht nur darum geht, den Sohn zu korrigieren, sondern seine Eltern zu demütigen. Indem er den Sohn maßregelt, sagt er indirekt zum Vater: Schau, ich muss deinem Sohn Dinge sagen, die *du* ihm eigentlich sagen solltest. Aber da du es nicht tust, übernehme ich deine Aufgabe und tue es für dich. Aber ich tue es vor deinen Augen, damit du merkst, dass du deiner Aufgabe, der richtigen Erziehung deines Sohnes, nicht nachgekommen bist.

Ein solches Verhalten bedeutet einen massiven Übergriff und ist eine Anmaßung, eine Zumutung für den Jüngeren *und* seine Eltern. Es wird eine ganze Familie gerügt.

Es kann davon ausgegangen werden, dass das Verhältnis zwischen dem Jüngeren und dem Maßregler zerstört ist – für immer, und es ist das Verhältnis der ganzen Familie zum Maßregler zerstört. Verletzend genug ist, unter vier Augen Ratschläge entgegennehmen zu müssen. Aber es würde dann immerhin in einem Rahmen geschehen, der zwei Personen umfasste und der eine gewisse Diskretion gewährleistete und damit Ernsthaftigkeit und eine *redliche Absicht* des Ratschlaggebers vermuten ließe.

Wenn nun aber eine ganze Familie diffamiert wird, dann sagt dies über den Aggressor etwas anderes aus, nämlich so viel: dass er sich allen überlegen fühlt und sich damit legitimiert, ein schulmeisterliches Exempel zu statuieren, und dass er sich offenbar nicht zu schade ist, dabei den uneleganten Trampel zu geben.

Als das wird er auch in Erinnerung bleiben.

– Und das macht das Ganze zu einer traurigen Aktion, die in einem viel zu grellen, harten Licht erscheint und einen seltsamen Geschmack zurücklässt. Verstehen Sie? Sie war unnötig, sinnfrei. Man hätte doch Freunde sein wollen.

Der Vater des Sohnes hat sehr viel später und unabhängig von diesem Fall treffend formuliert: Im Leben komme es schlussendlich darauf an, Anstand zu bewahren, anderen nicht zu schaden und sich nicht durch ein überstarkes Ego zur Vermessenheit hinreißen zu lassen. Seine Worte haben auch in diesem Fall Gültigkeit und seien darum an dieser Stelle erwähnt.

Wenn man nun bedenkt, was das Schicksal aller ist, nämlich eine beschränkte Lebenszeit und ein sicherer Tod, dann ist es schon verwunderlich, wenn Einzelne sich dazu legitimiert glauben, über andere hinauszugehen. Diese Legitimation ist ein Fantasieprodukt, ein Denkfehler, ein *ungenaues Denken* oder Krankheit, ein Ausdruck von Armseligkeit und Bedürftigkeit.

Wenn man über andere hinausgeht, dann nur, weil die anderen dieses Recht zugestehen. Sich selber gibt man dieses Recht nicht.

***

Warum ich diesen Fall so ernst nehme, fragen Sie?

Man könnte ihn auch mit Humor abtun. Sicherlich. – Sie haben mich ertappt. Jetzt sind wir wieder beim Sätzchen: Was kränkt, ist wahr.

Es geht um Größe und Souveränität und um den Begriff Legitimität. Lassen Sie mich es so sagen:

Nichts zu tun, bedingt auch Größe. Aber diese Größe hat fast niemand.

Hat man es nötig, etwas zu tun?

Ja, man hat es nötig, man will jemand sein vor der Gesellschaft. Niemand zu sein vor der Gesellschaft, hält kaum einer aus. Es fehlt dazu innere Souveränität.

– Aber daran kann man arbeiten.

Vergessen wir nicht:

Wie können wir in der Spannung zur Gesellschaft ein annehmbares Leben führen?

Das war die Frage – und die Antwort darauf lautet:

Unser Leben definiert sich gerade an dieser Spannung.

Anders gesagt:

Sorgen wir dafür, dass diese Spannung uns erhalten bleibt. Sie schärft unsere Sinne und beschert uns ein paar Gedanken.

6.
ÜBERGRIFFE

Einer, der denkt, dass alle um ihn herum schräge Vögel mit niederer Gesinnung sind, ist selber dieser schräge Vogel. Ziemlich sicher war er Opfer eines Übergriffs. Man unterschätze die radikalisierende Wirkung erlittenen Unrechts nicht.

Was einen antreibt?

Man schaue aus nach Übergriffen, die er erdulden musste, an sich, an Nahestehenden.

Er wird sich dafür rächen und den Peiniger zur Rechenschaft ziehen wollen. Seine Kraft zur Vergeltung ist mindestens so groß, wahrscheinlich aber größer denn die Gewalt im erlittenen Unrecht. Sie wird auch weitere Kreise ziehen – vielleicht in ganz andere Bereiche hinein.

Wenn man genau hinschaut, was denn *Motor* ist eines durch seine Eigenwilligkeit Auffallenden, gibt es fast immer eine klare Antwort: die Überwindung seiner Kindheit und Jugend. Er will seine Machtlosigkeit gegenüber der Übermacht dessen, was ihn umgab, Schule, Elternhaus, Erziehung, überwinden durch einen Akt der Selbstdefinition. Diese Selbstdefinition kann lange dauern, kann sein Leben bestimmen. Je starrer oder härter seine Umwelt, in die er hineingeboren wurde, desto aggressiver und unbeugsamer ist seine Selbstdefinition und desto radikaler sein Wille zur Überwindung dieser Umwelt. Sein Streben wird sein: Machtanspruch auf einem Gebiet, das er sich selber erschlossen hat.

Aber nur wenn er sich dabei ein gutes Maß Mitgefühl oder Einfühlungsvermögen erhalten kann, vermag einer aus den ihn formenden Strukturen herauszuwachsen und weiterzukommen. Wenn nicht, wird eine Wiederholung desselben Prozesses an der kommenden Generation zu beobachten sein, denn sein radikaler

Machtanspruch wird sie wiederum zu ihrer radikalen Selbstdefinition zwingen. Wenn sein Leben, seine Selbstdefinition geprägt bleiben durch Abgrenzung, Ablehnung und Verneinung, wird eine Überwindung seiner Herkunft nicht möglich sein, während die Annahme des eigenen Schicksals, in der Selbstdefinition ihren Platz findend, ein echtes Weiterkommen bedeutet.

Dass einer in seiner Selbstdefinition alle Schmach, sein Versagen, seine Schwächen kaschieren will, ist leicht verständlich. Er will leben, er will nicht daran erinnert sein, an seine Machtlosigkeit. Leben heißt: seiner Selbstdefinition Glauben schenken.

Zu sehen, was einer sein will, lässt uns auch erahnen, wogegen er ankämpft.

So können wir ihm nahe sein.

Neid
Stärke kommt kaum je gut an. Wer eine originelle Lebensführung pflegt oder Genussfähigkeit an den Tag legt, muss mit Unverständnis und Kritik rechnen, sogar mit Schlechtmacherei, Manipulationsversuchen, Korrektur, kurz, mit Übergriffen.

Die Geschichte der Menschheit ist in erster Linie eine Geschichte der Übergriffe.

Ein Mensch, wenn er einen Weg zu einem ihm annehmbaren Leben gefunden hat, soll dieses Glück nicht genießen. Es ist ihm nicht gegönnt, er wird darum *beneidet*.

Übergriffe, Kontrolle, Manipulation kommen aus dem Neid, beinahe ohne Ausnahme.

Man gesteht dem anderen seine Lebensart, sein Glück nicht zu, da man selber es nicht sein eigen nennen darf. Man glaubt sich zu kurz gekommen.

Der Neid ist die Hauptgeißel der Menschheit, das schlimmste Gift, das der Mensch in sich trägt. Auf ihm wurden ganze Religionen begründet, zu seiner Legitimation.

Aber Missgunst baut nie auf, sie zerstört nur.

Und da alle wissen, dass Genussfähigkeit oder ein origineller Gedanke Neid erzeugen, versteckt man sie, hält sie geheim.

Man wird nach außen falsch, man gibt sich harmlos, somit der Missgunst unwürdig. Man erhofft sich damit, in Ruhe gelassen, übersehen zu werden. Angst vor dem Neid treibt den Menschen in Heuchelei, Falschheit, Unehrlichkeit und deformiert ihn.

Erst wenn der Neid überwunden und aus dem menschlichen Herzen herausgerissen ist, gibt es eine echte Hoffnung auf ein annehmbares Zusammenleben, das die Menschheit weiterbringt und sie fördert.

Dass dies Illusion ist – wem muss man das noch sagen?

Aber dass du dir, ein Einzelner, den Neid aus deinem Herzen verbannst, ihn nicht mehr gelten lässt, da er dich *armselig und klein* macht, das ist machbar, erreichbar.

Mach dies und das; so und so gehört es sich zu leben, sagen sie, nur damit du dort bist, wo sie sind, damit sie dich dort haben, wo du fassbar bist. Sie wollen in dir ihresgleichen erkennen. Dich selbst verleugnen sollst du und dich anpassen, so passt es ihnen.

Dabei sind *sie* im Defizit, haben *sie* keine Perspektive, keine Fantasie. Und sie wollen dich in ihr Leid hinunterziehen, nahe bei ihrem Unglück wissen. Nur damit sie eines Tages heimlich triumphieren und sagen können: Ha! – Jetzt haben wir ihn! Jetzt ist er dort, wo wir ihn hinhaben wollten. Nun ist er ungefährlich geworden, hat er sich für uns verneint und verbogen.

Meine Freunde, aufgepasst:

Das ist Neidkultur. Das ist die Psychologie der Zu-kurz-Gekommenen. Hüte dich vor ihren Ratschlägen. Sie sind nie zu deinem Wohl. Sie sind zum Wohl von niemandem. Sie dienen nur der Nivellierung in der Bedürftigkeit, im Unglück, im Leid und im Unvermögen.

***

Von den sich Sorgenden
Seinen Kopf nahe an den meinen rückend, die Stimme senkend,

Blicke um sich werfend, um zu kontrollieren, ob jemand zuhöre, gab einer mir im Vertrauen den Ratschlag:

„Wer dir ins Gewissen reden will, tut dies immer aus Neid! Es gibt keine gutgemeinten Ratschläge. Jemand will dich verunsichern, um seine Wirkung zu prüfen. – Darum ist es unklug, wenn du dir einen Tipp zu Herzen nimmst. Es bedeutet einen Machtgewinn für denjenigen, der dir am Zeug herumflickt. Wer dich mag (nun lächelte er liebenswürdig), lässt dich in Ruhe oder freut sich, mit dir ein Bier trinken zu gehen. Falls du einen Ratschlag brauchst, dann wirst du danach fragen."

„Worum soll mich einer beneiden?", fragte ich.

„Was weiß ich? – Um Unabhängigkeit, Selbstständigkeit, auf dass du ihn nicht brauchst, auf dass du dich nicht so schlecht fühlst, wie er sich fühlt! Frage ihn!"

Muss ich erwähnen, dass er mir unheimlich war? Dass ich mich in seiner Gesellschaft schlechter fühlte, als er sich vermutlich fühlte? Dass es mir nun dämmerte, mich in *Feindesland* aufzuhalten?

***

Innere Kraft macht das Ausdrucksgewicht eines Künstlers aus. Bleibt nicht zu vergessen: Sein Kraftpotenzial ist größer als das der meisten. Könnte er es nicht in seine Kunst einfließend lassen, würde er sich anderweitig als kraftvoll erweisen, in der Destruktion und der Verachtung.

Woher seine Kraft kommt?

Man schaue aus nach Übergriffen ...

7.
VOM JOB ERLEDIGEN

Birrenbaum stand der Schreck ins Gesicht geschrieben.
 Er hatte nur seinen Job gemacht. Nun sagte ihm einer, das reiche nicht. Warum?, dachte er im ersten Moment. Alle machen nur ihren Job. Die Angestellte im Personalrestaurant serviert verkochtes Essen. Musiker, deren Stücke im Radio ertönen, produzieren Mainstream. Die Tageszeitungen, sie liegen auf dem Tisch bereit, sind gefüllt mit von Journalisten verfassten Artikeln zum Zeitgeschehen. Alle machen bloß ihren Job. Die Welt besteht aus dem Job-Erledigen.
 Das reiche nicht, sagte nun einer. Birrenbaum stand der Schreck ins Gesicht geschrieben, denn er verstand: Das Job-Erledigen reicht tatsächlich nicht. Es tut niemandem gut. Es ist ein liebloser Akt. Dort ein Leben lang zu dümpeln, ist erbärmlich – auch wenn es alle tun.
 Was daran unterschätzt wird, dachte er nun: Man meint, man mache seinen Job nur temporär, danach, nach dem Job, mache man mehr, mache man eine Sache richtig, mit Liebe.
 Jeder weiß, dass das nicht wahr ist.
 Es bleibt beim Job-Erledigen, rund um die Uhr, ein Leben lang.
 Bei diesem Gedanken wandelte sich der Schreck in Birrenbaums Gesicht zu Entsetzen, denn die ganze Tragweite lag ihm nun glasklar vor Augen:
 Nie wirst du etwas anstoßen, nie, solange du dich mit dem Job-Erledigen begnügst, das in deinem Leben Bedeutung hat.

8.
ARBEITSWELT

Die Arbeitswelt nivelliert so nachhaltig, dass sie bis ins hohe Alter hinein deformiert. Was die Menschheit dadurch an Botschaftern, an Vorbildern, an Beispielen verliert, ist unfassbar.
„Bescheidenheit" und „Anpassung" sind Wörter, die nichts ausdrücken denn Öde und Zeugungsunfähigkeit.

Die Welt öde macht das menschliche Unvermögen, ein gutes Niveau zu erreichen. Er geht, der Mensch, und irgendwann geht er nicht weiter. Seine Reichweite im Bemühen um Bewusstmachung bleibt limitiert. Der Wille, die Welt zu durchdringen mit Gedanken und zu bewältigen durch Erkenntnisse, ist schwach.

Die voreilige Zufriedenheit, das Sich-Abfinden mit bescheidenen Kenntnissen, machen ihn zu einem schwerfälligen Wesen. Und damit ist nicht gemeint fehlendes Fachwissen. Dies hat er – und er bildet sich darauf auch etwas ein. Gemeint ist ein souveräner Umgang mit anderen. Den Menschen zu fassen, den *Psychologen* in sich zu schulen, das meint souverän sein und nicht zu geizen im Sezieren seiner selbst.

Stattdessen wird es deutlich: Man darf von ihm nicht viel erwarten. Er will seine Ruhe haben. Es ist eine Ruhe im Dämmerzustand, in der Beschränktheit. Und doch will er sich wohlfühlen dabei. Sein Wille zum Leben ist stark. Es ist ein Trieb aus dem Instinkt heraus und macht ihn heimlich zum Tyrannen. Dabei weiß er nichts und er kann nichts. Aber er ist Meister im Vergessen, im Sich-Einrichten in seinen dürftigen Verhältnissen, im Formen seiner Welt, sodass er es aushält, in ihr zu leben. Er umgibt sich mit dem, was ihm nicht wehtut. Seine größte Angst bleibt, Sklave zu sein der Gesellschaft. Dabei bleibt er Sklave seines eigenen Unvermögens. Selbstbewusst trägt er sein Haupt hoch, geht er mit geradem Rücken. Sein Unwissen belastet ihn nicht. Seine limitierte und selbstgezimmerte Welt ist gemeint, wenn man kopfschüttelnd vom Menschlich-Allzumenschlichen spricht.

Es kommt darauf an, wie tief der Schreck ob des Verschwenderischen im Leben sitzt. Je nachdem, bietet einer seine letzten Reserven auf, um es dennoch in Würde zu bestehen. Er wird keine lauwarmen Aussagen gelten lassen.

Psychologie oder Philosophie sind geeignete Disziplinen bei der Erörterung menschlichen Daseins. Die eigentliche Königsdisziplin aber ist die Soziologie.

Wohinein einer geboren wurde, woher er kommt und was er trotz oder wegen seiner Herkunft aus sich gemacht hat, das sind die entscheidenden Fragen.

***

Korruption oder von der Traurigkeit, die nie mehr vergeht
Schrecken? Existenzangst. Wie bezahle ich die Zeche? Versteht man nun die verbreitete Biegungsfähigkeit, die Anpassung, die Selbstverleugnung? Und irgendwann kommt die Frage: Was nur habe ich aus mir gemacht, was ist aus mir geworden? Wer bin ich überhaupt? – Ein Herdentier. Ich kann mir mehr nicht leisten!

Ursache der menschlichen Deformation ist das Überleben-Müssen auf dieser Welt.

Wenn sich da einer einen inneren Felsen erhalten kann, ein sicheres Wissen um sich selbst, um seine Unbestechlichkeit, dann ist das schon viel.

Ein Unternehmen ist ein Hort von Korruption. Nicht das Unternehmen ist korrupt, sondern die Mitarbeiter. Korrupt, weil eine absolute Fokussierung eines Mitarbeiters auf die Unternehmung nicht seinem inneren Zustand entspricht, er aber dennoch mitspielt und so tut, als ob. Kaum eine Funktion in einem Unternehmen fordert einen Mitarbeiter als ganze Person, als

Persönlichkeit in ihren vielfältigen Anlagen. Talente liegen dabei brach. Man opfert seine Zeit und seine Gesundheit, um sich einzugliedern. Man erhofft sich dafür Prestige und Sicherheit.

Das Unglück, seine Talente und seine Zeit schlecht genutzt zu wissen, verbindet den Mitarbeiter denn auch nicht mit anderen Schicksalsgenossen. Es ist ein Unglück, das er selber verantworten muss; er weiß es auch.

Die Einsamkeit, auf welcher Stufe auch immer, ist groß. Vertrauen zu bewahren in sich und andere, wird schwierig, wenn man sich verloren hat. Souveränität, einmal abgegeben, kann man nicht leicht zurückholen. Man verliert sich schnell an die Gesellschaft und gewinnt sich nur schwer zurück, denn die Zusage zur Selbstverneinung frisst sich sogleich ein in die Persönlichkeit.

Dass der Selbstverlust des Einzelnen den ganzen Gesellschaftskorpus betrifft, muss nicht weiter erklärt werden. Unsere Zeit ist so. Es geht uns alle an.

Der Preis, den wir zahlen für unsere Wirtschaftstauglichkeit, ist hoch: Unser Leben zerrinnt in schrecklicher Monotonie. Wir wissen nicht mehr, wer wir sind.

Der Redner

Was erwartet man? Dass einer, den man nicht reden ließ über viele Jahre hinweg, plötzlich vor großem Publikum eine brillante Rede hält?

Ein solcher Event *muss* scheitern.

Er muss scheitern, weil derjenige, der nun brillant reden soll, sich damit anbiedern würde, als ob das langjährige Redeverbot nicht weiter schlimm gewesen wäre.

Es war aber eine Katastrophe. Darum soll der Event scheitern. Der Redner bleibt sich damit treu.

Die anderen waren es ja nicht.

Was erwartet man weiter? Dass einer, der über viele Jahre hinweg im Erwerbsleben stand, plötzlich eigene Ideen hat, die er in seinem Leben auch noch umsetzen möchte?

Ein solcher Event *muss* scheitern ...

Radiomusik: Sie holt einen Hörer auf seiner niedersten Entwicklungsstufe ab, dort, wo alles nur im Anfang ausgebildet ist.

Im Anfang bleibt alles, weil etwas nur flüchtig gestreift wird, weil man stets davonläuft oder weil man von einer echten Auseinandersetzung mit der Sache stets abgehalten wird, da man *im Erwerbsleben* steht.

Warum sich dann eine Kultur, in diesem Falle die Musikkultur, zu den Anfängen verbiegen muss? Damit sie noch den letzten Laien abholt.

***

Die große Verschwendung
Statt wachsam zu sein, unsere Sinne zu schärfen, eine eigene Stimme zu entwickeln und unserer Arbeit nachzukommen, verschwenden wir unsere Energie und Zeit, um einer Tätigkeit nachzugehen, die uns nicht fördert und die andere genauso gut oder besser ausüben als wir.

Irgendwann kommt der Tod und wir haben nie einmal etwas aus uns gemacht. Das nennen wir die große Verschwendung. Sie ist unsere große Versündigung.

Es ist ja nicht so, dass wir Unrecht oder Falsches tun, vielmehr tun wir dauerhaft über lange Zeit nichts. Das ist das Problem. Die große Verschwendung ist eine Unterlassungssünde.

***

Das Lächeln
Man kann nicht leben in Verlogenheit
So wärst du denn schon früh innerlich gestorben
Man kann nicht leben, ohne sich um das innere Leben zu bemühen
Wer von Glück reden mag, rede von nichts anderem
Man kann nicht leben in Verlogenheit

Die Verlogenheit ist die schlimmste Einsamkeit
So wärst du denn früh schon daran gestorben
Am Fremdsein auf dieser Erde

9.
ARBEITSETHIK

Arbeitsethik ist schon recht, wenn sie formatiert. Bei den meisten aber deformiert sie. Wenn einer seine Arbeit gern macht, wenn sie ihn erfüllt, wenn er mit Nietzsche sagen kann: *Krankheit ist jedes Mal die Antwort, wenn wir an unserem Recht auf unsere Aufgabe zweifeln wollen, wenn wir anfangen, es uns irgendworin leichter zu machen*, dann wird er gerne darauf verzichten, ja, es wird ihm nicht einmal in den Sinn kommen, für seinen Einsatz Anerkennung zu bekommen.

Anerkennung ist aber genau das, wonach eine Mehrheit aspiriert. Haben sie ihren Auftrag, ihre Aufgabe nicht verstanden? Es scheint so. Sie bekommen doch ihren Lohn, möge man einwenden, zu Recht, dies sei doch Anerkennung genug? Geld, ein Lohn allein genügt nicht.

Mit Anerkennung ist gemeint: Ansehen, Respekt, Zubilligung von Einfluss, von Kompetenz zur Formung. Gehen wir richtig in der Feststellung, dass diese Dinge mit der Arbeit an sich nichts zu tun haben? Man erreicht sie durch die Arbeit, ja, aber sie sind nicht Teil der Arbeit.

Was ist nun Zweck, was sind die Mittel? Zweck sei die Arbeit, die Mittel dazu verschieden, individuell. Dies wäre eine gesunde Arbeitsethik.

Im obengenannten Beispiel ist es umgekehrt: Zweck ist Anerkennung, die Mittel sind die Aufgabe. Dies entspricht einer deformierten Arbeitsethik.

Wenn nun einer sein Leben lang arbeitet mit dem Ziel, eines Tages dafür rekompensiert zu werden in Form von Anerkennung, dann läuft er Gefahr, enttäuscht zu werden. Es kann sein, oder es ist sogar wahrscheinlich, dass die erhoffte, erwünschte Belohnung nie kommt. Aber er hat doch seinen Auftrag gewissenhaft ausgeführt? – Ja, dies hat er. Er hat sein Soll erfüllt. Das war es, somit *ist das Soll erfüllt*. Mehr kommt nicht. Denn die Aufgabe war Zweck, war Ziel, war Aufgabe – und nicht etwas anderes.

Aber es ist doch verständlich, wenn einer dabei bitter wird? – Bitter? Dann hat er sein Leben verschwendet. Dann hat er seine Aufgabe nicht ernst genommen, oder er ist nicht der Aufgabe nachgekommen, der er hätte nachkommen sollen. Er hat auf Zeit gespielt, er installierte sich in einem Provisorium, ein gefährliches Spiel ...

Man *muss* zu dem stehen, was man tut, jederzeit. Es ist zu jedem Zeitpunkt definitiv. Und man soll nichts weiter erwarten. Es mag dies dem einen oder dem anderen wenig sein, zu wenig. Seine hochfliegenden Pläne sehen für ihn Größeres vor: einen glanzvollen Höhepunkt, eine Rekompensation, eine reiche Ernte, ein verdientes Schlussbouquet, wenigstens am Ende einer schönen Laufbahn. Dass er sich dabei genau beobachte, sich nicht forttragen lasse durch Eitelkeit, durch Bedeutungsgier. Hören wir Nietzsche:

Meine Aufgabe: Jenes verborgene und herrische Etwas, für das wir lange keinen Namen haben, bis es sich endlich als unsere Aufgabe erweist, – dieser Tyrann in uns nimmt eine schreckliche Wiedervergeltung für jeden Versuch, den wir machen, ihm auszuweichen oder zu entschlüpfen, für jede vorzeitige Bescheidung, für jede Gleichsetzung mit Solchen, zu denen wir nicht gehören, für jede noch so achtbare Tätigkeit, falls sie uns von unserer Hauptsache ablenkt ...

So soll Arbeit sein. Man kann sie nicht sauberer definieren. Das ist gesunde Arbeitsethik. Alles andere ist Vermessenheit, ist Deformation.

Erwartungen sind verfänglich. Man delegiert mit ihnen etwas, das man nicht delegieren darf, das man selber tun muss.

Was gibt dem Menschen Sinn im Leben? Seine Aufgabe. Sie ist Zweck, sie ist Ziel. Eine schlichte Definition. Ist sie kaum zu erfassen, weil sie so schlicht, so einfach, so nüchtern ist? Weil sie so glanzlos scheint? Weil es über sie hinaus nichts zu hoffen und erwarten gibt? – Aber sie ist nicht glanzlos ... sie ist, wie soll ich sagen, dem Leben entsprechend, nahe am Leben, für das Leben geeignet ...

10.
DER STUBENHOCKER

Übergriffe in dieser oder jener Form muss mancher über sich ergehen lassen. Die Frage ist, ob er nun bei allem, was er tut, konsequent nur Härte oder ob er dennoch etwas Verspieltes gelten lässt. Je nachdem, sagt man, er habe sich mehr oder weniger Humor bewahren können. Humor aber ist kein Kriterium – bei nichts.

Ein in sich gefestigter Mensch erträgt das Alleinsein gut. Denn im Alleinsein kann er sich ganz auf sich konzentrieren. Seine Gedankenwelt ist reich. Sein Innenleben gibt ihm genügend Stoff her zu seiner Beschäftigung. Somit ist alles Äußere Ablenkung. Zeitungen, Fernsehen, Internet, die Straßen der Stadt, der öffentliche Raum, andere Menschen lenken ihn ab. Sie bringen ihm nichts, sie tragen nichts hinein in seine mentale Welt. Ein solcher Mensch mischt sich mit nichts mehr. Und er interessiert sich kaum dafür, was außerhalb seiner Welt liegt. Einer, der sich in diesem Grade abschließen kann, weiß genau, welches seine Welt ist und was nicht dazugehört. Er weiß, was ihn ausmacht, welches seine Stärken und Talente sind. Seine Aufgabe wird es sein, seine Talente zu nutzen. Dies kann er am besten in seinem stillen Kämmerlein, abgeschirmt von Lärm und Betriebsamkeit um ihn herum. Er braucht dazu einen klaren Kopf, Zeit und Arbeitsutensilien.

Pascal sagte: *Ich habe entdeckt, dass alles Unglück der Menschen von einem Einzigen herkommt: dass sie nämlich nicht verstehen, in Ruhe in einem Zimmer zu bleiben.* Wer um seine Arbeit weiß, kommt dieser Pascal'schen Aufforderung problemlos nach.

Jene, die es nach draußen treibt, da sie innerlich leer sind und mentale Nahrung außerhalb ihrer selbst sich erhoffen, werden beim Lesen dieses Satzes unruhig. Beklemmung und Umtriebigkeit prägen ihr Leben. Eine Antwort auf ihre Gespanntheit von außen wird ihnen nie zukommen. Ein Füllen ihrer inneren Leere von außen kann nie stattfinden. Es ist dies nicht möglich. Wer auf Antworten von außen wartet, macht sich zum Opfer seiner Haltung. Meditieren, statt Opfer zu sein, ist ein geeignetes Mittel zur Lebensbewältigung. Der Mensch kann nur in sich selber Antworten finden, nämlich auf die Grundfrage: Warum bin ich hier? Wozu gibt es mich auf Erden? Anhand seiner Arbeit wird er eine gültige Antwort auf diese Grundfragen geben können.

***

Die größte Ungeduld
Im flüchtigen, schnellen Hin-und-her-Wandern auf modernen Informationsplattformen kann niemand glücklich sein, aber einsam, rastlos und verloren. Zu wenig nachhaltig ist die Information, zu stark der Reiz, weiterzuwandern. Das Zeittotschlagen auf diese Art generiert großes Unwohlsein. Kommt die Langeweile aus dem Informationsüberschuss oder aus dem Überschuss an Zeit? Oder ist sie Resultat einer inneren Deformation? Ist nicht die leichte Verfügbarkeit von Ablenkung Grund, sich nicht mit sich selber zu beschäftigen, nicht in sich hineinzuhören, nichts zu erarbeiten, keinen eigenen Gedanken zu formulieren?

Wir tun gut daran, ein paar Schritte zu tun oder an einen Tisch zu sitzen, um zu *meditieren*. Es lindert unsere Einsamkeit, unsere Beklemmung, unsere Verlorenheit. Wir müssen wieder lernen, Stille zu ertragen.

Die Fähigkeit, sich auf ein Thema zu fokussieren, kommt aus der Limitierung, aus der Klausur, aus der Begrenzung von Möglichkeiten. Jene, die meinen, das 19. Jahrhundert sei eine Zeit gewesen der „Abrutis" und der „Ignorants", täuschen sich mitunter sehr. Die Unwissenden und Abgestumpften sind wir. Denn wir geben uns mit Oberflächlichkeit und Seichtheit zufrieden, während die ernsthafte Bearbeitung eines Themas einst wie heute Vertiefung und Hingabe verlangt. Wer ist denn noch bereit, sich für eine Sache einzuschränken, zu limitieren?

IV.
ATMOSPHÄRE /
HEIMWEH

1.
ATMOSPHÄREN

Jeder Ort, jeder Mensch, jedes Werk hat seine Atmosphäre. Eine Atmosphäre bleibt nicht isoliert. Sie erinnert sofort an eine andere, verbindet sich mit einer anderen, erzeugt Sehnsucht nach einer anderen. Atmosphären sind so etwas wie Verdichtungen, Zeugen einer Konstellation, Zeugen von etwas Schicksalhaftem.

Rue Jean du Bellay in Paris. Straßenkandelaber mit warmem, gelbem Licht. 19. Jahrhundert. Gérard de Nerval. *Sylvie*. Kutschenfahrt in der Nacht. Draußen in einem Gasthof, außerhalb der Stadt. Wiesen und Wälder.

Jura. Verschneite Wälder und brotförmige Bergketten. Alain Tanner. *La Salamandre*. Die Musik zum Film. Das einzige Hotel im Vallée de Joux. Winter. Schweiz. Schweizerische Einsamkeit.

Genf. Die Straßen der Stadt. Ludwig Hohl. *Nächtlicher Weg*. Spaziergang in der Nacht in einer winterlichen Landschaft. Wieder die Musik zu *La Salamandre*. Michel Soutter. *La Pomme*.

In Gedanken kann der Mensch fliegen, in die Sonne, ins Licht.

Konkret lebt er in seinem Körper und dieser wohnt in einem kleinen Zimmer unterhalb der Nebelgrenze.

(Die Frage bleibt offen, unbeantwortet: Ist nicht sein Körper aber Erzeuger seiner Gedanken?

Nur Tote können eine Antwort geben – sie aber bleiben stumm.)

Lyon. Boulevard de la Croix-Rousse. Brasserie des Écoles. Sonne. Blauer Himmel. Saône und Rhône. Auf dem Weg in den Süden.

Der Süden. Motorboot in einer felsigen Bucht. Licht. Helligkeit. Die Sonne am Horizont. Das Meer. Transparentes Wasser. Ockerfarbiges Schiefergestein. Austern und Crevetten. Verbundenheit und Freundschaft.

Atmosphären. Der Kontrast zwischen ihnen ist aufzuzeigen, in einen Kontrapunkt zu setzen, aber auch das Verbindende, das Zusammenhängende, das Überleitende von einem zum anderen: Sommer/Winter, Sonne/Nacht, Licht/Schatten, Natur/Stadt, *Pierrot le Fou/La Salamandre*, Frankreich/Schweiz, Menschen/Einsamkeit, Gedanken/Körper.

2.
DER BESUCH

Licht und Schatten

Es tut gut, wieder zu Hause zu sein. Überall gibt es Licht, es ist warm. Ich freue mich und staune ob der Intensität der Farben. Das Weiß der Häuserfassaden blendet unter dem hellblauen Himmel. Die Sonne hat eine ganz andere Leuchtkraft. Weit oben über der Erdkugel steht sie und strahlt in jeden Winkel der Stadt hinein. Es gibt kaum Schatten. Beinahe vergisst man diese Helligkeit oben im Norden. Man vergisst, dass es sie gibt.

Dort kommt meine Mutter. Noch immer sieht sie jugendlich aus. Das Klima tut ihr gut, man sieht es ihr an. Die Wärme und die Sonne halten sie lebendig.

Es ist schön hier, ich denke es immer wieder, wenn ich nach Hause komme. Und doch – so richtig genießen kann ich es nicht. Zu viel Norden ist in mir. Zu sehr bin ich noch jener Welt verhaftet, in der ich den größten Teil meines Lebens verbringe. Zu lebendig sind die Bilder, die ich täglich sehe. Dunkelheit liegt über allem. Die Nacht bestimmt den Tag. In meine kleine Wohnung dringt kaum je ein Lichtstrahl, selbst im Sommer, zu sehr ist sie von der Sonne abgeschnitten durch hohe Häuserfassaden auf alle Seiten hinaus. Ich wohne in der Stadt. Es ist eine ruhige Wohnung in einer alten Liegenschaft. Kaum sieht man die Nachbarn. Jeder lebt für sich, keiner interessiert sich für den anderen. Der Parkettboden knarrt, wenn man herumgeht. So hört man ab und an die Tritte eines Mitbewohners. Ich empfinde dieses Geräusch als angenehm, man fühlt sich dann nicht ganz allein. Letzthin klingelte ein magerer Mann an meiner Tür und beklagte sich über Lärm. Es stellte sich heraus, dass er in der Wohnung unterhalb wohnte. Ihn störten meine Fußtritte. Ich konnte ihm nicht helfen. Es sei eben eine alte Liegenschaft, sagte ich, ich würde den Bewohner über mir auch hören.

Wenn ich morgens das Haus verlasse und zur Arbeit gehe, ist es dunkel, feucht und neblig. An der Haltestelle gegenüber stehen immer eine blonde Frau in Stiefeln und ein Bauarbeiter in weißer Hose mit einem Rucksack über der Schulter. Gelassen raucht er eine Zigarette.

Im Bus sitzen meistens etwa die gleichen Personen. Auch sie haben alle ihren routinierten Tagesablauf. Die junge Frau, zum Beispiel, die vermutlich ihr Töchterchen in die Krippe bringt, wirkt abgekämpft und ungepflegt. Ihre Augen haben einen matten Glanz, die Haare sind strähnig, die Kleidung schmutzig. Einmal weinte das Kind während der ganzen Fahrt. Die Frau streichelte müde mit der Hand über seinen Kopf und machte: „Sschd."

Ein schmieriger Typ, er sitzt immer rechts neben der Vordertüre, rief zu ihr hin: „Können Sie Ihr Kind nicht ruhig halten!" Dann machte er sein übliches Telefonat: „Tag, Herr Schurter, ich habe es ihm gesagt ... heute Morgen habe ich es ihm gesagt ... das weiß ich doch ... ist schon klar ... habe es im Kopf notiert. Nein, das weiß ich doch! Ja, also ... adieu, Herr Schurter."

Eine aufgedonnerte Frau mit langen schwarzen Haaren, oft in Leder gekleidet, steigt jeweils drei Stationen nach mir ein und liest die Pendlerzeitung. Einmal redete sie schnell und resolut ins Telefon. Ihre Sätze kamen mir vor wie Pistolenschüsse: „Du gibst mir zu wenig retour ... ich bekomme nicht, was mir zusteht ... du redest von Familie ... wie stellst du dir das vor? ... das reicht nicht ... nein, das reicht nicht, tschau."

Wo Menschen sich miteinander arrangieren müssen, wird es schwierig, denke ich dann. Das Leben ist ein Kampf für alle. Und wenn es darauf ankommt, will keiner zu kurz kommen. Alle wetzen sie ihre Klingen und das Klingenwetzen ist oft sofort zur Stelle. Es kommt mir vor, als würden sie nur darauf warten. Es ist eine kleine und enge Welt. Es fehlt an Platz. Es herrscht eine gespannte, intolerante und aggressive Atmosphäre, die jederzeit eskalieren kann. Und draußen ist es Nacht und kalt – und irgendwie völlig hoffnungslos.

Es fehlt an Energie, an Sonnenlicht. Das ist es. Die Leute werden krank. Die Dunkelheit tut ihnen nicht gut, sie verlieren in ihr die Orientierung. Ziele gehen verloren und werden vergessen in der Nacht. Sie horchen hinaus, tasten mit glasigen Augen den nebligen Horizont ab. Sie können nichts mehr erkennen. Sie irren blind herum – und sind dadurch geschwächt. Ihr Klingenwetzen, ihre Gereiztheit kommen nicht aus einem Überschuss an Energie, sondern aus der Kraftlosigkeit, aus der Erschöpfung.

An jenem Tag, als das Kind weinte im Bus, brach eine Mitarbeiterin vor dem Eingang zu den Produktionshallen zusammen. Ich stand vielleicht drei Meter von ihr entfernt. Sie hatte einen Herzstillstand, atmete nicht mehr. Jemand rief die Notfallsanität. Ich versuchte die Frau wiederzubeleben und massierte ihren Brustkorb. Ihre Augen waren leicht geöffnet. Sie reagierte nicht, war bewusstlos. Irgendwann, es kam mir wie eine Ewigkeit vor, tat sie einen tiefen Zug. Sie atmete wieder und gab ein leises Stöhnen von sich. Ich legte sie auf die Seite und sprach mit ihr. Ob sie mich höre, fragte ich. Sie sagte ja. Ihr sei kalt, sagte sie. Jemand legte eine Decke über die Frau. Ob sie mich noch höre, fragte ich erneut. Keine Antwort. Ihre Augen waren wieder leicht geöffnet. Sie atmete nicht mehr. Ich pumpte ihren Brustkorb erneut. Wiederum tat sie plötzlich einen tiefen Zug. Ich legte sie auf die Seite und redete ihr zu. Noch zweimal verlor die Frau das Bewusstsein, bis die Rettungskräfte vor Ort waren. Ich sah noch, wie die Notärzte sie auf einer Bahre zum Ausgang trugen.

Warum ich das erzähle? Die Dunkelheit – sie macht die Leute krank. Sie brechen zusammen, einige sterben. Die Frau ist nicht gestorben. Sie konnte das Spital bald wieder verlassen. Ich sah sie später in der Kantine.

Für viele, so habe ich den Eindruck, ist die Vorweihnachtszeit besonders schwer zu ertragen. Es werden Lichter angezündet, um die ewige Nacht zu überstehen. Aber die Beleuchtung in den Straßen hat nichts Feierliches. Vielmehr ist sie Ausdruck von

Verzweiflung. Man will sie mit Licht ausleuchten, die Hoffnungslosigkeit, man will wissen, wo es einen Weg daraus gibt.

Ich halte die Dunkelheit leichter aus. Denn ich bin nicht in ihr aufgewachsen. Ich bin am Meer und im Licht groß geworden. Die Erinnerungen an meine Kindheit sind voller Sonne, Helligkeit und ewigem Sommer. Ich verbrachte meine Zeit draußen unter dem freien Himmel, das ganze Jahr über. Ich mag mich nicht erinnern, dass es einmal nicht so gewesen ist. Es war immer hell, es war immer warm. Die Natur war stets freundlich. Diese Bilder prägen mich bis heute. Sie tragen mich, auch in der Nacht. Wie sonst könnte ich es im Norden aushalten, in dieser Monotonie, in dieser Einsamkeit?

Ich führe dort ein einfaches Leben. Mein Salär als Angestellte der Betriebskantine ist so bescheiden, dass ich mir den Flug nach Hause über Monate zusammensparen muss. Und schließlich kann ich auch nicht wie eine Bettlerin nach Hause kommen. Die Auslagen für Kleider, Schmuck und Coiffeur belasten mich, aber sie müssen sein. All das will ich meiner Mutter nicht sagen. Über meine Lebensverhältnisse im Norden weiß sie wenig – es ist besser so. Sie weiß nicht, wie schlicht meine kleine Wohnung ist. Sie weiß nicht, wie erlebnisarm und monoton mein Alltag ist. Sie weiß nur, dass ich geschieden bin, dass ich den Mann, für den ich den Süden opferte, verlassen habe und dass ich dennoch im Norden geblieben bin. Ich bin im Norden geblieben, weil ich dort Wurzeln geschlagen habe, weil ich mich dort zu Hause fühle, weil ich dort hingehöre, trotz der Dunkelheit und der Einsamkeit, oder vielleicht gerade deswegen. Ich passe in den Norden und der Norden passt zu mir. Ich kann dafür keine plausible Erklärung geben.

Meine Mutter weiß vieles nicht von mir. Sie kennt mein Leben nicht. Sie kennt auch den Norden nicht. Sie weiß nichts von der Beklemmung, welche in den Leuten sitzt. Sie kann sich nicht vorstellen, wie Angst deren Leben vergiftet, wie Druck auf ihnen lastet, wie sie Monotonie und Langeweile auf sich nehmen, nur um sich abzusichern, um heil über die Runden zu kommen, um zu überleben. Auch meine Stelle ist unsicher. Vielleicht bin ich bald arbeitslos.

Die ewige Nacht des Nordens ist die Angst. Sie dominiert alles – und sie macht einsam. Jeder schaut für sich. Jeder ist allein. Keiner vertraut einem anderen. An diese Einsamkeit musste ich mich zuerst gewöhnen. Das war am Anfang schwer. Aber es ist möglich. Und mit der Zeit wirkt sie wie ein Gift. Man vergisst, dass es anders sein kann. Man empfindet die Einsamkeit als richtig, als normal – dabei macht sie krank. Sie verbiegt den Menschen, höhlt ihn aus, verformt seinen Charakter, gewöhnt ihn an ein Schattendasein. Auch ich führe ein solches Dasein.

Am Sonntagvormittag, zur frühen Morgenstunde, gehe ich jeweils in die Kirche. Ich zünde eine Kerze an in Gedenken an meinen verstorbenen Vater. Das Gotteshaus ist dann beinahe menschenleer, ganz ruhig und dunkel. Nur wenige Kerzen brennen, erhellen kaum den Innenraum. Es ist mir diese Atmosphäre der Dunkelheit und der Ruhe sehr lieb. Sie ist – wie soll ich sagen – meinem Innern nahe. Ich bin dann ganz bei mir und kann mich sammeln. Die brennenden Kerzen, sie kommen mir vor wie die Lichter in den Straßen und in den Schaufenstern der Stadt. Sie wollen in der Dunkelheit den Weg leuchten, den es zu nehmen gilt, aber ihr Licht ist schwach. Ja, auf eine Weise ist es impotent, impotent – wie kann ich sagen – moralischer Natur.

Dennoch ist mir das Kircheninnere Trost. Es ist Spiegel der wahren menschlichen Verhältnisse im Norden, denke ich. Ein Dasein in Verlassenheit und in der Nacht, ohne dass ein Licht, eine Moral hineinzuleuchten vermögen, so ist das Leben dort. Trost ist die Kirche mir darum, weil sie zeigt: Du bist nicht allein mit deiner Angst, deiner Blindheit. Deine Angst ist die Angst aller dort Lebenden. Sie ist eine kollektive Orientierungslosigkeit, eine kollektive Krankheit.

Die Nacht des Nordens, die Krankheit des Nordens, ist die Angst in der Einsamkeit. Sie nagt auch in mir.

In der Helligkeit des Südens kann ich sie vielleicht für einige Zeit ausblenden und mich ein wenig kurieren. Möge die Sonne sie mir aus dem Gemüt trocknen, so hoffe ich. Und wenn ich dann wieder in den Norden zurückkehre, brennt in mir ein Feuer für eine Weile, das mir Leben gibt. Aber das sind Dinge, die meine Mutter nicht wissen muss.

Dort kommt sie. Sie sieht gesund aus, hat eine gute Hautfarbe, nicht wie die Leute im Norden mit ihren wächsernen, bleichen Gesichtern. „Meine Tochter, schön, dich zu sehen", höre ich sie sagen. Sie öffnet ihre Arme. „Wie geht es dir, bist du gut gereist?" Ich umarme herzlich die alte Frau, die mir beinahe ein wenig fremd geworden ist, und antworte: „Sehr gut, Mama, es geht mir sehr gut."

3.
HEIMWEH

Wir verändern uns kaum durch das unmittelbare Sehen der Dinge um uns, aber durch das, was wir davon uns erhalten, was wir in uns erblicken.

Was wir in uns erblicken, ist nichts anderes als eine Ansammlung von Bildern und Atmosphären, die wir einst außen erfahren haben, die aber in ihrer Erscheinung unserem Temperament angeglichen sind, darum für uns deutlicher, fassbarer in ihrem Wert.

Paris ist schön mit dir zusammen. Es ist schön, mit dir durch die Straßen der Stadt zu gehen. Es ist schön, mit dir in der Brasserie *Les Deux Palais* gegenüber der heiligen Kapelle einen Fisch zu essen und anschließend ein Vivaldi-Konzert zu besuchen. Es ist kalt in der Kapelle, aber das stört nicht. Es ist schön, mit dir den Grand Palais zu besuchen, durch die endlosen Hallen des Museums zu schreiten, die Bilder genau anzuschauen. Es ist schön, mit dir abzuwägen, welche Maler wirklich etwas zu sagen hatten. Es fallen die Namen Cézanne, van Gogh und Monet, während wir durch den Jardin des Tuileries spazieren. Es scheint die Sonne. Aber es ist kalt.

Es ist schön, mit dir beim *Berthillon* auf der Insel Saint Louis eine heiße Schokolade zu trinken und auf die Seine hinauszuschauen. Man hat auch gute Sicht auf die Rückseite der Kirche Notre-Dame. Es ist schön, mit dir ein wenig zu Hause zu sein im Herzen von Paris in einem kleinen, alten Hotel, unweit des stimmungsvollen Platzes, wo die Brücke Saint Louis und die Straßen Jean du Bellay und Saint-Louis en L'Île zusammentreffen. Es ist besonders schön dort, wenn am Abend die Beleuchtung einsetzt. Das warme Licht der altwürdigen Kandelaber ist heimelig und gemütlich. Die Franzosen haben Sinn für Tradition. Und ich freue mich schon, mit dir im *Saint-Régis* ein kontinentales Frühstück mit Toast, Eiern und Kaffee einzunehmen. Es ist schön mit dir, Paris. Auch wenn es regnet. Im Hoteleingang stehen Schirme bereit. Alles ist schön mit dir.

Es ist dann nur immer der Abschied am Flughafen so traurig.

Traurig, weil du mich durch die einseitig getönten Scheiben nicht mehr sehen kannst. Ich sehe dich, aber du mich nicht. Du stehst dann da und winkst und lächelst ins Leere, dorthin, wo ich nicht bin. Ich stehe weiter links, aber das kannst du nicht wissen. Es sind dein Winken und Lächeln so einsam; sie bleiben ohne Ziel und ohne Antwort. Ich winke dir auch, aber du siehst es nicht.

Und so ist unser Abschied von Blindheit und Einsamkeit überschattet. Wir können uns nicht mehr sehen – und es kommt mir dann vor, als sei dies ein Zeichen.

***

Was ist Heimweh? Ein nagendes Gefühl. Wann hat man dieses Gefühl, das der Sehnsucht verwandt ist, aber in einem gegenteiligen Wirkungsgrad? Wenn eine Konstellation, eine Atmosphäre einst gegeben war, in der man sich wohlfühlte, die man als richtig empfand und die nun nicht mehr ist.

Dem Heimweh geht eine Trennung oder Veränderung voraus. Ernüchterung tritt ein. Man ist allein, man ist nicht mehr eingebettet in eine einst vorhandene Situation des Wohlbefindens. Allmählich weicht die Ernüchterung einer stillen Traurigkeit. Man trauert dem nach, was man nicht mehr hat – und was einem teuer und wichtig war. Heimweh will etwas wiederholen oder wieder herstellen. Heimweh will eine *Rückkehr* in eine Konstellation, eine Atmosphäre, die einst war. Und darin unterscheidet sie sich von der Sehnsucht. Sehnsucht kann man haben nach etwas Neuem, nach Veränderung, nach etwas noch nie Dagewesenem. Sehnsucht ist der Neugierde verwandt, in diesem Fall, und sucht den Aufbruch zu einem Neuanfang. Ein Bild, eine Vision soll umgesetzt und realisiert werden.

Heimweh sucht nicht den Neuanfang, sondern will konsolidieren im Einstigen. Heimweh des einen kann schwierig werden für diejenigen, die an einer Konstellation beteiligt waren und diese nun nicht mehr wollen. Der von Heimweh Geplagte kann und will dies nicht akzeptieren und annehmen. Er bewegt sich innerlich schwerfällig, schaut immerfort zurück, bleibt verhaftet im Vergangenen, trauert um den Verlust. Treu zu sein fällt ihm nicht schwer. Veränderung aber belastet ihn, denn es ist eine Veränderung, in seinen Augen, zum Schlechten.

Hatten die besagten Maler Cézanne, van Gogh und Monet Sehnsucht oder Heimweh? Sie hatten Sehnsucht, keine Frage. Ein Künstler ist getrieben durch den Drang nach Realisierung einer Vision. Er will ihr immer neu näherkommen.

Hatte Pascal Heimweh oder Sehnsucht? Vermutlich hatte er Heimweh. Im Erdendasein sich selber überlassen, sehnte er sich in seinen letzten Jahren nach der Rückkehr zu Gott. Heimweh ist demnach Resignation, Lebensmüdigkeit, sie will von neuen Entdeckungen nichts mehr wissen.

Kurt Guggenheim redet von Heimweh in seinem Roman *Riedland*:
„Mich nimmt schon wunder, was das für einer ist, der diese Räucherei veranstaltet!", rief Stilli und klapperte mit dem Bierglas auf den Tisch. „Noch einen. Vier Feuer in zehn Tagen!"

„Das ist einer, der Heimweh hat", sagte Helbling abwesend und blickte mit seinen blauen Augen den Schwalben nach. Mit seinem runden Bart glich er ein wenig dem Apostel Petrus auf der Altartafel in der Kapelle zu den Vierzehn Nothelfern in Grynau.

„Dann ist es also ein Fremder, meinst du?"

„Es kann einer in der Heimat sein und doch Heimweh haben. Nach einem anderen Menschen. Nach einer anderen Zeit, nach der Jugend oder so", sagte Helbling.

„Ja, wenn sie Heimweh haben, zünden sie immer etwas an", nickte Lorenz.

...

Und später in *Riedland* findet sich eine Szene, die erstaunlich an Ludwig Hohls Erzählung *Das Pferdchen* erinnert und welche die mentale Verfassung des Heimwehgeplagten anhand eines Vergleiches darstellt:

Das Pferd schien zu sitzen, es hatte die Vorderfüße vor sich gestemmt, die Kruppe lag auf dem Boden, der Hals reckte sich, es schaute mit großen Augen an ihnen vorbei, die Mähne wehte im Wind.

Sie standen ein paar Schritte vor dem Schimmel.

„Seine Hinterbeine sind gebrochen", sagte Rochat leise. Marie konnte kaum atmen. Sie blickte in die Augen des Pferdes. Von Zeit zu Zeit schüttelte es den Kopf, und das Zaumzeug klingelte sacht ... Marie legte ihre Hand auf den warmen Hals des Pferdes. Nun sah sie, daß seine Nüstern bebten; sie streichelte ihm über das Maul, suchte von neuem seine Augen. Die Tränen rannen über ihre Wangen ....

Was Marie dachte, hatte plötzlich keinen Zusammenhang mehr mit dem, was sie weinen machte. Sie sah Bielis Gesicht vor sich, so wie sie ihn damals, am Abend des ersten August, gesehen hatte, als er bei seinem Holzstoß schlief. Sie sah den Aufschlag seiner Augen. Sie hatten denselben Ausdruck wie jene des Pferdes.

Nicht wahr, was Motor oder Antrieb ist eines Menschen, sieht man ihm in der Regel nicht an. In der Sehnsucht danach, jemand zu sein oder etwas Bestimmtes zu erreichen, eine Vision umzusetzen, kann er genauso fanatisch und rücksichtslos sein, wie wenn er durch Heimweh getrieben ist. Es ist in seiner Antriebskraft nicht weniger stark. So kann einer sein Leben reparieren, Hindernisse, die ihm den Weg zum Einst verbauen, beiseiteschaffen wollen und dabei nur destruktiv sein, wenn er die Verhältnismäßigkeit nicht mehr sieht. Weder Sehnsucht noch Heimweh sind aufbauend, wenn sie ein *gesundes Maß* überschreiten, wenn sie zu heftig sind.

Hatte Guggenheim Heimweh? Als Schriftsteller hatte er Sehnsucht nach dem Werk, nach einer neuen Form des Ausdrucks. Aber Triebfeder oder Motor seiner Sehnsucht war Heimweh, so könnte man vermuten. Man vergegenwärtige sich seine Biografie zur Zeit der Entstehung des Romans *Riedland*: Genf. Eva Hug.

Zudem hatte er nicht nur Sehnsucht nach dem Werk, sondern danach, integriert zu sein, dazuzugehören – zur Schweiz, zur Zürcher Gesellschaft. Dieser Sehnsucht hat Zürich seinen besten Chronisten zu verdanken.

Aber all das kann man bei Charles Linsmayer genau nachlesen.

Wie es bei mir aussieht? – Lassen Sie es mich so sagen:

Was im Frühling und Sommer notiert ist, lebt von Sehnsucht.

Was im Winter entstanden ist, atmet Heimweh ...

Wo Sonne und Licht, da Sehnsucht.

Wo Nacht und Dunkelheit, da Heimweh – nach Sonne und Licht.

4.
PASCALS HEIMWEH

Alle werden automatisch gerettet, drüben, ohne etwas dazu zu tun. Es kann ja gar nichts anders sein. Im Diesseits aber muss jeder sich täglich retten, nicht indem er an höhere Mächte delegiert, sondern seine Talente einsetzt.

Um nochmals auf Pascal zurückzukommen – es ist möglich, dass sich einer in der Enge einrichtet, im Zweifel, in der Unsicherheit, für sein ganzes Leben, niemand wird ihn daran hindern. Die Kirche hat es vorgezeigt und Pascal trug es zum letzten Mal in seiner vollen Wirkung in die Welt hinaus (wenn auch nicht er selber, so doch seine Herausgeber).

Wer sich in die Enge hineinschickt, freiwillig ... ist angetrieben durch Heimweh. Dies ist kein Vorwurf, Antriebsformen sind keine Willensfrage.

Den „guten Christen" gibt es. Über die Psychologie dieses Typus könnte man ein ganzes Buch schreiben. Sein Missionseifer bleibt ungebremst. Er möchte andere gerne als Menschen seinesgleichen wissen. Die Frage ist einfach: Wofür steht er ein, wenn nicht für ein verhindertes Dasein? Komm zu mir, wird er sagen, und teile mit mir ein Leben in Licht und Erkenntnis, dabei müsste er sagen, bleibe bei mir und lass mich nicht allein in der Furcht vor dem Leben.

Was genau irritiert an seinem Missionseifer? – Falschheit, die sich der Beugung der Angst wegen in seinen Vortrag eingeschlichen hat. Er verkündet die Rettung für alle, wenn es doch primär darum geht, die eigene Haut zu retten. Aber auch da ist Pascal nicht unbeteiligt, wenn er sagt:

Wenn Sie nicht wetten, daß es Gott gibt, müssen Sie wetten, daß es ihn nicht gibt. Wofür entscheiden Sie sich? Wägen wir den Verlust dafür ab, daß Sie sich dafür entschieden haben, daß es ihn gibt: Wenn Sie gewinnen, gewinnen Sie alles, wenn Sie verlieren, verlieren Sie nichts. Setzen Sie also ohne zu zögern darauf, daß es ihn gibt.

Wozu legt uns Pascal diese Wahrscheinlichkeitsrechnung vor? – Damit wir unseren Vorteil wahren und wir auf der sicheren Seite sind. So argumentieren kann man nur aus der Kraftlosigkeit heraus, aus der Furcht vor dem Leben. Wir haben hier einen seiner schlechtesten Sätze, weil er berechnend, ja, schon beinahe korrupt ist. (Unzählige andere sind dafür gut.)

Geht es darum, dass wir unsere Haut (besser unsere Seele) retten, dass wir uns die Eintrittskarte ins Jenseits sichern? Oder geht es darum, dass wir uns verwurzeln im Leben, indem wir uns einen Auftrag formulieren?

Wenn Heimweh unsere Antriebskraft ist, können wir Pascals Satz gutheißen. Wir wollen Sicherheit.

Wenn Sehnsucht uns antreibt, empfinden wir Feigheit darin. Wir wollen leben, uns furchtlos in unser Leben hineingeben und die Welt erforschen.

Warum es sich dennoch lohnt, Pascal zu lesen, auch dort, wo er irrt? Weil es bei ihm stets, bei der Frage der Rettung, um eine Haltung geht, um das Erforschen einer Geisteshaltung, und das ist an sich etwas Gutes und soll nicht leichtfertig abgetan werden.

5.
HINTER DEM FRÖHLICHEN

Hinter dem vordergründig Fröhlichen wirkt eine lange Traurigkeit. Ob einer Sehnsucht hat oder Heimweh, ist eine Frage des Schicksals und nicht des Willens.

Er hatte eine unheilbare Krankheit. Das trieb ihn zu den Leuten, auch der Umstand, dass er krankheitshalber nur wenige Tage in der Woche am Arbeitsplatz erschien. Er wollte reden, die Einsamkeit für Momente verdrängen. Natürlich überspielte er sie. Er redete zu viel, lachte zu laut, gab vor, fröhlich zu sein. Es war eine Situation, die er nicht souverän im Griff hatte.

Eines Tages hatte er wieder einen Schub. Er zitterte am ganzen Leib, konnte kaum mehr sprechen. Er müsse sofort nach Hause, stammelte er und schaute mich aus geröteten, weit aufgerissenen Augen an. Es war ein verzweifelter Blick. Ob ich das dem Vorgesetzten mitteilen könne. Ich bejahte. Er habe Blut im Gesicht, sagte ich. Er sei gestürzt, sagte er. Ob er alleine nach Hause gehen könne, fragte ich. Er bejahte, er müsse nun sofort los.

Als ich dem Vorgesetzten Mitteilung machte, sagte dieser, es sei in Ordnung. Er beschäftige den Mann nur, damit er unter die Leute komme. Wirklich brauchen tue er ihn nicht. Und sein Sekretär, der danebenstand, sagte noch: Ja, soll er einfach nach Hause gehen, wenn es nicht geht.

Ich hatte das Bild von des Kranken Augen noch vor mir. Die Verzweiflung, die in ihnen lag, und die Hilflosigkeit wurden überschattet von etwas anderem, das ich erst bemerkte, als ich das Blut in seinem Gesicht erwähnte. Es fand sich eine tiefe Traurigkeit, aus dem Innersten des Mannes kommend, in seinem Blick, eine unendliche Niedergeschlagenheit ob seiner Wirklichkeit, die ihm inakzeptabel war, die er vergessen wollte und zeitweise vergessen konnte, wenn es ihm besser ging, wenn er sich fröhlich gab, die aber dennoch eisern und unumstößlich sein Leben formte. Die Krankheit verbog seine Person bis ins Mentale hinein, reduzierte sein Leben auf ein Provisorium, zu etwas Misslungenem, etwas, das weit hinter dem Gewünschten zurückblieb, dachte ich. Es war zumindest das, was ich ihn seinen Augen las.

Dies zu erkennen, tat mir leid. Und es ließ mich wieder über den Blickwinkel nachdenken. Den anderen war dieser Mann mit seiner Krankheit gleichgültig. Sie hatten genug zu tun mit ihrem eigenen Leben. Auch seine Verzweiflung und Traurigkeit bewegten sie nicht.

Warum konnte er nicht gelassener und großzügiger sich selber gegenüber sein? Warum wollte er den anderen gefallen? Warum schaute er nicht *sich* besser? Warum lebte er nicht seinen Blickwinkel? Warum verneinte er sich? Es war doch alles so unnötig, dieses Überspielen, dieses vordergründig Fröhliche. Es tat ihm selber nicht gut, denn es war ja nicht echt.

Da aber war ich mir selber plötzlich nicht mehr so sicher. Doch – vielleicht tat ihm seine gespielte Fröhlichkeit gut. Es war ein Versuch von Autosuggestion, von Selbstheilung. Natürlich war es nicht echt. Echt war das, was dahinterlag: seine Traurigkeit. Er aber wollte nicht traurig sein, er wollte es auf keinen Fall, gerade weil die Traurigkeit das *Grundelement*, die *Grundenergie* war, die ihn antrieb. Er wusste dies. Nicht die Krankheit verbog seine Person. Die Traurigkeit machte ihn krank. Darum wollte er fröhlich sein.

Über das, was einen antreibt, was einen formt, weiß jeder Bescheid. Er kann es aber nicht willentlich beeinflussen oder ändern.

Derjenige kann sich glücklich schätzen, den eine zuverlässige Lebenskraft, die Sehnsucht nach Leben, antreibt. Es kann ihm nicht viel passieren.

Unser Mann hatte die Sehnsucht nach Leben auch, aber sein Heimweh war stärker.

***

Was treibt einen an? Erste Frage überhaupt. Weil sie nicht nach der Wirkung zielt, sondern nach der Quelle. Es wurde vorhin gesagt, dass jeder wisse, was ihn antreibe. Diese Aussage ist so vielleicht nicht ganz wahr. Kaum je einer weiß um seine Quelle, aber um seine Wirkung. Dies trifft die Sache genauer. Zu gefallen, dafür wird eine Existenz geopfert. Man muss es aber doch einmal begreifen: Die Grundkonstante im Leben eines Mensch ist, dass ihm gar nie jemand helfen kann, bei nichts. Zu wirken ist eine absolut sinnlose Tätigkeit, ein Zeitvertreib. Die Frage nach der Quelle aber zielt nach unserer *eigenen Bewegung*. Nach ihr zu forschen, um sie zu wissen, darum geht es, wenn wir fragen, was einen antreibt.

Dass aber einer eine eigene Bewegung in sich weiß, ist ein Glücksfall, ein Geschenk.

6.
DAS KISTCHEN

Wohin gehen wir? Woher kommen wir? Wer es weiß, soll es uns sagen.

Wie eines dieser Kistchen auf einer Fördertechnik, das in einem Industriebetrieb über viele Meter, bestehend aus Kurven, Senkungen und Steigungen, von einem Ort zum anderen transportiert wird mit großer Geschwindigkeit, ist ein Menschenleben. Von einem Ort zum anderen spult es sich ab, schnell und flüchtig. Ob es dabei intakt bleibt, weiß keiner. Vielleicht schießt es, wie ab und an eines der Kistchen, in eine Leitplanke und stürzt dabei um. Wir wissen nicht viel. Wohin wir gehen, können wir nur vermuten. Warum wir dorthin gehen, wissen wir nicht.

Ein Bild in der Zeitung eines mexikanischen Priesters, der sich für arme Indios einsetzt, berührt mich. Warum? Er steht inmitten seiner Anhänger auf einem weiten Feld, die Bibel und einen Rosenkranz in der Hand. Der Himmel ist mit Wolken überzogen. Einer spielt Gitarre, ein anderer hält ein Kruzifix in die Höhe. So muss es im Mittelalter gewesen sein in Europa, denke ich. Das menschliche Leben auf der Erde, ein Leiden und eine Suche. Warum geht mich dieses Bild etwas an? Was haben diese Menschen mit mir zu tun? – Ich bin ein Mensch wie sie. Es gibt nichts auf diesem Bild, das nicht mit mir zu tun hat.

Wir wissen nicht, woher wir kommen. Wir wissen nicht, warum wir hier sind. Und wir wissen nicht, wohin wir gehen. Vielleicht war ich einst einer dieser Indios? Vielleicht würde ich in Zukunft einer sein? Vergangenheit und Zukunft? Was kann uns die Zeit lehren? Dass wir das Unveränderliche annehmen?

Kein Mensch kann Recht geltend machen. Alles, was er an Gutem bekommt, ist ein Geschenk. Ob er etwas bekommen hat oder nicht, wird sich am Ende seines Lebens weisen. Dann, wenn er es weiß, spielt es keine Rolle mehr. Dass einer stolz ist auf sein Geleistetes, wäre, als ob ein Kistchen Freude daran hätte, heil am Zielort angelangt zu sein. Es konnte nie etwas dazu beitragen. Dasselbe gilt für uns Menschen.

***

Einsamkeit
Die Entwicklung, die uns das Leben abverlangt zwischen dem, woher wir kommen, und dem, wohin wir gehen sollen, sehen wir erst gegen das Ende hin deutlich, vorher ahnen wir es vielleicht punktuell.

Man nennt es Schicksal oder Korrektur, etwas, das über uns waltet und weswegen wir hier sind.

Es kommt ein Mensch auf die Erde. Er entscheidet sich, später, in die Sonne des Südens zu gehen, um Menschen zu helfen. Und er geht in den Süden, sieht dort Menschen sterben. Die Sonne brennt auf ihn nieder, schon ist wieder einer gestorben. Er weint um den Toten. Er kann kaum etwas tun. Und immer noch scheint die Sonne. Er ist ganz allein inmitten größten Unglücks, inmitten unter Menschen, die, genauso allein wie er, einfach sterben. Er weint aus Einsamkeit, die er mit den Sterbenden gemein hat.

Und nicht immer weiß er mehr, warum er dies tun muss – und gleichwohl weiß er nichts anderes. Es ist sein Schicksal, nun weiß er es wieder, schon immer war es dies.

Und später wird er sagen: Ich ging in den Süden, um Menschen zu helfen. Es war mein Auftrag. Dabei war ich immer allein, allein inmitten des Leids, allein unter den einsam Leidenden, allein unter der Sonne. Erbarmungslos schien sie aus einem weiten und leeren Himmel, immerfort. Das Elend war unendlich. So war mein Leben.

7.
MELANCHOLIE

Sich in Leichtigkeit üben, dann, wenn alles schwer erscheint. Die Leichtigkeit ernst nehmen, nicht nur das Schwere, daran darf man arbeiten, soll man arbeiten. Die Leichtigkeit hellt auf. Und dies braucht es ab und an, den Lichtschein zu erraten hinter dem Alltäglichen, Vordergründigen.

Man kann so wieder richtig durchatmen.

Das Erbe des Vaters. Vatertreue. Was für eine Rolle einer hat im Leben, erkennt er erst, wenn er sie schon bald zu Ende gelebt hat.

Wer war er? Der Sohn – und er war auch immer der Vater im Sohn.

Der Schah von Persien. Ein Mann mit Sinn für familiäre Tradition, mit Sinn für das Erbe des Vaters, vatertreu.

Dies hat das Volk kaum verstanden, dass der Sohn, da er liebesfähig war, den Vater in sich nicht verleugnen konnte und dass ihm seine Vatertreue keinen beliebigen Spielraum zugestand.

Welches seine Funktion ist im Leben, begreift einer erst, wenn er erkennt, dass es sich dabei um eine Einreihung und Kontinuität eines Tuns, einer Haltung handelt und er nicht ins Beliebige ausweichen kann. Sein gangbarer Weg ist ein ganz enger, keine anderen Wege sind offen und ein einziges Ziel steht am Ende: die Konsolidierung seiner Treue.

Dokumentieren, festhalten. Wozu? Wenn man liebesfähig ist, dann wird es ein Bezeugen von Liebesschmerz (am Leben) sein, ein Ablegen von Sehnsucht.

Entre nous, et l'enfer ou le ciel, il n'y a que la vie entre deux, qui est la chose du monde la plus fragile.

Es gibt verschiedene Übersetzungen dieses Satzes von Pascal. Die folgende ist die genaueste und wortgetreuste:
Zwischen uns und der Hölle oder dem Himmel gibt es nur das Leben zwischen zweien, das das zerbrechlichste Ding in der Welt ist.

Es ist einer seiner besten Sätze, wenn man ihn so interpretieren darf:

In unserem Schicksal kann nur Liebe und Treue zu einem anderen uns vor einem Dasein in Lieblosigkeit bewahren. Auf dass wir, die wir leben und nicht scheitern wollen, uns für Liebe und Treue zum anderen *entscheiden* und ihn in unserem Leben und im Herzen annehmen und erhalten.

Die Traurigkeit, die nie mehr vergeht. – Es hat alles ein Ende. Alles führt auf ein sicheres Ende zu. Die Konsolidierung der Treue meint und hat keinen anderen Zweck als die intensivste Aufmerksamkeit und Hingabe an eine Sache, da weniger zu wenig wäre, um ihr gerecht zu sein, um ihr in ihrer Bedeutung (für dich, den sie betrifft), in ihrer Tiefe gerecht zu werden und sie hinüberzuretten, mitzunehmen in eine *Erinnerung*, in ein verlängertes Leben in der Verinnerlichung. So hat man sie bei sich, muss man sie nicht gehen lassen, loslassen.

Versteht man mich?

Ich begreife Pascal, wenn er sagt, dass alles darauf ankomme, zu wissen, ob die Seele sterblich oder unsterblich sei.

In wenigen Jahren werde ich mit dir nicht mehr nach Porquerolles reisen. Porquerolles wird dann sein wie heute, aber uns wird es nicht mehr geben. Und die Frage und die Unsicherheit bleiben: Werden wir unsere Bilder hinübernehmen, werden wir uns kennen, dort?

Oder wird alles erloschen sein?

Gefühlswelt eines Menschen versus Gleichgültigkeit der Welt
Dass es keine Spuren hinterlässt in der Welt, was in ihm innerlich vibriert, ist für einen Fühlenden kaum fassbar. Es entspricht

aber dem Gesetz der Verschwendung. Es ist auch ein Gesetz der menschlichen Einsamkeit. Was einen innerlich bewegt, hat in der Außenwelt weder Resonanz noch Bedeutung. Die Außenwelt kann nicht nachempfinden, nachfühlen. Sie bleibt gleichgültig. Und so lernt der Einzelne angesichts dieser Gleichgültigkeit, sich anzupassen.

Das Schweigen und die stoische Gleichmütigkeit eines Liebenden, äußerlich, bei innerer Verzehrung bezeugen sein Wissen um das Gesetz der menschlichen Einsamkeit. Die Lücke zwischen ihm und den anderen muss er ertragen. Er bleibt mit seinem Leiden allein.

Liebe ist eine große Verschwendung. Sie erschüttert den Liebenden, kostet ihn Kraft, nimmt ihm Gelassenheit, Umsicht und Urteilsvermögen, macht ihn verletzlich, dünnhäutig und emotional. – Aber sie lässt in der Welt nichts zurück. Das ist das Gesetz der Verschwendung.

Die Leichtigkeit des Erotikers. Um sich zeitintensiv erotischen Gedanken hinzugeben, braucht es eine gewisse Leichtigkeit und Unbekümmertheit.

Der Schwermütige, der Melancholiker kann diese Leichtigkeit kaum aufbringen. Es ist ihm zu ernst zumute, als dass er sich solche Verspieltheit leisten wollte.

Es soll hier aber nicht gewertet werden. Es ist eine Frage des Naturells, des Charakters, ob einer sich an einem schönen Körper aufrichtig erfreuen kann oder ob ihn die Schwermut daran erinnert, dass alles vergänglich ist und einzig seine Liebe zur Welt ihm Leben verschafft.

Zorn? Eher Trauer ob des Gefühls, dass wir auf verlorenem Posten stehen, wir Menschen.

Im Traum ist man souverän.

Erst im Traum sieht man, wie man zu jemandem wirklich steht, erst im Traum sieht man, wie der andere wirklich ist, erst im Traum sieht man, worüber man sich im Leben täuscht, erst im Traum sieht man, wo im Leben man sich befindet.

Es gibt keine Bitterkeit im Traum. Es ist alles richtig in den menschlichen Verhältnissen.

Darum ist es ungenau, wenn man Träume erfindet, in denen man leidet oder verzweifelt. In Träumen leidet man nicht, es findet sich eine einfache Lösung für einen Konflikt (Man fliegt davon, er ist leicht überwindbar, es gibt immer ein Mittel dazu.) Es ist von Anfang an alles im richtigen Verhältnis.

Dass man souveräner ist als andere, das ist ein Kampf im Leben. Dabei geht es überhaupt nicht darum. Das sieht man im Traum.

Trauer, Melancholie sind körperlichen Ursprungs. Wenn der Mensch physisch erschöpft ist, muss er weinen. Er ist dünnhäutig, anfällig für Stimmungsschwankungen und er zieht sich von seinen Mitmenschen zurück. Diese körperliche Erschöpfung ist klar nachweisbar. Jeder Arzt kann anhand von Bluttests, Untersuchungen an den inneren Organen oder des Magen-Darm-Traktes den Grund der Erschöpfung benennen. Oft kennt ihn der Kranke selber sehr genau. Er weiß, wie er lebt, kennt seine Ernährung und sein Schlafverhalten, er weiß, was ihm körperlich guttut – er weiß auch, was ihm nicht guttut und ihn krank macht.

Der Gang zum Psychiater oder das Einnehmen von Psychopharmaka ist im Falle von Melancholie barer Unsinn. Vielmehr sollte der Betroffene alles unternehmen, um eine körperliche Schwächung zu vermeiden. Und auch wenn es einschneidende Eingriffe sind (im Berufsleben, in seinem Umfeld), soll er, seiner Gesundheit zuliebe, von einer radikalen Zäsur nicht zurückschrecken. Der Körper ist unser Gut. Die Psyche ist – vielleicht auch bloß unser Körper. Also sorgen wir, wenn wir niedergeschlagen sind, für unser leibliches Wohl. Mehr können wir nicht tun.

8.
DAS ENDE EINER FREUNDSCHAFT

Er war mir treu über Jahre. Er funktionierte immer, hatte nie etwas, war zuverlässig – bis gestern. In der Garageneinfahrt, kurz vor dem Parkplatz, blieb er stehen. Er ließ sich nicht mehr starten. Die Elektronik flackerte nervös, ging an und aus. Der Motor gab beim Drehen des Zündschlüssels ein müdes Keuchen von sich. Ich musste ihn die letzten Meter schieben.

Am nächsten Morgen holte ihn ein Mann vom Abschleppdienst und brachte ihn in die Garage. Ich fuhr mit. Ein Mechaniker öffnete die Haube, schraubte und fingerte eine Weile am Motor herum, schüttelte schließlich müde den Kopf und sagte: „Zahnriemenriss – das wird teuer!" Er nannte einen Preis.

Ich ging nach Hause und rechnete nach.

Am folgenden Morgen kehrte ich zurück und holte einige Sachen aus dem Wagen: CDs, Karten, einen Schirm und eine Wolldecke.

Da stand er, mein kleiner Renault *Modus*, eingeklemmt zwischen zwei anderen Wagen, einsam und verlassen. Es tat mir leid. Ich tätschelte zärtlich seinen rechten Kotflügel und machte zum Abschied ein paar Fotos.

Nicht wahr – ein Auto kann einen hohen Stellenwert einnehmen, vergleichbar vielleicht mit einem Haustier, einem Hund, einer Katze oder einem Kanarienvogel. Sie finden das übertrieben? Es ist nur ein Stück seelenloses Plastik und Blech? Aber es war mir treu, hatte stets zuverlässig seinen Dienst getan. Gilt das denn nichts?

Nun wird er wohl zur Schlachtbank geführt, mein treuer Freund. Und ein Freund war er doch! Ich konnte mir eine Träne nicht verkneifen beim letzten Blick zu ihm hin. Äußerlich intakt, glänzte sein edles, bläuliches Silber gediegen im Sonnenlicht. Er war immer elegant gewesen, hatte stets einen guten Eindruck gemacht, wo auch immer wir hinfuhren: in Südfrankreich, am Atlantik, in irgendeiner Parklücke einer Stadt Europas. Er war ein grundanständiger Kerl mit sauberer Gesinnung, eine treue Seele durch und durch.

Ich fühlte mich lausig beim Verlassen der Garage mit den zwei Plastiksäcken voller Waren in meinen Händen. Ich hatte soeben meine Unterschrift auf das Papier gesetzt, das meinen Freund zur Verschrottung freigab. Das war Treuebruch. So etwas tut man nicht unter Freunden.

Der Zufall wollte es zwei Jahre später, dass ich ihn wiedersah in einer Seitenstraße Marrakeschs. Dort stand er, sein bläuliches Silber glänzte edel im harten Sonnenlicht. Er war nun ein Taxi geworden. Immer noch trug er den Aufkleber der französischen Flagge rechts neben dem Nummernschild auf der Heckseite. Ich hatte ihn seinerzeit dort angebracht. Zudem erkannte ich die kleine Delle über der Frontscheibe, die ihm ein heruntergefallener Ast in Hausen am Albis geschlagen hatte. Nur die Autobahnvignette fehlte und das CH links neben der Nummer. Es gab keine Zweifel, es war mein alter Renault. Nur – er gehörte mir nicht mehr.

Es gelang mir dann, ihn zu buchen für die Rückreise vom Hotel zum Flughafen. Ich erkannte sofort das dunkle, raue Brummen seines Dieselmotors wieder. Aber noch während der Fahrt bereute ich meine Wahl. Denn es war nicht mehr ich, der in diesem Wagen fahren sollte, es stand mir nicht mehr zu. Ich hatte seinerzeit unsere Beziehung beendet, hatte ihn verlassen und stehengelassen im Innenhof der Garage in Zürich. Er hatte unsere Trennung überlebt, lebte nun weiter mit jemand anderem – und ich verliebte mich dann auch in den roten Renault *Captur* im Schaufenster ...

9.
EIN ABSCHIED

Zuerst schnaufte er zweimal laut, dann ächzte er beim Aufstehen. Vor dem Hinausgehen schließlich hielt er kurz die Luft an, um ein helles und klares „Ade" verlauten zu lassen.

Erst jetzt schaute ich auf und sah einen alten Mann, er war vielleicht 80-jährig, die Sauna verlassen. Ich saß eine Weile noch da, schwitzte stark. So sah man die Tränen nicht, die sich in den Schweiß mischten. Ich war froh darum.

Denn sein „Ade", er sprach es in der Kopfstimme aus, es war beinahe gesungen gewesen, hatte etwas äußerst Liebenswürdiges und Freundliches. Es war ohne jegliche Schärfe, ohne Ehrgeiz und Ansprüche, als wollte es sagen: Ich weiß um die menschlichen Bedingungen auf der Erde. Ich kenne sie. Es sind auch die eurigen. Es macht überhaupt keinen Sinn, uns irgendetwas vorzumachen. Noch einmal grüße ich euch, von Mensch zu Mensch, aus der Perspektive desjenigen, der bald gehen wird.

Und somit war sein „Ade" genau so gemeint, als was es war: ein Abschied.

10.
VOM ZEITHABEN

Der Mensch ist ein trauriges Wesen. Man mag ihm lange sagen: Wach auf! Hör auf, deine Zeit zu verschwenden! Wenn er doch nicht weiß, wozu und wie er seine Zeit nutzen soll.
Seine Krise aber hat ihren Ursprung just in diesem Unwissen.

Wenn man älteren Menschen zuhört, wie sie ihren Tag verbringen, kann man sich des Eindruckes nicht erwehren, sie wüssten nicht so recht, was tun mit ihrer Zeit. Redet ein Herr (vermutlich im Rahmen einer Klassenzusammenkunft) zu zwei Damen in einer Tischrunde:

„Ich nehme das Frühstück nicht mehr so früh, wie einst. Croissants mag ich nicht, die sind sehr fettig. Ich esse Brot, einen guten Honig dazu, gesalzene Butter. Dann trinke ich zwei bis drei Tassen Kaffee. Ich lasse mir Zeit damit. Das Frühstück ist mir sehr wichtig; es ist eine Art Orientierungspunkt, ein Pfeiler. Für mich bedeutet es: Nun geht ein neuer Tag los.

Danach lese ich die Zeitung für etwa eine Stunde. Die Todesanzeigen kommen immer zuerst. In meinem Alter will man wissen, ob ein Bekannter verstorben ist. Von meinen ehemaligen Mitarbeitern ist kaum mehr einer am Leben.

Dann kommt der Spaziergang mit Alex, meinem Hund. Bevor ich losziehe, trete ich auf den Balkon hinaus und prüfe die Lufttemperatur und die Wetterlage. Ich mache immer die gleiche Runde, auch bei Regen und Schnee. Ich ziehe mich entsprechend an. Ich kontrolliere jeweils, ob ich den Stumpen und das Feuerzeug eingepackt habe, denn ich rauche draußen an der frischen Luft immer einen Stumpen, müssen Sie wissen. Das ist für mich ein großer Moment, auf den ich mich schon während des Frühstücks freue. Ich lasse mir für den Spaziergang Zeit bis zum Mittagessen.

Meine Frau kocht. Sie war immer eine hervorragende Köchin. Wenn ich zurückkomme, gegen 12 Uhr, steht die Suppe bereits auf dem Tisch. Es gibt bei uns immer Suppe als Vorspeise. Danach gibt es ein Stück Fleisch oder Fisch, auch mal Geflügel. Als Beilage mag ich besonders Teigwaren, aber Reis finde ich auch gut. Auch Gemüse ist dabei, Karotten oder Fenchel, Blumenkohl oder Rotkraut.

Nach dem Essen machen wir jeweils zusammen den Abwasch. Meine Frau spült ab, ich trockne das Geschirr und räume es zurück in den Kasten. Dabei wechseln wir ein paar Worte. Ich mache ihr immer ein Kompliment für ihre Kochkunst. Und eine Kunst ist es doch, nicht wahr, jeden Tag etwas Neues auf den Tisch zu zaubern? Ich sage es meiner Frau auch, das bin ich ihr schuldig. Es schafft ein freundliches Wort eine gute Stimmung zwischen uns. Dies ist wichtig. Meine Frau redet sonst mit niemandem, ich übrigens auch nicht. Wir haben nur uns zwei. Wenn sie nicht mehr wäre ... – aber an das denke ich gar nicht. Ich werde ohnehin vor ihr gehen ...

Dann kommt ein langer Nachmittag. – Ich mache immer ein Schläfchen. Eine oder zwei Stunden. Das vitalisiert. Anschließend lese ich die Zeitung fertig. Bis zum Abendessen löse ich Kreuzworträtsel.

Wir essen nichts Warmes. Es gibt etwas Brot, Käse, Aufschnitt und Früchte, dazu ein Glas Rotwein. Das gönnen wir uns.

Ich gehe dann vor den Nachrichten mit Alex vors Haus hinunter für einige Minuten, nicht weit, nur die Quartiersstraße hin und zurück.

Schließlich machen meine Frau und ich es uns gemütlich vor dem Fernseher. Wir schauen das Journal, anschließend einen Film.

Nach 22 Uhr ist bei uns Lichterlöschen. Ich habe einen gesunden Schlaf. Auch sonst geht es mir gut. Die Verdauung funktioniert, im Kopf bin ich auch beieinander. Was will man noch mehr?"

Die beiden Damen nickten und schauten sich an, sie wussten auf die ausführliche Schilderung des Herrn nicht recht, was antworten. Die eine sagte bloß: „Ja, was will man noch mehr?"

Ich dachte für mich, ich hätte da schon noch Ideen, was man mehr könnte. Aber ich spreche für mich. Zeit ist ein wertvolles Gut. Es ist unser Gut. Also können wir damit machen, was wir wollen. Wir können viel, aber auch wenig davon nutzen. Es ist eine persönliche Frage, wie wir mit Zeit umgehen. Sie hat mit unserer Lebenseinstellung zu tun. Wir können denken, wir leben und die Zeit steht uns dazu zur Verfügung. Wir können aber auch denken, unsere Zeit ist beschränkt, also nützen wir sie. Damit bauen wir uns Druck auf. Wir müssen wissen, wozu. Wir müssen wissen, was wir in einer bestimmten Zeit noch tun wollen. Wer Zeit als knappes Gut betrachtet, weiß dies auch. Er will noch etwas auf den Tisch legen, er will etwas bereinigen, etwas umsetzen, ein Projekt realisieren.

Jeder weiß genau, ob er zu dieser oder zu jener Gruppe gehört. Werten muss man hier nicht.

Aber vielleicht kann man sagen:

Zeit, die nicht bewusst genutzt ist – gemeint ist damit Zeit, in der man nicht noch schnell etwas tun muss –, vergeht in der Empfindung kaum und wird als lähmend, als demoralisierend, als langweilig empfunden.

Zeit, die knapp ist, wirkt vitalisierend, stimulierend und belebend.

Die Zeit ist immer dieselbe, aber je nachdem, was wir hineingegeben haben, werden wir sagen: Es war eine intensive Zeit oder es war eine lange Zeit.

***

Und nur weil die Zeit langsam vergeht, meinen wir, es stehe uns viel davon zur Verfügung. Wir maßen uns an, sie ungenutzt verstreichen zu lassen. Man merkt es ja nicht und sieht es auch nicht sogleich. Man täuscht sich darüber. – Es kommt alles nur einmal, in einem bestimmten Moment. Alles ist definitiv. Wir können nicht beliebig repetieren.

Die Summe der verschwendeten Zeit wird uns am Ende des

Lebens erschreckend hoch vorkommen, dann, wenn es zu spät ist, wenn sie uns davongelaufen ist – ohne dass wir es bemerkt haben.

11.
VON DER UNABHÄNGIGKEIT EINES GEISTIGEN ERZEUGNISSES VON SEINEM ENTSTEHUNGSORT

Es gibt diese Unabhängigkeit nicht.

Warum bist du betrübt? Du bist doch noch da, und doch sucht dich die Sehnsucht schon wieder heim. Du bist in Gedanken bereits gegangen, hast schon Abschied genommen.

Warum sehne ich mich nach diesem Ort, warum?

Weil er schön ist, weil die Tage ruhig und friedlich vergehen? Schon hast du wieder Sehnsucht, dabei bist du noch da. Wonach genau, wonach?

Man denkt hier gut!

Wo die Natur ist, ist der Mensch begabt, ist es dies? Weil die Natur den Menschen inspiriert?

Die Kraft dieses Ortes zieht an!

Er zieht an, weil du dort Kraft gewinnst.

Ich habe Sehnsucht nach dieser Kraft. Es ist schön hier, ja, es ist schön!

Was ist schön? Das Meer, die Inseln, der Wind, das Wetter?

Das und mehr. Das, was dahinterliegt, das, was inspiriert.

Du bist verliebt. Dies wird es sein!

Ich bin verliebt? Ja, das ist es. Ich bin verliebt in diesen Ort! Und ich kann ihn deswegen lieben, weil er mich mir selber lässt.

Du liebst nicht, weil du etwas von ihm verlangst?

Nein. Ich liebe dort, wo man mir nichts geben will, dort, wo man mir nichts abverlangt. Ich liebe dort, wo ich Freund sein kann, ohne es zu sagen, wo ich verbunden bin ohne Worte.

12.
MENTALITÄTEN

Lyon, Bahnhof Part-Dieu:
So, jetzt eine Zigarette. Dort, dieser Typ hat sicher ein Feuerzeug. „Haben Sie Feuer?" „Ja, natürlich." „Danke schön, meines ist leer, wollte in Toulon unten noch ein neues kaufen, aber die Zeit reichte nicht mehr." „Toulon? Mein Bruder wohnt dort, war gerade letzte Woche unten. Regnet's immer noch?" „Grauenhaft. Heute Morgen war es besser, aber kalt. Der Zug sollte doch eigentlich schon da sein?" „Sie haben recht. Der sollte schon lange hier sein. Nehmen Sie auch den Zug nach Saint-Romain?" „Ja, den nehme ich. Und heute ist alles normal, so viel ich weiß." „Ich habe nichts anderes gehört und es ist auch so angekündigt auf dem Bildschirm, sehen Sie, à l'heure." „An dem Tag, als ich runterfuhr, streikten sie. Also, das war mühsam, sage ich Ihnen. Der TGV um 8 Uhr fuhr nicht. Zuerst war nicht klar, gibt es einen Ersatzzug, gibt es keinen? Schließlich fuhr einer eine Stunde später mit Halt überall bis Marseille. Eine Ewigkeit dauerte das! Dort ging zuerst gar nichts mehr. Sollte ich nun ein Taxi nehmen, überlegte ich, bis Toulon? – Ein teurer Spaß! Dann gab es doch noch einen Bus. Ich war beinahe zehn Stunden unterwegs."

„Oh, das ist mühsam, unsäglich – schauen Sie, dort kommt der Zug." „Uff, Glück gehabt, also dann, merci und einen schönen Abend." „Auf Wiedersehen."

Genf, Bahnhof:
So, jetzt eine Zigarette. Nein, diesen schmuddeligen Clochard frag ich sicher nicht! Schau mal, Bierdose in der Hand. Wahrscheinlich Alkoholiker und arbeitslos. Und nachher hast du den Dreck. Dann meint er, man finde ihn sympathisch. Womöglich wird er anhänglich, obendrein noch anzüglich. Dann kennt er dich jedes Mal, wenn du auf dem Perron stehst. Madame,

brauchen Sie wieder Feuer? Nein, so etwas tue ich mir nicht an. – Dort gibt's einen Kiosk! Reicht es noch? Nein, es reicht nicht, der Zug kommt schon. – Merde! Eine Zigarette wäre jetzt gut gewesen. Jetzt muss ich warten bis Bern. – MUSS DAS SEIN? – Dass ausgerechnet nur dieser Hänger hier rumsteht. – Ja, ja, schau, wie er genüsslich seine Zigarette qualmt, der Penner! Ein Nichtsnutz, meint, er habe diese Zigarette verdient. Dabei liegt er auf den Taschen der Steuerzahler. Einmal werde ich so einem richtig den Tarif durchgeben! Eine Frechheit, eine Beleidigung fürs Auge!

Wenigstens ist in der ersten Klasse genügend Platz. Das ist doch schön, da hat man seine Ruhe. – Hoppla, schon fährt der Zug. Pünktlich, auf die Sekunde! Sagenhaft, wie das bei uns immer funktioniert.

13.
EINE WETTERFRAGE

Was einen bewegt, etwas zu tun.

Die Mediterranisierung setzt nicht sofort ein. Sie ist ein Prozess, der nach einigen Tagen Leben im Sonnenlicht anhebt. Die Sonne bestimmt den Tagesverlauf mit ihrem Wandern vom östlichen Teil des blauen Himmels zum westlichen. Dazu kommen das stetige Meeresrauschen und der trockene Wind. Man beginnt, alles andere zu vergessen. Man liest keine Zeitungen und sieht kaum fern. Man fühlt sich immer wohler in diesem Rhythmus, den die Natur vorgibt. Man möchte dieses Leben im Sonnenlicht immer beibehalten.

Was mich antreibt?

In diesem Licht zu leben, so lange als möglich, nicht in die Dunkelheit zu geraten, so lange als möglich.

***

Leuchten in der Nacht
Die reine Öde gibt es selten. Hinter jeder funkelt irgendwo ein Licht, immer.

Ich lag gerade im Becken auf der Nordseite des Bades, als durch die Wolkendecke die Sonne und ein Stück blauer Himmel brachen.

Sie stand schon tief im Südwesten, bald würde sie hinter der Fassade des Gebäudes verschwinden. Neben der Sonne befanden sich zwei kahle Bäume, die nun, gegen Ende November, ihr Laub komplett verloren hatten.

Der helle Stern stand also im Südwesten, zwischen den kahlen Bäumen linker Hand und dem sich im Licht bewegenden Geäst von Sträuchern sowie der Gebäudefassade rechts. Am Himmel zogen Wolkenfetzen vorbei.

Im Südwesten lag auch Frankreich. Dahin schien die untergehende Sonne meine Gedanken lenken zu wollen. Es war dort eine Gegend, in der sie oft schien, in der es warm war und wo man sich wohlfühlen durfte.

Ich hatte, wie viele andere, einen strengen Stundenplan in dieser Jahreszeit, hatte kaum Sonnenlicht gesehen über viele Wochen. Nacht, Dunkelheit und Nebel bestimmten die Atmosphäre der Tage.

Nun kam mir mit dem unerwarteten Hervorbrechen des Sonnenlichts eine Erinnerung empor, eine Empfindung, einfach und unkompliziert:

Es gibt Licht. Vergessen wir das Licht nicht. Immer ist es da, nur sehen wir es nicht. Und da wir es nicht sehen, vergessen wir, dass es hinter der Dunkelheit und dem Nebel leuchtet.

Spannung, Zuversicht, Sehnsucht kommen aus dem Sonnenlicht. Verinnerlichen wir es, leuchtet es uns in der Nacht. Es leuchtet dann für eine Weile, wir tragen es ja in uns – und es trägt uns.

So viel zum Versuch einer Anleitung, glücklich zu sein in dunklen Zeiten und auch sonst.

***

Licht und Schatten
Und doch, und doch – Leben ist Leiden, ja, aber im Leiden gewinnt die Freude ihren Funken. Von Aufgeben kann keine Rede sein. Zuversicht ist unvorhersehbar und überraschend. Sie entzündet sich am Nichts. Wie ist so etwas möglich? Und warum?

Endlich kommt der Sommer wieder, viele Monate lang wartet man auf ihn. Aber wenn er schließlich da ist, träumt man von kühlen Herbstnächten.

Bald geht die Sonne unter und der Abend und die Nacht brechen herein. Dann entspricht das Außen dem Innern. Wird man ruhig? – Aber nicht doch. Die Nacht ist Quelle größter Unruhe.

Die menschliche Psyche ist ein komplexes Gebilde. Selten stimmt das Äußere mit dem Innern überein. Warum denn, warum? Es hält uns auf Trab, es hält uns am Leben? Es hält uns wachsam?

Viele Fragen, kaum eine gültige Antwort. Und da sind wir wieder beim Grundton menschlicher Existenz.

V.
WERK

1.
VERANKERUNG

Gegen die Unbeständigkeit, die Flüchtigkeit, gegen das darüber Hinwegschweben, das unverbindliche Verleben wollen wir anschreiben. Wir wollen Pflöcke einschlagen.

Hat das Aufschreiben von Situationen und Gedanken einen Wert? Vor der Gesellschaft keinen. Für den Schreibenden hat es Wert.

Eine Gefahr besteht für ihn: Dass er schreibt, damit etwas geschrieben ist. Er soll aber Dinge notieren, die ihm am Herzen liegen – und er soll sie so genau wie möglich fassen.

Der Sinn seiner Tätigkeit ist nicht, ein Buch zu schreiben, sondern Gedanken festzuhalten. Was ihm das bringt? – Freude am Leben. Es ist seine Methode, dem Leben zu begegnen, am Leben zu arbeiten.

Diejenigen, die meinen, schreiben bedeute, sich hinzusetzen und einmal zu schauen, was sich ergibt, sind vielleicht dieselben, die fragen: „Und? Lässt sich mit Büchern gutes Geld verdienen?"

Sie agieren aus dem Ehrgeiz heraus, nicht aber aus einem inneren Druck.

Formen des Antriebs könnten unterschiedlicher nicht sein.

***

Moralische Empfindung
Wenn einer keinen Ruf in sich hört, wenn ihn nichts mahnt, die Rede ist hier von einem moralischen Mahnen, dann redet er von der Welt unbelebt. Er beobachtet Dinge und erzählt etwas. Die Frage ist, was dieses Erzählen aus der Beobachtung für einen Sinn macht für andere, für den Erzähler selbst, da es sehr nahe an der alltäglichen Welt, an den leblosen Dingen der Welt steht.

Eine Botschaft kann nur aus einem starken *moralischen Empfinden* heraus formuliert werden. Genau genommen ist nur diese Botschaft es wert, vermittelt zu werden. Sie gibt eine mentale Belebung hinein in das, was andere ohnehin auch sehen.

Jede Vision, sei es eine künstlerische, eine politische, kommt aus einer starken moralischen Empfindung.

2.
VON EINER FIXIERUNG

Die Wahrnehmung der Welt und der Menschen mag unter verschiedenen Individuen ähnlich sein. Was nun aber jeder unter ihnen daraus machen muss, ist völlig unterschiedlich.

„Es nicht undokumentiert verstreichen lassen. Verstehst du, Höderer?"
„Was?"
„Das Leben; es nicht verstreichen lassen, ohne etwas festzuhalten!"
„Ach so. Weiß nicht. Wenn du meinst."
„Aber darum geht es doch. Oder worum geht es denn?"
„Keine Ahnung."
„Hörst du sie nicht läuten?"
„Was?"
„Die Glocken der Vergänglichkeit."
„Hä?"
Brich auf!, dachte ich. Es ist Zeit, aufzubrechen.

3.
ZUR INTENSIVIERUNG DES LEBENS

Mein Leben ist mein Werk. Wenn einer diesen Satz allen Ernstes sagt, dann signalisiert er damit Bereitschaft, in seinem Werk zu verschwinden. Das heißt: Er ist bereit, sein Leben für das Werk zu opfern. Dies kann geschehen, wenn das Werk eine Idee, eine Vision, ein hohes Ideal, einen Lebensentwurf beinhaltet. Nietzsche, van Gogh erbrachten dieses Opfer. In der Begeisterung für ihre Idee, in der Autosuggestion, verloren sie den Bezug zur Realität.

Zu behaupten, ein Werk, das darin verkündete hohe Ideal, verlange dieses Opfer, sonst sei es kein echtes, glaubwürdiges Werk, ist eine Anmaßung. Erst recht, wenn dies beansprucht wird von solchen, die kein eigenes Werk vorweisen, geschweige denn die rücksichtslose Hingabe für eine Idee wirklich nachempfinden können. Es philosophiert sich leicht und lustvoll über pathologische Künstlerschicksale, wenn man selber gesund, in der Realität verhaftet ist.

Ob man diese Selbstopferung auf sich nimmt oder nicht, kann man nicht einfach so entscheiden. Sie ist Veranlagung, vielleicht auch eine zeitliche Erscheinung.

Das Leben ist das Leben. Zu seiner Intensivierung kann ein Werk beitragen. Aber das Leben ist nicht das Werk. Wer so argumentiert, wird um seines Werkes Glaubwürdigkeit kämpfen müssen. Er ist nicht bereit, sich für seine Idee zu opfern. Seine Idee bleibt ein Gedankenspiel, das mit seinem Leben punktuell zu tun hat. Er ist bereit, die Stille, die ihn oft umgibt, zu ertragen. Sie ist nicht das Werk. Sie ist das Leben. Sein Werk, das punktuell eine Idee, eine Vision berührt, hat nicht die Hitze, das Konsequente, das Extreme, das in einem Werk zu Tage tritt, das gelebt werden will, das Lebensziel ist und schließlich ein Leben vertritt. Aber er bleibt gesund, er bleibt verbunden mit der Realität. Sein Werk steht neben ihm.

4.
KUNST UND POLITIK

Wer mit kaltem Herzen schreibt, kann engagiert schreiben, kann politische Literatur verfassen – und kann damit beunruhigen. Ziel erreicht, könnte man nun denken. Man hat die Gesellschaft auf sich aufmerksam gemacht. Man macht sich zum Meinungsbildner. Der Schritt in ein politisches Amt oder zum öffentlichen politischen Diskurs ist ein kleiner. Ein Meinungsbildner kann ein solcher nur sein im gesellschaftlichen Bereich, in der Politik. Wo sonst sollte er es sein können? – Er schränkt sich damit aber auch ein.

Man muss sich fragen, ob Literatur nicht einen anderen Ansatz verdient oder fordert. Wer mit klopfendem Herzen schreibt, schreibt Dinge, die betroffen machen. Wer leidend schreibt, kann berühren. Eine solche Literatur kann keine politische sein. Sie redet von innerer Zerrissenheit, von Liebe, von Leid, Einsamkeit und einer persönlichen Wahrnehmung der Welt. Wer unter Druck schreibt, wird kein Meinungsbildner sein, aber er kann das Verhalten von Einzelnen verändern. Er ist Künstler, Psychologe oder Philosoph – seine Aussagen sind verbindlich, da sie von Herzen geschrieben sind.

Was gilt nun mehr? Ein engagierter Schriftsteller, ein Meinungsbildner, kann mit seiner Literatur interessieren, aber nicht persönlich berühren. Er kann den Einzelnen sensibilisieren bezogen auf Fragen zur Gemeinschaft, aber nicht im eigenen, existenziellen Bereich.

Der Künstler im Schriftsteller jagt einer Vision nach, ist auf der Suche nach mentaler Aufhellung, redet von einer geistigen Welt und von Empfindungen; er redet von einzelnen menschlichen Schicksalen, aber nie von der Gemeinschaft. Ein Einzelner redet zu Einzelnen – und vermag damit eine Haltung zu erschüttern und zu verändern.

Die Frage ist, was tiefer geht: Politik oder Psychologie, die Gemeinschaft oder Kunst? Eine Meinung zu formen oder eine Haltung zu verändern?

Persönliche Betroffenheit geht tiefer, dies ist meine Empfindung. Somit gebe ich dem Künstler im Schriftsteller den Vorzug.

5.
NORM UND WERK

Verachte nicht ein eigenes Projekt!

Die Schweiz ist ein gutes Land für solche, die einen Auftrag außerhalb ihrer selbst suchen. Sie werden ihren Auftrag bekommen und die entsprechende Leistungshonorierung, wenn sie den Auftrag zuverlässig und ernsthaft ausführen. Die Schweizer sind ein Volk von Arbeitnehmern, die bereit sind, ihre Erwerbstätigkeit in ihrem Leben zu priorisieren, aus verständlichen Gründen. Sie wollen Sicherheit, Wohlstand, aber auch Ruhe und Ausgewogenheit. Ein Arbeitnehmer wird dafür ein gewisses Mittelmaß in Kauf nehmen. Was verstehen wir unter Mittelmaß? Mittelmaß, wie es hier definiert wird, meint den fraglosen Anschluss an eine Norm. Man tut etwas oder man geht einen Weg, weil es alle so tun und weil es als richtig, als naheliegend und als erfolgversprechend gilt. Man geht diesen Weg, weil es ein sicherer Weg ist, weil man es zu etwas bringen kann und weil man verstanden und akzeptiert wird. Man reiht sich ein in die Norm der Gesellschaft. Man leistet nichts Überdurchschnittliches, man will aber auch nicht auffallen als Versager oder Faulpelz.

Wer nun aber einen Leistungsauftrag in sich selber sucht, wird einen weniger einfachen Weg zu begehen haben. Man wird ihm davon abraten, aus Sicherheitsgründen. Man wird ihn zu überreden versuchen, seine Priorisierung wie alle anderen zu setzen. Man versteht ihn nicht, denn man hat selber auch immer nur Aufträge von außen angenommen und ausgeführt. Man will ihn zurückholen in die Norm. Man will ihn wieder verstehen können. Dafür muss er sich mit dem Mittelmaß zufriedengeben.

Es wird für den Normangepassten schwierig zu begreifen sein, dass dies für einen, der eine Vision hat, der inspiriert ist, der einem inneren Ruf folgen muss, nicht möglich ist. Er würde sich damit selber behindern, „kastrieren", seine Kräfte brachliegen lassen, sich seine Lebenslegitimation entziehen.

Werke, die inspiriert, visionär, hart, ohne Einbrüche sind, werden nie von Normangepassten geschaffen. Ein Normangepasster kann so etwas nicht leisten. Er hat darauf verzichtet, schon früh, in seiner Anpassung. Es wird in seinem Leben kaum je eine eigeninitiierte Leistung stattfinden. Es wird ihm dies auch niemand zum Vorwurf machen.

Wann ist ein Werk inspiriert? Wenn es eine ernsthafte Geisteshaltung, ein Wissen um menschliche Dinge, eine Fähigkeit zum Überblick, den sicheren Instinkt für das Gesunde, das Lebensbejahende erahnen lässt. Wenn es keine flachen Sätze darin gibt. Wenn es uns ein geeignetes Gegenmittel ist gegen die trostlose Nüchternheit und Glanzlosigkeit eines Lebens, das sich auf die bloße Pflichterfüllung beschränkt.

Einer, der einem inneren Ruf folgen muss, der Unruhe in sich hat, einen inneren Druck, wird ein inspiriertes Werk schaffen können. Er erfüllt die Voraussetzungen dazu. Ob er es wirklich umzusetzen vermag, ist wiederum eine Frage seines Selbstwertgefühls, seines Mutes. Von der Norm abzuweichen verlangt Ausdauer. Man verschwendet Zeit mit Rechtfertigungen und Begründungen. Man muss sich fortdauernd legitimieren. Aber das Ziel ist ein hohes. Es lohnt sich, Widerstand in Kauf zu nehmen für eine granitharte, blanke, lavaheiße Schrift. Dass einer alles darangeben wird, dieses Ziel zu erreichen, mitunter ein angenehmes, ruhiges Leben, steht außer Frage. Er kann nicht anders. Es ist dies seine Aufgabe.

Werke, die inspiriert sind: Pascal, *Gedanken*. Nietzsche, Gesamtwerk. Hohl, *Die Notizen, Nuancen und Details, Das Pferdchen, Nächtlicher Weg*. Guggenheim, *Entfesselung, Sieben Tage, Riedland, Wilder Urlaub*.

Es waren diese Künstler – wer würde sich darüber verwundern – Einzelgänger, Unverstandene, aus der Gesellschaft Ausgeklinkte.

Was bringen mir als Leser ihre Werke? Sie verschaffen mir die Qualitäten, die sie ausmachen: eine ernsthafte Geisteshaltung, ein Wissen um menschliche Dinge, die Fähigkeit zum Überblick und Sinn für das Gesunde, Lebensbejahende. Kurz, ein inspiriertes Werk verschafft einem Leser Leben. Es erhebt, begeistert, belebt.

6.
VOM AUFBRECHEN

Aufklärung ist der Ausgang des Menschen aus seiner selbst verschuldeten Unmündigkeit. Hauptsatz in Immanuel Kants Aufsatz *Was ist Aufklärung?* Weiter sagt er: *Unmündigkeit ist das Unvermögen, sich seines Verstandes ohne Leitung eines anderen zu bedienen. Selbstverschuldet ist diese Unmündigkeit, wenn die Ursache derselben nicht am Mangel des Verstandes, sondern der Entschließung und des Mutes liegt, sich seiner ohne Leitung eines anderen zu bedienen.*

Was ist heute diese Unmündigkeit? – Normkonformität. Die fraglose Eingliederung in die Gesellschaft und das unkritische Ausüben einer Funktion in ihr. Die fraglose Eingliederung bringt mit sich Perspektivenlosigkeit, Monotonie und Langeweile.

Wie können wir aus dieser Unmündigkeit ausbrechen? In Gedanken, in einem inneren Widerstand.

Körperlich können wir dies nicht tun. Die Norm ist die Gesellschaft, ist die Welt um uns herum. Überall treffen wir auf Norm. Es gibt den normlosen Ort nirgends, draußen in der Welt.

Wir können uns nur in uns selber zurückziehen. Dort, in uns drin, müssen wir einen normlosen Ort erschaffen. Der Ausgang des Menschen aus seiner selbst verschuldeten Unmündigkeit ist also nicht ein revolutionärer Akt, eine gesellschaftliche Veränderung, sondern eine persönliche, individuelle Angelegenheit, eine innere Entwicklung beim Einzelnen. Wir wollen diese Entwicklung für uns und nicht für andere. Wir können für die Gesellschaft nichts wollen, wenn wir den Hauptsatz der Aufklärung ernst nehmen.

Unter einem moderaten Verhalten – es ist dieses Verhalten für uns ein anzustrebendes – verstehen wir: Der Einzelne nimmt sich den Gedanken der Aufklärung zu Herzen, ohne andere davon überzeugen oder sie dazu zwingen zu wollen, dies ebenfalls zu tun.

Was bringt es uns, innerlich aus der Norm auszubrechen?

Wenn wir unser Leben intensiv leben wollen, kommen wir nicht darum herum, zu erforschen, wer wir sind und was uns antreibt. Wir sollten uns nicht zu schade sein, dieses Erforschen in eigener Sache ernsthaft zu betreiben. Es verschafft uns innere Freiheit. (Äußere Freiheit gibt es nicht.) Wenn wir unsere eigene Person ausleuchten, uns nicht davor fürchten, es zu tun, erlangen wir eine Art Übersicht über uns selbst und unseren Platz in der Gesellschaft. Wir sehen uns von oben. Wir können so unser Dasein relativieren und erkennen, an was uns wirklich etwas liegt, was für uns möglich ist und was nicht.

Aufklärung ist der Ausgang des Menschen aus seiner selbst verschuldeten Unmündigkeit. Kants Hauptsatz zur Aufklärung würde also im oben genannten Sinne so zu verstehen sein: Das Wissen um sich selbst ist der Ausgang des Menschen aus der fraglosen Eingliederung in die Norm, aus der Perspektivenlosigkeit, der Monotonie und der Langeweile.

7.
KORREKTUR ODER VON DER TONLOSIGKEIT IM VORTRAG

Ihm ist nicht nur der Geschmack für das sich Schmücken mit Fremdem, sondern sich zu schmücken überhaupt abhandengekommen.

Wenn Friedrich Glauser in einem Brief an Beatrix Gutekunst sagt,
... aber er hat nie gelebt, kommt es einem vor. Es fehlt an der Korrektur. Dostojewski war in Sibirien – das ist Korrektur, Hamsun hat in Amerika geschuftet – Korrektur, und Proust hat sie nicht gebraucht, denn bei ihm ist schon die Tradition Korrektur genug ...
Weißt du, darum hab ich immer so Angst gehabt vor dem Literatendasein, weil man das, was man geklappert hat, so sehr überschätzt ...
Dann sagt er doch damit: Es weiß derjenige etwas zu sagen, der durch das Leben korrigiert wurde, dem gewisse Dinge nicht erspart blieben, der Dinge machen musste, die er nicht machen wollte, um zu leben, zu überleben, oder der in eine Situation hineingeriet, für die er sich rechtfertigen musste, statt sich seiner Arbeit zu widmen.
Es geht um ein Leben unter erschwerten Bedingungen, ohne aber dadurch zu verstummen. Korrektur soll den Sinn für Feinheiten schärfen, Mitgefühl, Einsicht und Sensibilität für menschliche Fragen fördern. Sie ist demnach eine Beeinträchtigung, eine Erschwernis für einen Schaffenden, aber auch eine Notwendigkeit, die ihm Gelegenheit gibt, seinen Widerstand zu entwickeln und damit eine eigene Stimme zu finden. Korrektur hilft ihm bei der Verdeutlichung seiner Arbeit: Sein Erleben in einer Situation

außerhalb der Komfortzone ermöglicht ihm Einsicht in das ihm Richtige.

Wer etwas sagen oder schreiben, seinen Blickwinkel darlegen will, muss die Komfortzone verlassen und eine Existenz unter erschwerten Bedingungen annehmen.

Drei Schweizer Schriftsteller wussten sehr genau um diese Notwendigkeit: Friedrich Glauser, Kurt Guggenheim und Ludwig Hohl verabschiedeten sich von einem bürgerlichen Leben in Wohlstand und Gefahrlosigkeit und konnten somit ihre Stimme entwickeln.

Sie verließen die Komfortzone, um sich zu profilieren, aber auch um zu zeigen, dass sie etwas konnten. Und hier sind wir bei einem (schweizerischen) Zug, den die drei gemeinsam haben. Es ging nicht nur um die Korrektur, dem Ausbrechen aus bürgerlichen Verhältnissen und dem Beschaffen von Mitteln zum Überleben, sondern um den Beweis, zu einer herausragenden Leistung fähig zu sein.

Korrektur ist nicht gleichzusetzen mit Gebrochensein oder Scheitern, sondern in ihr muss das Überwinden, Überleben von widrigen Verhältnissen und das Davontragen eines Sieges in Form einer Arbeit möglich sein.

Wenn Korrektur bricht, zum Schweigen bringt, in die Resignation führt, ist sie destruktiv und sinnlos. Einer, der seine Stimme verloren hat: Robert Walser.

Es geht also um Stärkung in der Profilierung, in der Festigung des Charakters; es geht um das Erreichen von *Tonlosigkeit* im Ausdruck, von Verinnerlichung im Vortrag.

Tonlosigkeit im Ausdruck meint eine maximal reduzierte, dichte und genaue Darstellung eines Gedankens oder Sachverhaltes ohne Füllwörter oder blumige Ausschmückungen. Sage exakt nur dasjenige, was du sagen musst – und sage nichts anderes.

Um eine maximale Reduktion im Ausdruck zu erlangen, um den „Ton" der Tonlosigkeit zu treffen, muss einer eine Korrektur durchlebt haben.

Er schwatzt dann nicht mehr – dank der Korrektur. Er lässt das Erfinden, das Erzählen, das Unterhalten sein. Er redet aus der Ernüchterung, aus der Wachsamkeit nach dem Schrecken, aus der Ernsthaftigkeit heraus in einem inneren Monolog und stellt fest, knapp und klar.

8.
SCHREIBEN: INSPIRATION, EHRGEIZ UND KRITIK

Ein Buch besteht aus vielen Sätzen. Seine Atmosphäre aber entscheidet, ob es für uns ein gutes Buch ist oder nicht.

Kritik
Grundsätzlich ist es doch so, dass einer, der etwas zu sagen hat, anderen, die etwas gesagt haben, eine Antwort geben will. Er tut dies in der Meinung, ihre Arbeit verbessern und berichtigen zu müssen. Seine Arbeit, ursprünglich in seinen Augen eine korrigierte Version der Arbeit anderer, gewinnt dabei an eigenständigem Profil.

Jene, die man nie erwähnt, fordern keine Antwort ab. Gleichgültigkeit ist aber, verglichen mit der Kritik, die Antwort sein will, ungemein strenger und erbarmungsloser.

Innerlich eine Vision. Äußerlich ein Editor, der am Ecktisch einen Kaffee trinkt und Zeitung liest. Wenn Literatur das ist, was er ausstrahlt, Leere, Interessenlosigkeit, Gleichgültigkeit, Mutlosigkeit, und was er auswählt zur Veröffentlichung, dann bleibt sie, was sie oft ist: öde und uninspiriert, irgendeinem journalistischen Text ebenbürtig, unbedeutend, nichtssagend, irrelevant, Gedankenspielerei eines selbstverliebten Autors, kurz, etwas, das niemand will und niemand braucht, da es niemanden aufzurütteln oder zu erschüttern vermag.

In der Kürze liegt die Würze
Kurze, aber *dichte* Texte sind anzustreben. Die Würze ist nicht die Kürze, sondern die Dichte. Aber die Kürze ermöglicht es, dass ein Text auf seine Dichte hin geprüft wird – durch beliebiges

Nochmallesen. Kommt dazu: Hatten Sie schon einmal einen Gedanken, der zweihundert Seiten lang war? Ein Gedanke, der schon eine Seite füllt, ist ein großer Gedanke. Also doch: Die Würze liegt in der Kürze; ein Gedanke soll auf den Punkt gebracht werden. Damit ist der Auftrag erfüllt.

Einen Roman (die Wahl des Editors zur Veröffentlichung) liest man, dann bringt man ihn in einen Secondhandladen oder wirft ihn in den Abfalleimer. Warum begreifen das Romanschreiber nicht? Ihre Werke haben keine Beständigkeit. Wer Bestand haben will, bemühe sich im Notat, im Fragment, in der Reflexion, im Festhalten eines Gedankens, im Monolog, der nach der Moral eines Lesers zielt. Siehe Pascal, Nietzsche, Hohl. Es ist erstaunlich, dass man dies überhaupt noch sagen muss: Nur solches Schreiben ist legitim und verdient Beachtung, denn nur es kann jemanden bewegen. Und um dies geht es doch: Einen anderen zur eigenen Bewegung, zur eigenen Arbeit zu bewegen.

Doppelspurigkeit

Es ist immer noch zigmal besser, sein Werk selber zu finanzieren durch einen Broterwerb, denn einen Literaturpreis zu erhoffen. Die Kaste der etablierten und bestimmenden Kulturbetreibenden ist einfach nur abstoßend und jeder Schriftsteller, der da mitwirkt, hat sein Teuerstes verkauft:

Seinen Widerstand und seine Unbestechlichkeit.

Es gibt keinen Zweifel über dieses Verhältnis und seine Richtigkeit:

Widerstand, innere Unabhängigkeit sind nur möglich bei äußerer Abhängigkeit zwecks der Beschaffung eigener Mittel. Es geht darum, einen annehmbaren Weg zu finden, diese *Doppelspurigkeit* in Ruhe und über lange Zeit zu leben. So kann überhaupt ein Werk, das diesen Namen verdient, entstehen. Es ist eine Bezeugung von Widerstand und innerem Druck eines Wochenend- oder Feierabendschriftstellers. Solche waren Spinoza, E.T.A. Hoffmann oder F. Glauser.

Widerstand muss man wirklich in sich haben, darauf kommt es an.

Man merkt es, wenn einer nicht zu den Arrivierten gehört, aber gerne dazugehören möchte. Er schreibt dann so, dass er irgendwann von ihnen angenommen wird, nämlich berechnend.

Schreiben ist ein Festhalten von Gedanken, Befindlichkeiten, Analysen, die am Leben selber nichts ändern, aber immerhin so etwas wie Lebensinhalt sein können. Ob diese Gedanken nun geistvoll sind ...?
– Geht es denn darum, eine Show abzuziehen?

Das Inszenieren-Wollen eines edlen Charakters?
Dass Max Frisch mit seinem ernsten, matten, distanziert-verklärten, bisweilen larmoyant-theatralischen, einen vorzeitigen Abschied ankündigenden, beinahe schon aus dem Jenseits kommen wollenden, unverbindlich zufällige Farbtupfer setzenden Ton Staatsmänner beeindrucken und ein rechtes Geld verdienen konnte, erweckt heute Erstaunen.

Damals, kurz nach dem Krieg, war sein Ton wahrscheinlich der Richtige.

Er genoss vollste Aufmerksamkeit, von Anfang an, wurde sogar Staatsfeind Nummer eins. Man muss sich schon fragen, wo dieser uneingeschränkte Fokus auf den Mann herkam – denn glaubwürdig war er vor allem in seinem Geltungsdrang.

Schopenhauer sagte es so:

Imponieren, verdutzen, mystifizieren, dem Leser durch allerlei Kunstgriffe Sand in die Augen streuen, ist die Methode geworden, und durchgängig leitet, statt die Einsicht, die Absicht den Vortrag.

Guggenheim hat Zürich geliebt – und er hat es auch *gesagt*. Im Unterschied zu Frisch, der das Blau des Zürcher Wappens als *sein* Blau beanspruchte, bei dem man aber die Liebe zu Zürich daraus erraten musste. Gesagt hat er es nie.

Doch es gilt auch hier ein Satz von Nietzsche aus *Die fröhliche Wissenschaft*:

Dass Einzelne anders empfinden und schmecken, das hat gewöhnlich seinen Grund in einer Absonderlichkeit ihrer Lebensweise, Ernährung, Verdauung, vielleicht in einem Mehr oder Weniger der anorganischen Salze in ihrem Blute und Gehirn, kurz in der Physis. Sie haben den Mut, sich zu ihrer Physis zu bekennen und deren Forderungen noch in ihren feinsten Tönen Gehör zu schenken: ihre ästhetischen und moralischen Urteile sind solche feinsten Töne der Physis.

Schopenhauer hätte gesagt: ihres Charakters.

Guggenbühl, Glauser und Guggenheim: die entscheidende Konstellation für gute Schweizer Literatur in den 30er-Jahren.

1939 erschienen Hohls *Nuancen und Details*. Damit lagen am Ende des Jahrzehnts die besten Schriftstücke vor – bis heute. Was nachher kam, war „bloß" Literatur. Mit einer Ausnahme: Dürrenmatt. – Weil er das gut konnte, was Glauser und Guggenheim auch gut konnten: Atmosphäre schaffen.

Film
Wenn man vom Film herkommt, vom alten Schwarz-Weiß-Film, schreibt man anders. Man überbelichtet, leuchtet aus oder arbeitet die Lichtkontraste heraus.

Wenn Siegfried Kracauer schreibt: *Der Platz bei der Hauptpost glich der verfinsterten Sonne*, dann kommt die Vorstellung dieses Platzes nicht der Wirklichkeit nahe, sondern ist einem Schwarz-Weiß-Bild in harten Kontrasten nachempfunden. Es ist ein Unterschied, ob man etwas aus der eigenen Beobachtung wiedergibt oder ob man es durch den Filter eines sich vorgestellten Filmbildes sieht. Die Fotografie ist bereits eine Form von Interpretation, eine Art Verdichtung und kommt der Absicht des Erzählers entgegen. Er will etwas deuten, eine Stimmung fassen.

Leidenschaft
Ein Produkt, das gut sein will, muss Leidenschaft haben. Wann hat etwas Leidenschaft? Wenn es inspiriert ist aus einem Leiden,

einer Sehnsucht oder aus der Freude heraus. Man kann Freude oder Leid nicht einfach einschalten. Aber man kann sich eine Atmosphäre suchen, die Leidenschaft begünstigt: der Süden, zum Beispiel.

Aus der Langeweile oder einem Spieltrieb heraus produziert man für den Papierkorb. Da hilft auch ein richtiger Gedankengang, eine gründliche Analyse eines Sachverhalts wenig, wenn Leidenschaft in der Argumentation fehlt.

Ich liebe den, der über sich selber hinaus schaffen will und so zugrunde geht ist nicht bloß ein Satz von Nietzsche, hingeschrieben in Leichtigkeit und Amüsement, sondern in seiner Leidenschaft und Vision ein Blitzschlag, ein Neuanfang, ein Gesetz. Solche Sätze bringen die Menschheit weiter.

Man sagt etwas nicht, um sich über andere hinauszuheben, um zu beeindrucken. Man sagt es auch nicht, damit sie einen verstehen. Man sagt etwas, weil man sich für dieses Etwas begeistern kann oder weil es einen beschäftigt. Man redet aber kaum zu einem anderen, sondern in einem inneren Monolog zu sich selber.

Warum Erstlinge oft die besten Bücher bleiben? – Weil sie in einem inneren Monolog von ihren Autoren für sich selber geschrieben sind. Wissend um ein großes Publikum, richten sie später auch groß an. Es ist beinahe eine Regel, dass einer, wenn er weiß, dass er gehört wird, nichts mehr zu sagen hat.

Innerer Druck
Nietzsche glaubt man beinahe alles. Unzähligen anderen fast nichts. Wann glaubt man einem Schriftsteller? – Wenn sein Engagement für seine Botschaft absolut ist, wenn alles, was er schreibt, motiviert ist durch einen inneren Druck. Ein Schriftsteller ist daher nicht in erster Linie ein Wortästhet, sondern einer, der in seinem Innern belastet ist; und es kann ihm daher nicht darum gehen, Sprache zu verwenden als Kunst, sondern darum, seine Botschaft auszudrücken.

Aus demselben Grund sind mir die Schnellschreiber, die sich des Tempos ihrer Ideen wegen der Stenografie bedienen, um mit dem Aufschreiben nachzukommen, lieber als die Langsamschreiber, die genüsslich Buchstaben für Buchstaben in die Tasten hämmern, um Zeit zu gewinnen für den nächsten Satz.

Diese müssen auch nicht unbedingt schreiben, sie können etwas anderes tun.

Der Schnellschreiber aber *muss* schreiben, es ist ihm kein Genüsschen.

Ironie

„Meinen Sie das ironisch? Man muss wahrscheinlich zwischen den Zeilen lesen, nicht wahr?"

Nein, muss man nicht! Wenn man es muss, ist es nicht gut geschrieben. Gut geschrieben ist es, wenn es Wort für Wort so direkt und deutlich wie möglich ausspricht, was gesagt sein will.

Ironie hat ihren Platz unter Stammtischlern, in ihren Sprüchen, die sie mit glasigen Augen von sich geben. Sie kommt aus der Verschlagenheit, der Untreue und der Feigheit.

Ein Text, der ironisch gemeint ist, sagt nichts, außer etwas über seinen Verfasser.

Man lese dazu *Lob der Torheit* von Erasmus von Rotterdam und beurteile, welchen Gewinn man daraus ziehen kann und wie man sich dabei fühlt. Denn wie man sich *fühlt* bei einer Lektüre, ist vielleicht so unwichtig nicht, nicht wahr?

Präzision

Auf die Nuancen und Details – der Titel sagt es – in der Wortwahl kommt es an. Und man soll nicht davor zurückschrecken, aufgrund ihrer grundsätzliche Entscheide zu fällen. Zum Beispiel: Mit wem wir verkehren oder wem wir gut sind – und wem nicht.

Wer harte Prosa schaffen will, schwatzt erstens nicht, dann nimmt er es genau mit der Wortwahl. Wer in diesem Bereich unklar oder in Schablonen denkt, kann weder harte Prosa schreiben noch verstehen, wann und warum etwas harte Prosa ist.

Ob einer schwatzt oder nicht, ob einer es genau nimmt mit der Wortwahl, ist eine Frage des Charakters. Folglich ist die Fähigkeit zu harter Prosa eine Frage des Charakters und nicht, wie manche meinen mögen, der Übung.

Und dann nehmen sie große Worte in den Mund, reden von Gott, dem Tod und dem Sterben. Kein Wunder, wollen ihnen nur komische Käuze eine Antwort geben. Denn diese Begriffe sind viel zu grob, zu umfassend, zu wenig festmachend, als dass man damit genau sein könnte. Es wird darum auch keine genaue Antwort kommen, oder anders: Es wird nur eine Antwort kommen von denen, die es nicht genau nehmen.

Wer sich Luft machen will, muss präzise operieren, sonst zählt man ihn zu den bellenden Hunden, die nicht zu beißen wissen. Um die Schärfe im Ton geht es. Nicht erklären, spotten oder jammern, sondern blank hinsetzen, was Sache ist, auf den Punkt reden. Und damit ist auch gemeint: nur zu dem reden, von dem man etwas versteht, das andere erwähne man gar nicht.

***

Es macht einen Unterschied, ob einer aus Ressentiment, weil er ein Problem hat mit etwas oder jemandem, schreibt oder ob es aus der Begeisterung, einem Interesse für etwas, aus der Freude heraus geschieht.

Die Atmosphäre des ersten Buches wird dumpf, eng und schwer sein, die des zweiten motivierend, inspirierend und aufhellend.

9.
ZU NIETZSCHE

1

Seine Tiefe, seine Übersicht muss man überhaupt erst einmal nachempfinden können. Von ebenbürtigem Schaffen rede man besser gar nicht.

Wir sollen wach sein. Immer. Das zeigt er uns auf. Wachsamkeit über alles. Im dumpfen Triebleben dümpeln, im Körperlichen verhaftet bleiben, zeigt eines deutlich: Man kann es vergessen, das Wachsein. Man kann es beiseiteschieben. Das Sich-Einrichten in der Dumpfheit, kann man sogar sagen, ist die Regel. Es existiert nichts darüber hinaus. Auf dass es uns wohl sei während unserer beschränkten Zeit auf Erden.

Nein. Lassen wir uns nicht beirren. Wir sollen uns und der Welt schärfste Kritiker sein. Wir sollen uns üben in Übersicht und wir sollen unseren Standort ausleuchten.

2

Sein großes Verdienst: das Aufzeigen der Unstimmigkeit zwischen dem, was ein Einzelner für sein Leben gutheißt, und dem, was die Gesellschaft für ihn gutheißt.

3

Nietzsche – Opfer seines überreizten Geistes? Opfer einer Krankheit?

Was bringt uns die Ursachensuche?

Es ist einfach, weniger gefährlich und bequemer, seine Gedanken einer Krankheit zuzuweisen. Es ist eine billige Vereinfachung und ein Bezeugen von Überforderung all jener, deren Problem darin besteht, seine überlegene Klarsicht nicht zu ertragen. Es enthebt sie diese Krankheitsbescheinigung der Verantwortung *ihrem* Leben gegenüber. Aber solch leichtfertiges Abtun ist zu einfach.

Wachsam bleiben bei guter Gesundheit, dies ist unser Auftrag.

4

Wenn wir in der Ablenkung verhaftet bleiben mit unseren Gedanken, können wir auch nichts über sie hinaus leisten. Uns fehlt Distanz und damit die Möglichkeit einer Bestandsaufnahme und des Überblicks.

Pascals Sätze: nüchtern, schlicht, eindringlich und klar. Ausdruck des Leidens an der Welt und Rückzug aus ihr. Solche Sätze hat nur einer noch verfasst, vielleicht gar übertroffen, solch intime Bestandsaufnahmen mit solchem Überblick.

Jede Prosa, die nicht bei Nietzsche ansetzt, ist eine überflüssige Prosa. Vor der Prosa kommt die Geisteshaltung. Man darf sich fragen: Wer oder was war dieser Nietzsche genau? Ein Sprachvirtuose durch und durch. Es gibt keine vergleichbare Prosa in deutscher Sprache vor oder nach ihm von solchem Bilderreichtum, messerscharfen Formulierungen und treffendem Vokabular. Zum Sprachvirtuosen kommt hinzu, und dieses sein überragendes Können ist schon beinahe beängstigend: Es gibt *keinen einzigen* unbelebten, überflüssigen Satz in seinem Gesamtwerk! Alles ist Ausdruck einer Vision, ist hart, notwendig und inspiriert. Es gibt kein Beiwerk, keine Konfitüre, keine Lücke, keine Schwachstellen. Alles ist Granit, ist sprachliches Kunstwerk und inhaltlich höchst motiviert. Man muss sich wirklich fragen, wer oder was Nietzsche genau war. Eine absolut überdurchschnittliche Erscheinung, ein einsamer Künstler weit oben.

5

Von einer Krise
Wer seinem Willen zum Leben, dem Willen zum Möglichen und Richtigen in seinem Leben nicht mehr vertrauen kann, ihn nicht mehr als gerechtfertigt anerkannt, stürzt in eine große Krise. Man muss darauf vertrauen können, dass der eigene Wille zum Leben zu seinem Bestehen, zu einem annehmbaren Leben führt. Worin Nietzsches Höhenluft bestand? Just in dieser Krise.

6

Eins ist sicher: Er war ein Menschenfreund. Warum sonst hätte er den letzten Teil seines *Zarathustra* abgemildert, ja, entschärft, sodass er ihm glich, nicht dem Übermenschen, aber dem mitfühlenden Menschenbeobachter und Menschenversteher.

Es gibt den Übermenschen nicht. Nietzsche war ihm immer noch nicht nahe, aber er hatte eine große Sehnsucht. Wo es Sehnsucht gibt, ist es eine nach ihm, dem Ideal. Aber wir müssen daran nicht verzweifeln. Wir sollen uns zusammenreißen und wachsam bleiben. Das ist alles.

7

Was macht das Herausragende an Nietzsche aus? Dass er schärfer nachzudenken vermochte als andere? Waren es nicht vielmehr seine Sensibilität, die Fähigkeit, zu empfinden, sich berühren zu lassen, musikalisch zu sein?

Woher entsteht eine Idee, ein Gedanke, eine Melodie, wenn nicht aus der Rührung?

Ist nicht jener begabt, der sich einfühlen, der mitfühlen kann?

Nietzsche war ein Meister des Mitgefühls, er war auch Musiker.

Mitgefühl, Mitleid, das gibt dem Menschen Tiefe, das gibt ihm Ohren für Töne.

8

Mediterranisierung
Die fröhliche Wissenschaft, insbesondere das vierte Buch: Wie kann man es sagen?

Sein sonnigstes, versöhnlichstes, gesündestes Buch? Sein Süden! – Feierlich, festlich, freudig, dem Leben zugetan, vom Leben inspiriert!

Aber verwundert dies? Kann dieses Buch verkennen, wer den Süden kennt? Man weiß die Zeichen zu lesen: Es atmet Meeresluft, Sonnenlicht, Südwinde und mediterrane Küche. Ja, es bezeugt in schönster Weise, was wir nennen: Mediterranisierung.

9

Er ist ein gnadenlos scharfer (Psycho-)Analytiker, ihm zu widersprechen wäre nur lächerlich.

Aber manchmal wünscht man sich, dass er nicht immer hart und gnadenlos, nicht immer exzessiv und überspannt wäre, sondern auch mal milde, um nicht zu sagen menschlich.

Und mit dem Risiko, abgeurteilt zu werden als verzärtelter und erschöpfter „Décadent", wage ich zu sagen: Man soll den Menschen nicht nur *nicht* verachten, sondern ihm Wohlwollen entgegenbringen können.

Denn Wohlwollen tut gut, allen. Verachtung tut niemandem gut.

10.
GESCHWÄTZ

Wer nicht sicher ist, ob das, was er redet, richtig sei, schweige besser. Er erspart sich damit ein arges Unbehagen.

Das Problem ist, wenn wir über Dinge schwatzen, von denen wir wenig verstehen, über die wir oberflächlich nachgedacht haben: Wir bewegen uns in einer unerträglichen Belanglosigkeit.

Oft gebiert Wohlbefinden, Leichtigkeit, Unbefangenheit einen Zustand des „Bien-être", aber auch ein starkes Selbstbewusstsein Geschwätzigkeit. Eine gelöste Zunge macht aber selten Freude, sie verbindet auch nicht. Und im Nachhinein, wenn das Geschwätz schon erfolgt ist, fühlen sich der Schwätzer und der Beschwatzte leer und erschöpft. Sie haben sich beide überfordert.

Auch die Schärfe im Ton, die gute Argumentation, die Hand auf dem Herzen, moralische Redlichkeit signalisierend, macht aus einem geschwätzigen Gestammel noch keine gute Rede. Eine gute Rede ist inspiriert. Sie erschüttert, sie fordert eine Antwort.

Geschwätz bedeutet Behaglichkeit oder eine Notsituation. Wo man sich nichts zu sagen hat, scheint es unausweichlich. Man will nicht unhöflich sein und sich anschweigen. Ist aber Geschwätz nicht unhöflicher denn Schweigen? Es ist nie inspiriert. Folglich bewegt und beschäftigt es niemanden. Es ist überflüssig und sinnfrei.

Wenn ein Lehrling kaum eine Schraube richtig ansetzen kann, da er dabei mit den Händen nervös zittert vor den Augen des Lehrmeisters, dann wird er bei seiner Arbeit schweigen. Vielleicht schämt er sich, falls ihm die Schraube aus den Händen gleitet, und er entschuldigt sich. Er schätzt seine Situation damit richtig ein. Sicherlich wird er nicht zu schwatzen beginnen.

Bei Politikern ist dies manchmal anders: Ihr übergroßes Selbstbewusstsein lässt ihnen ein schamloses und pueriles

Blöken durchgehen. Sie übersehen, dass sie sich unter erwachsenen Leuten bewegen, uninspiriert gleichwohl wie sie selbst, aber immerhin – der Pubertät entwachsen.

Es ist unerträglich, wenn einer nicht inspiriert ist, aber dennoch brünstig blökt. Sein Geschwätz soll markieren, Duftnoten setzen. Es werden kaum angenehme Düfte sein.

Wie gesagt: Das inspirierte Reden ist erlaubt, ansonsten schweige man.

***

Es ist besser, wenn einige schweigen, es kämen nur grausige Gedanken zum Vorschein – und da sie das auch wissen, tun sie uns den Gefallen und reden nicht. Damit erhalten sie sich immerhin ihre Glaubwürdigkeit.

Der Redner holt aus, zählt mit lauter Stimme Argumente auf, benützt dazu die Finger. Die Vorteile überwiegen, meint er, dennoch dürfe man die Nachteile nicht unterschätzen. Er redet und redet, sein Gesprächspartner sitzt ihm gegenüber am Tisch und schaut ihn an. Nochmals legt sich der Redner ins Zeug, fasst die Problematik in prägnanten Stichworten zusammen, führt das Pro und Kontra sauber auf, benutzt dazu wiederum seine Hände und macht einen gewichtigen Gesichtsausdruck, als der andere ihm mit ruhiger Stimme, fast flüsternd, während einer kurzen Atempause ins Gesicht sagt:

„Bla, bla, bla. Alles warme Luft. Nur Geschwätz."

Welchem der beiden glaubt man?

Dem zweiten, obschon er nichts gesagt hat. Aber an diesem Beispiel sieht man, wie wenig Worte mit dem Leben zu tun haben.

Der Redner sagt nichts mehr. Sein Tischpartner hat seine Argumente gekonnt widerlegt. Ihre Gültigkeit ist nicht mehr. Der Redner glaubt sie selber nicht mehr. Seine Worte sind gewichtslos geworden, sind ohne jegliche Bedeutung.

Er schaut in den Himmel, über ihm scheint die Sonne, Vögel pfeifen in den Bäumen. Er grabscht einen Fünfliber aus der Hosentasche und wirft ihn auf den Tisch. Dann erhebt er sich und geht nach Hause.

Es ist ein warmer Sommertag, die Blumen auf dem Balkon müssen noch gegossen werden, später würden dann die Nachrichten kommen im Fernsehen.

So viel zum Gewicht des Wortes und zur menschlichen Kommunikation.

***

Du schläfst schlecht?

Plagt dich ein Vitaminmangel oder hast du etwas geredet, das dir nicht guttat?

Gut Geredetes erquickt, schlecht Geredetes macht krank.

Eigenes Geredetes baut auf und findet Gehör, fremdes Geredetes belastet und schwächt. Lass das Fremde sein. Rede nur, was du kennst, was du selber erfahren hast.

VI.
WILLE

1.
SEHNSUCHT/HEIMWEH

Ob der Wille, zu retten, so gross sei, dass er genüge, das ist die Frage.
Ludwig Hohl, *Nuancen und Details*

Das Buch, das Sie gerade lesen, redet von diesem Willen. Und es redet von nichts anderem.

Ob du aus der Sehnsucht heraus denkst, agierst, redest, schreibst oder aus dem Heimweh, weißt du selber genau. Aber nur in der Sehnsucht hast du die *gesunde Härte*, die dich retten kann. (*Dich*, und nicht irgendeinen anderen.)

Heimweh, Verzagtheit, Zweifel, Melancholie, Einsamkeit können dich nicht retten. Sie desorientieren, sie schwächen dich.

Agiere, rede und schreibe demnach aus der Sehnsucht heraus, ansonsten schweige besser, bleibe ruhig in deinem Zimmer oder gehe für ein paar Schritte an die frische Luft.

Den obigen Satz, ich sage ihn – und mein Leben geht weiter.

Andere hören oder lesen den Satz, erkennen ihn als richtig – und ihr Leben geht weiter.

Was tut dieser Satz? Welches ist seine Daseinsberechtigung? Ändert er etwas in der Welt?

– Er fällt ins Bewusstsein hinein. Und allmählich beginnt er Wirkung zu tun.

Er erinnert. Er mahnt. Er orientiert. Für einige wird er Auftrag.

2.
BRICH AUF!

„Brich auf!", sagte ich zu Höderer. Er saß an einem Tisch im Pausenraum, vornübergebeugt, und schaute mit großen, leeren Augen auf das Display seines Handys. Ab und an hob er seine fleischige rechte Hand und fuhr darüber. Ein flüchtiges Grinsen stand für Sekunden in seinem aufgeschwemmten Gesicht. Dann starrte er erneut mit großen, leeren Augen auf den kleinen Apparat, der vor ihm auf dem Tisch lag. „Höderer, brich auf!", wiederholte ich. Er schien mich schlecht zu hören. Und doch drehte er irgendwann mit einer trägen Bewegung seinen Kopf zu mir hin und sagte: „Hä?" „Es ist Zeit, aufzubrechen." Der junge Mann schien nicht zu verstehen. Er schaute wieder auf das Display, fragte abwesend: „Wohin aufbrechen?"

„Etwas anstoßen, Höderer, du für dich, in deinem Leben." Ich wusste nicht, warum ich so mit ihm sprach. Wir kannten uns nicht sehr gut. Ich hatte genaugenommen kein Recht, auf diese Weise zu dem jungen Mitarbeiter zu reden. Dennoch musste ich es tun. Es war stärker als ich.

Einsam saß der Übergewichtige da und schaute mich aus großen, leeren Augen an. Ich doppelte nach: „Aus deiner Einsamkeit ausbrechen, etwas anreißen; hast du Hobbys, Höderer?" „Was soll ich?", sagte er benommen. Er verstand mich nicht. „Hobbys? Gamen. Schlafen. Warum?"

„Du musst dich selber retten, verstehst du? Es rettet dich niemand sonst. Ich kann dich auch nicht retten. *Du* musst es tun. Reiß etwas an! Brich auf!"

„Hobbys? Retten? Wovon redest du? Was ist los?" Höderer redete müde und blinzelte schläfrig. Ich hatte nun den Eindruck, er meinte, ich scherze. Er schien auf eine witzige Pointe zu warten.

Da fiel es mir wie Schuppen von den Augen, wie absolut sinnlos meine Aktion war. In Höderer war der Aufbruch nicht angelegt. Wie sollte er verstehen, was ich ihm sagen wollte? Worte können nur Wirkung haben, wenn sie im anderen angelegt sind, wenn sie vielleicht noch schlummern, aber doch vorhanden sind. Höderer schüttelte belustigt den Kopf und fingerte wieder auf dem Display seines Handys herum. Er schien die Ruhe selbst.

Meine Worte waren in mir selber angelegt, das war es. Brich auf!, dachte ich für mich viele Male. Ich konnte mit dieser Aufforderung etwas anfangen. Sie brachte in mir etwas in Bewegung. Sie machte mich unruhig. Aber ich vermochte in Höderer damit nichts anzustoßen, obschon seine Ausstrahlung mich reizte und dazu zwang, ihn aufzufordern, sein Leben zu überdenken. In ihm drin war es nicht unruhig.

Die Unruhe blieb bei mir. Sie übertrug sich nicht. Es kann jeder nur sich selber retten, es ist dieser Satz bestechend richtig. Keiner kann einen anderen retten. Und es blieb mir eigentlich nur die Hoffnung, oder besser die Vermutung, dass Höderer sich selber würde retten wollen, eines Tages, wenn er vielleicht älter und reifer sein würde.

Was es mir bringt, zu wissen, ob er sich zu retten weiß, eines Tages?

– Dass einer mehr sich einem glanzlosen Dasein entrissen hat. Dies zu wissen bringt mir etwas. Es bestätigt die Richtigkeit meiner Unruhe. Brich auf! Unzähligen wollte ich diese beiden Wörter an den Kopf werfen, die zu den erschütterndsten gehören, die ich mir vorstellen kann. Aber wer bin ich denn, so zu anderen zu reden? So schreibe ich sie denn hin, als Titel der kleinen Anekdote, die Sie gerade lesen.

***

Spielchen
Er habe geschickt taktiert und manövriert, sagt ein Politiker über einen anderen. – Darum interessieren sie nicht, weil sie Spielchen betreiben.

Spielchen betreiben, statt sich selber zu retten. Für denjenigen, der die Notwendigkeit des Sich-selber-Rettens erkannt hat, sind Spielchen zwischenmenschlicher Art, also Machtdefinitionen und das Buhlen um Einfluss, müßig und lächerlich. Spielende bewegen sich zu sehr an der Oberfläche, bleiben irgendwann stehen und gehen nicht weiter. Entweder sind sie Sieger oder Verlierer, einmal das eine, dann wieder das andere. Was sicher ist: Sie werden bald in der Bedeutungslosigkeit verschwinden und vergessen sein.

Wer sich selber retten muss, findet sich auf einem Weg im Süden. Er findet sich auf diesem Weg allein. Er geht in die Sonne hinein. Menschliche Konstellationen verlieren an Gewicht. Nur noch das Gehen auf diesem Weg ist richtig. Er führt durch neue Landschaften. Sich retten zu wollen, bedeutet ein Einzelgang in einem mentalen Bereich (wir reden von nichts anderem, alles, auch die Landschaften und die Sonne, sind mental), der direkt verbunden ist mit der Natur, der Welt. Es bewegen sich in diesem Raum keine Menschen mehr, nur noch Gedanken von meist längst Verstorbenen, die diesen Weg gutheißen und die ihn auch selber beschritten haben.

3.
VOM WILLEN ZUR SUCHE

Für den eigenen Ausdruck musst du dich wegbewegen von einer Schule. Wo Schule, da kein eigener Ausdruck. Wo eigener Ausdruck, da vielleicht später einmal eine neue Schule.

Ein Bedürfnis zu haben nach einem gefahrlosen (ruhigen, übersichtlichen) Leben, muss sich mancher als Vorwurf gefallen lassen. Ein gefahrloses Leben unterschätzt den Wert der Suche und überschätzt die wohltuende Wirkung der Sorglosigkeit.

Jeder soll für sich seinen Platz suchen, seinen Auftrag suchen, *in* seiner Arbeit suchen.

Warum die Suche Wert hat?

Sie gibt dir Leben! Kein gefahrloses Leben, aber eines voll von Unruhe, Unberechenbarkeit und dem unentwegten Prüfen von Lösungen. Deine Arbeit wird sein, dein Forschen zu dokumentieren.

Denn der Mensch ist dazu bestimmt, tätig zu sein; nicht zu akzeptieren, sondern zu schaffen, sagt Ludwig Hohl. Wir möchten ergänzen: immer Neues zu schaffen, für sich frische Formen zu finden. – Er darf daher seine Suche nie aufgeben.

Sag mir nochmals: *Was* genau suchst du?

– Dichte im Ausdruck. Intensität im Resultat. Richtiges, Treffendes, was weiß ich? Man kann es kaum benennen. Wenn man es hat, weiß man es.

Dennoch ist deine Suche nicht zu Ende. Worum geht es jetzt noch?

– Um des Suchens willen.

***

Hinter den Wäldern

Albin Zollinger: *Die Aufgabe des Dichters bestehe darin, aus seiner Verbindung mit dem Nährgrund des Unendlichen ein rätselhaftes Vitamin in die Welt zu bringen, dessen Fehlen sich in einer unheilvollen Verkümmerung an der Menschheit auswirkt.*

Wo ist dieser Nährgrund? In der Natur, in der Welt, im Licht, in der Sonne, im Wasser, in den Felsen, Feldern, Bäumen und Wäldern. Wann haben wir einen Bezug zu ihm? Wenn wir unser Leben ernst nehmen.

Die Natur entlastet uns. Sie hilft, das Gewicht des Alltags zu ertragen. Aber wir müssen sie sehen wollen, auch in uns selber sehen wollen. Wir dürfen dazu nicht zu stolz, nicht zu sehr auf unsere Wirkung fixiert sein.

Ein Dichter will sich binden; vielleicht weniger mit anderen Menschen, da sie schwierig ist, diese Bindung. Sie wird durch Alltägliches sabotiert oder durch Regelungen und persönliche Bedürfnisse verunmöglicht. So sucht er andere Möglichkeiten. Er bindet sich mit der Welt, indem er sich mit ihr auseinandersetzt. So erfüllt er einen Auftrag.

Diesen Kontakt erfährt er überall und jederzeit, er muss nur bereit sein dazu. Die Welt, die Natur weist ihn auf etwas Größeres und Dauerhaftes hin. Das von Menschen für andere Gemachte kann ihm wenig bedeuten, es kann ihn weder trösten noch entlasten, es kann ihn auch nicht dauerhaft binden. Es lenkt ab und führt seine Gedanken zum Alltäglichen und zur Frage, wie er sein Leben bewältigen kann, auf einen materiellen, temporären und vergänglichen Blickwinkel hin ausgerichtet. Wir aber reden hier von einer anderen Form von Lebensbewältigung, von den Möglichkeiten eines mentalen Überlebens.

Wir haben den Anspruch auf Tiefe. Wir wollen intensiv leben. Wer intensiv leben will, muss hinausschauen. Dort ist zu erkennen, was für das Bestehen seines Lebens richtig ist. Er muss ihm nachkommen. Er muss etwas tun.

Es ist dieses Tun eines Dichters Produktion. Sie ist Liebesbezeugung, Bezeugung seines Verbundenseins mit der Welt und

Bezeugung seiner Sehnsucht nach diesem Größeren und Dauerhaften, das er aber nicht genauer definieren kann. Zollinger nannte es das Unendliche. Andere nennen es geistige Welt.

Seine Produktion kann den Dichter aber nicht entlasten, obschon er nichts anderes wünscht. Immerfort durchsetzt eine innere Unruhe seine Gedanken und treibt ihn dazu, Neues zu schaffen. Seine Produktivität bleibt, seine Sehnsucht drängt ihn, sich neu zu binden.

Der Nährgrund des Unendlichen ist die Natur, die Welt. Sie allein kann dem Dichter Gegenstand sein. Er, der Liebende, in seiner Einsamkeit, ist mit ihr verbunden, wenn er seine innere Wirklichkeit bezeugt.

4.
DER WILLE ZU WAHRHAFTIGKEIT

Das Anrühren an innere Wirklichkeit ist Zweck deiner Unternehmungen.

Der Wille zu Wahrhaftigkeit ist etwas Unabdingbares, etwas Unerlässliches für ein gutes Bestehen des Lebens. Ohne ihn kann man nichts sagen und nichts festlegen. Wahrhaftig soll die Art und Weise sein, wie man an eine Unternehmung herantritt. Eine Aussage, die nicht wahrhaftig ist, ist irgendetwas Undefiniertes, Unfassbares. Wahrhaftigkeit ist Voraussetzung für jede ernsthafte Tätigkeit und hat so, wie wir den Begriff verstehen, mit Echtheit und Aufrichtigkeit zu tun.

Wohin zielt der Wille zu Wahrhaftigkeit? Zum *Kern*, zur inneren Wirklichkeit einer Person. Er forscht nach ihrem Charakter. Er forscht nach der Geisteshaltung, nach dem moralischen Denken dieser Person und nach ihrem Antrieb.

Wahrhaftig soll einer in der Lebensbewältigung sein, sein Kern aber definiert die Richtung seines Werdeganges.

Den Kern einer Person zu fassen, setzt voraus, ihre Wahrhaftigkeit zu überprüfen. Wenn sie wahrhaftig ist, wird es möglich, ihren Kern zu fassen. Es ist möglich, meint: Da sie wahrhaftig ist, ist sie es auch im Gewähren von Einsicht in ihr Inneres. Wenn bei ihr keine Wahrhaftigkeit auszumachen ist, ist auch ihr Kern nicht auszumachen. Alles ist dann versteckt, diffus oder, so scheint es, nicht richtig ausgebildet.

Innere Wirklichkeit oder innere Wahrheit – es macht keinen Sinn, hier einen Unterschied zu machen in der Definition –, der Kern einer Person also, ist gegeben, eine Frage des Schicksals und nicht durch einen Willensakt veränderbar. Ihn zu erkennen und anzunehmen aber ist eine Willensfrage.

Was sagen will, dass man die eigene innere Wirklichkeit verleugnen kann.

Dein Wille zu Wahrhaftigkeit fordert von dir: Schau, was dich im Innersten antreibt, und verneine es nicht! Sei dir selber gegenüber wahrhaftig genug, um deinen Kern anzunehmen.

Eine verlässliche Person ist eine, die *moralisch* richtig denkt. Alles andere ist lernbar, aber das muss sie mitbringen.

Wenn sie moralisch nicht richtig denkt, kann sie nicht richtig entscheiden. Sie wird sich in Situationen wiederfinden, die ihre Glaubwürdigkeit reduzieren.

Ihre Wahrhaftigkeit ist in Frage gestellt und damit ihr Kern für uns nicht fassbar. Mit wem haben wir es zu tun? Wir wissen es nicht – und gebrochen ist die Verbindung zu dieser Person.

5.
DER WILLE ZUR MACHT =
DER WILLE ZUR GESUNDHEIT

Unsere Wahrheit können wir nur sehen, wenn wir aufhören, die Lüge zu tolerieren.

Sich in der Gesellschaft zu positionieren, heißt: die Regeln des gesellschaftlichen Zusammenseins zu akzeptieren. Man ordnet sich ein und anerkennt. Ist in der Einordnung der Wille zur Macht möglich?

Der Wille zur Macht ist ein Wille zur *persönlichen* Macht, ein Wille zur Unabhängigkeit im Denken, zur Unbestechlichkeit in der Haltung, zu innerer Freiheit (äußere Freiheit gibt es nicht, wir sind erdgebunden und wir sind gesellschaftsgebunden).

Ja – er ist möglich.

Persönliche Macht bedingt einen Rückzug aus dem gesellschaftlichen Leben, nicht in der realen Abschottung, sondern mental. Man muss dabei den Einzelgang aushalten (im Denken) und jegliche Rechtfertigung hinter sich lassen können. Man darf Vertrauen haben in sich.

Der Wille zur Macht ist auch ein Wille zur Gesundheit, zur richtigen Gewichtung, zur Instinktsicherheit.

Es gibt unzählige andere Arten von Willen: den Willen zur Tyrannei, den Willen zum Einfluss, den Willen zum Spott, den Willen zur Pädagogik, den Willen zum Glanz. Aber diese Willensformen sind zu sehr in der naheliegenden Gelegenheit verhaftet, in gegebenen menschlichen Konstellationen, im Alltäglichen.

Sie verlangen keine persönliche Entwicklung, keine Bemühung um Fortschritt beim Einzelnen.

Sie können uns daher nicht interessieren.

***

Je mehr er hinauf in die Höhe und Helle will, umso stärker streben seine Wurzeln erdwärts, ins Dunkle, Tiefe – ins Böse, sagte Nietzsche in *Zarathustra.*

Das Böse? Sinnleere, Ziellosigkeit, Orientierungslosigkeit. Was sind Höhe und Helle? Unbedingtes Interesse, eine außerordentliche Leistung, die Sinn stiftet, Sinnsuche.

Wer seinem Leben Sinn geben will, fühlt das Bedrohliche der Sinnleere hinter allem. Sich immer wieder neu Sinn zu verschaffen in Form eines neuen Auftrags angesichts der Sinnleere ist dieses „Hinübergehen" oder „Hinaufsteigen" in die Höhe. Es ist Grundbedürfnis des Gesundsein-Wollenden, dieser Arbeit nachzukommen. Es ist eine Arbeit, die er sich alleine stellt und die er alleine bewältigen muss.

Wer in die Höhe will, muss sich selber treu sein. Wann ist man sich selber treu? Wenn man eine Haltung, eine Meinung, einen Lebensstil beibehält, auch wenn man sich damit isoliert und Unverständnis erntet. Man muss den Konflikt aushalten. Man kann ohne Kampfbereitschaft weder sich noch jemand anderem treu sein.

***

Vom Gewichthaben

Wenn der innere Monolog versiegt, wenn das Ohr still nach außen horcht, wenn wir endlich kampfbereit sind, dann dürfen wir nach unseren Werten fragen. Dann sind wir bereit, zu wissen, wo wir stehen. Wir können aus der Zufriedenheit und der Gemütlichkeit heraus nichts bewirken, aber wenn uns die Gewissheit heimsucht, dass alles ernst, alles definitiv ist, alles für uns darauf ankommt, dass wir eine Haltung haben, dann sind wir auf der Höhe unserer Aufgabe, dann haben wir das Gewicht, einzugreifen und zu formen. Dann haben wir das Format, Gültiges zu schaffen.

***

Alles ist Zufall. Die Frage ist, wie man auf die zufälligen Gegebenheiten reagiert. Wäre nicht alles Zufall, litte die Welt unter einer großen Ungerechtigkeit. Aber das Delegieren an höhere Mächte bringt dem Menschen kein Leben. Gelebt hat er, wenn er sich ob der Gegebenheiten so entscheidet, dass er für sich sagen kann: Ich bin souverän und kein Opfer. So, wie ich lebe, kann ich mein Leben annehmen.

Warum niemand Opfer sein will? Der Wille zum Leben, der Lebensinstinkt, der Wille zur Gesundheit sind es, die uns leiten. Und dies sind nicht einmal nur menschliche Kräfte. Jedes Lebewesen hat sie in sich. Nur lässt der Mensch sich durch ein bestimmtes Gedankengut davon abbringen, ihnen zu vertrauen.

Werde, der du bist, will doch nichts anderes sagen als: Befreie dich von einem Gedankengut, das dich daran hindert, dem Zufall frei entgegenzutreten.

Was dieses Gedankengut ist? – Religionen, Schicksalsergebenheit, Deformation durch strenge Erziehung in Arbeitsmoral, jeglicher Glaube an Kräfte, die stärker sind als du.

6.
VON EINEM KOMPASS:
DIE VOGELPERSPEKTIVE

Die Disposition erhalten, dich immer wieder neu zu retten; darum geht es, wenn wir von Wachsamkeit reden. Es ist dieselbe Disposition wie die, einen anderen zu lieben.

Je mehr einer über Dinge hinauswachsen kann, wogegen er ankämpft, sodass er sie allmählich vergisst, sodass sie nicht mehr zu bekämpfen sind, desto klarer wird seine Sicht auf sich selber, auf sein Leben und auf das, was in diesem Leben wirklich Bedeutung hat.

Das Ankämpfen gegen Dinge verhindert Leben. Das Überwinden dieser Dinge befreit und ermöglicht eine Sicht auf einen breiteren Horizont.

Der hat leicht reden, werden Sie vielleicht sagen. Soll er uns doch mal erklären, wie man etwas überwindet und darüber hinauswächst, wie man es einfach vergisst! – Ein berechtigter Einwand.

Wie wächst einer über widrige Dinge hinaus?

Das Ankämpfen gegen sie hilft ihm dabei nicht. Es verhindert das Vergessen.

Man benenne die Dinge! Man kreise sie ein! Man breche den Widerstand gegen sie und nehme sie an! Man schaffe sich mittels der freigewordenen Energie des Kampfes einen *Gegenwert*, einen höheren Wert! Etwas, das einem am Herzen liegt, das wichtig ist, das beflügelt.

Üben wir uns in der *Vogelperspektive*. Üben wir uns darin, auf das eigene Leben hinunterzuschauen, ein wenig darüberzustehen. Sehen wir, wo und was wir sind. Man kann dann auch andere besser sehen. Man kann fassen, was für *sie* möglich ist und was nicht, wie viel Energie sie haben, was sie mit sich tragen, welche Prüfungen sie bestehen müssen.

Die Vogelperspektive ermöglicht uns Güte und Großzügigkeit. Sie lehrt uns, richtig einzuordnen, sie lehrt uns auch, den anderen anzunehmen – ihn nicht zu verurteilen und als Gefahr zu sehen.

Man sitzt nicht mehr nur im eigenen Quark, in der eigenen Soße, bleibt nicht immer nur bei sich, gefangen in sich.

Denn – nicht wahr – folgende Fragen müssen uns doch etwas angehen:

Wie können wir unser Leben gut bestehen?

– Wenn wir lieben.

Wen oder was sollen wir lieben?

– Die Welt, die Erde, unser Dasein auf dieser Erde.

Liebe ermöglicht uns die Vogelperspektive.

Sie verschafft uns Überblick und ein positives Verhältnis zum Leben, zu unserem, aber auch zum Leben anderer.

Wir vermögen einen anderen zu sehen. Wir können ihn in seinen Anlagen, in seiner Person fassen. (Fassen – nicht kennen. Man kennt einen anderen nie wirklich.)

Diesen Menschen zu lieben, fällt uns nicht schwer.

Nochmals: Wie können wir unser Leben gut bestehen?

Wenn wir Zusammenhänge und Entwicklungen erkennen, wenn wir uns in den einen, aber auch in den anderen hineinzudenken vermögen.

Es bricht unsere Isolation auf, lindert unsere Einsamkeit.

Es ermöglicht uns ein Wahrnehmen in *umfassenden, vereinigenden* Zügen.

Wenn wir nicht lieben?

Halten wir die Alternative klar vor Augen.

Unser Leben wird bestehen aus:

Beklemmung, Isolation, Unverständnis, Beziehungslosigkeit, Freudlosigkeit, Kraftlosigkeit, Perspektivenlosigkeit, Enge.

An dir ist es, zu wählen.

Jemanden fassen
Nochmals: Was heißt einen anderen fassen?

Nach seinem Antrieb fragen, ohne zu werten, ohne zu beurteilen. Ihn sehen und annehmen. Nur so können wir ihm mental nahe sein. Wenn wir seine Schwächen suchen, dominieren oder manipulieren wir ihn, aber wir werden ihm nicht nahe sein. Das Abschwächen des anderen, das Konkurrieren mit ihm ist Machtgebaren. Es kann uns in diesem Zusammenhang nicht weiter interessieren (auch in keinem anderen Zusammenhang, es sind Dinge, die nie jemanden in keiner Art und Weise je weitergebracht haben).

Einen Menschen fassen zu können, kommt aus der Disposition der Liebe zum Leben. Es ist dies aber keine voreilige Liebe, sondern Liebe in der Revolte, im Widerstand.

Welcher Widerstand? – Gegen die fraglose Anpassung. In der Anpassung kann man nicht lieben. Man weiß nicht, was man empfinden soll, so empfindet man für den eigenen Vorteil.

Zur Liebe fähig ist, wer sich Souveränität zutraut im Denken, im Fühlen.

Nicht, dass man nun den anderen direkt lieben muss (emotional; es ihm sagen, dass man ihn liebt; seine Nähe suchen, sich wünschen, dass er einen auch liebt), sondern aus der Distanz, eben der Vogelperspektive, in einer unsentimentalen, ruhigen Art, die aber gleichwohl intensiv ist. Wenn man den anderen wertungsfrei annehmen will, wird man ihn in dieser Weise lieben.

Was man tut im Leben, hängt davon ab, auf welchen Gegner man zielt
Ob wir die gleiche *Gegnerschaft* suchen im Leben, das ist die Gegenfrage auf den Einwand, warum ich mich in der Gesellschaft nicht besser positioniere und meinen Nutzen daraus ziehe.

Und ohne dass dies ein Widerspruch zum oben Gesagten sei:

Dass eine Gegnerschaft nötig ist, um am Leben zu wachsen, das haben viele nicht begriffen – und dass dieses Wachsen an der

Gegnerschaft Lebenssinn ist. Sich zu versöhnen mit dem eigenen Dasein setzt voraus eine lange Revolte.

Ohne Revolte hat man nie gelebt.

7.
WIDERSTAND

Echter Widerstand ist sprachlos.

Drei Formen von Widerstand
Es gibt Typen, die blühen auf im Widerstand. Schnell sind harte Worte zur Hand. Sie beschimpfen alles und jeden und gleichzeitig keinen. Ob sie ihren Widerstand, ihre Empörung wirklich fühlen, bleibt zu bezweifeln.

Dann gibt es die zweiten, wir zählen uns dazu, bei denen Widerstand selbstverständlich ist. Sie verlieren dabei kein unfreundliches Wort, haben sich aber von der Gesellschaft schon lange verabschiedet. Sie glauben ihr nicht.

Zuletzt gibt es noch diejenigen, welche situationsbedingten und temporären Widerstand leisten. Für sie gilt Nietzsches Ausspruch: *Ob man einen Schlangenzahn habe oder nicht, weiß man nicht eher, als bis jemand die Ferse auf uns gesetzt hat.* Ruhig lassen sie den Gegner an sich herankommen. Dann schlagen sie zu.

Ihr Widerstand ist ein punktueller Vergeltungsakt aus einer Kränkung heraus gegen einen bestimmten Gegner. Während die ersten beiden Formen von Widerstand einer Grundstimmung, einer Lebenseinstellung entsprechen und gegen niemanden persönlich gerichtet sind.

***

Der Widerständige schafft Unverständnis oder Neid bei allen, die gesellschaftskonform leben aus Selbstverständlichkeit. Da dies nicht wenige tun, ist er, der Widerständige, isoliert. Diese Isolation muss er aushalten. Die Alternative dazu wäre das Sich-hin-ziehen-Lassen zur Normkonformität, nur um der Isolation zu entfliehen. Für den Widerständigen bedeutete dies die noch größere Isolation, da er sich auch innerlich zur Norm hinzubiegen versuchen müsste.

Jean Grenier sagt über ihn in seinem Buch *Die Inseln* Folgendes:

Schließlich ist so ein Anarchist geboren, und die Gesellschaft wird niemals erreichen, dass er etwas macht, was er nicht machen will. Er ist ein Verweigerer. [...] Die Gesellschaft befindet sich da gegenüber Individuen, von denen die Gemeinschaft nichts zu erwarten hat, denn ihre passive Verweigerung ist fast grenzenlos. Man muss sie als Widerständler nutzen, eben für die, für die sie sich eigentlich halten, oder man lässt sie völlig links liegen.

Dass sich der Widerständige unter Normkonformen keine Freunde macht, hat seinen einfachen Grund: Normkonformität findet niemand a priori erstrebenswert. Sie bedeutet:

Mir fehlt der Mut, mich zu widersetzen. Ich habe kein Talent zur Individualität. Ich habe der Norm nichts Eigenes entgegenzuhalten. Und ich habe nicht den Willen, mich mit dieser Thematik gedanklich auseinanderzusetzen.

Zuzugeben, normkonform zu sein, schmeichelt niemandem. Dennoch muss jeder, irgendwann, seinen Standort in der Gesellschaft definieren. Er muss sich seine Fantasielosigkeit und Angepasstheit eingestehen. Ob er damit gut leben kann, bleibt ihm zu entscheiden. Der Widerständige ist nicht fantasielos, das fuchst den Angepassten, der in der Begegnung mit dem Widerständigen sich dessen gewahr wird, dass er über diese Gabe nicht verfügt. Das ärgert und irritiert ihn.

Der Widerständige ist in der Regel eine freundliche Person, der Normkonforme in der Begegnung mit ihm jedoch nicht. Er lässt sich, ihm gegenüber, zum Moralisieren und Ratschläge erteilen hinreißen. Damit rechtfertigt er vor allem sein Defizit an eigenem Widerstand.

Der Widerständige und der Angepasste können keine Freunde sein. Nicht wegen des Widerständigen. Er ist sehr wohl zur Freundschaft fähig. Aber der Angepasste, der sich ob seiner Angepasstheit unwohl fühlt, da sie auch eine *moralische*

Aufweichung bedeutet, ist es nicht. Er zürnt dem Widerständigen dafür, dass er ihn daran erinnert, zu sehr.

***

Wer in echtem Widerstand lebt, nicht in einem gespielten, ungefährlichen, den man sich zur Abwechslung einmal leistet, muss zu Opfern bereit sein; Opfer in menschlichen Beziehungen. Echten Widerstand versteht kaum jemand, er ist mit Isolation verbunden, mit Entbehrungen sozialer Art.

Echter Widerstand ist sprachlos. Es gibt, wenn man ihn wählt, keine Basis der Verständigung mehr mit anderen, daher keinen Grund, mit ihnen zu reden. Auch gibt es kein Vertrauen mehr zu anderen.

Ein Widerständiger ist in den Augen seiner Nächsten in erster Linie ein Nestbeschmutzer und erst in zweiter Linie ein eigenständig Denkender.

Am echten Widerstand entscheidet sich, ob einer wirklich für sich zu leben wagt oder ob er sich halt doch gegenüber der Gesellschaft verpflichtet fühlt und sich in seinem Denken irritieren lässt.

– Nur solange sich einer der Gesellschaft verpflichtet fühlt und sein persönliches Leben hintanstellt, schläft er, ist er nicht aufgewacht, lebt er in einem Dämmerzustand, weiß er nicht, was das heißt: Widerstand.

***

Es gibt zwei Formen des Machtausübens für den Einzelnen:

1. Er reiht sich in die Gesellschaft ein und übernimmt eine Funktion, in der er Macht ausüben kann.
2. Er distanziert sich von der Gesellschaft und erreicht Eigenständigkeit in seinem Denken. Macht übt er aus durch seinen Blickwinkel.

Erster wird immer von der Gesellschaft getragen. Er braucht sie für seine Zwecke. Zweiter lebt im Widerstand zu ihr. Er misstraut ihr.

Erster legt Wert auf die Kontrolle über seine Mittel. Zweiter legt Wert auf Inspiration.

Eine Gefahr für den Ersten ist Gewohnheit, für den Zweiten Sichtverlust.

Beide haben die Tendenz, ihre Haltung in verhärteten Standpunkten zu verteidigen.

Der Wille zur Gesundheit im Widerstand
Kraft braucht man, um in Gesundheit im Widerstand zu leben. Wir sollen gesund bleiben und nicht krank werden in der Verweigerung und daran zu Grunde gehen.

Dem unkritischen Normkonformisten sei gesagt:

Mach doch *einmal* etwas in deinem Leben, das der Würde eines intelligenten, selbstbestimmten und freien Menschen keinen Abbruch tut. Denn du warst und bist stets frei!

– Aber Zivilcourage ist nicht jedem gegeben, auch muss er wissen, wozu. Dem Uninspirierten ist der Begriff Freiheit unheimlich. Er vermag ihn auf sich nicht anzuwenden.

Er bleibt dabei wieder ganz im Alltäglichen, im Naheliegenden, in der Gelegenheit, daher fast sogleich im Missbrauch, im Ausnützen, in der Tyrannei.

Nie sieht er in ihm die Möglichkeit einer persönlichen Profilierung. Nie ist er Wille zum eigenen Gedanken.

Darum muss er sich sagen lassen, dass er besser schweige. Dem Angepassten gehört das Wort nicht. Er kann ihm keine Bedeutung geben, keine Kraft.

Das Wort gehört dem, der es durch einen pointierten Blickwinkel zu bereichern weiß.

8.
WAS GLÜCK IST?

Dein Wissen um das Leben holst du bei dir selbst allein.

Was Glück ist, fragen Sie?

Ich gebe drei Definitionen:

1. Glück ist kein Ziel und nur als Nebeneffekt erfahrbar.
2. Glück ist die eigene Arbeit.
3. Glück ist Treue zu einer sauberen Gesinnung im Widerstand.

Ziel ist nicht, glücklich zu sein. Glücklich sein kann kein Ziel sein, da dieses Ziel keinen Inhalt hat. Ziel ist unsere Arbeit. Unsere Arbeit macht uns glücklich im Nebeneffekt.

Ziel ist aber auch nicht, unglücklich zu sein. Wir müssen keine Schuld bezahlen, wir müssen für nichts geradestehen.

Unser Bemühen um eine saubere Gesinnung soll aber keinen Widerstand scheuen. Im Widerstand uns treu zu bleiben macht uns glücklich im Nebeneffekt.

Wir leben nicht im Widerstand des Glücks wegen, sondern um uns zu definieren gegenüber anderen. Die Festigung in uns und die Distanzierung zu anderen macht unsere Arbeit aus.

Es lohnt sich nicht, von Glück zu reden? Es lohnt sich nicht, von Arbeit zu reden, meinen Sie?

Man gehe einfach seiner Arbeit nach, man rede besser nicht von ihr, man mache sie?

Gut – meine Arbeit besteht im Festhalten von Folgendem:

Man kann auch nichts sagen, nicht wahr. Man kann über das Wetter reden: Der Himmel war heute blau, es war wieder heiß, ich ging baden im See. Dass man überhaupt nicht zu viel

nachgrüble, es bringe ja doch nichts, die Welt sei ein Durcheinander, fügen nun noch einige hinzu.
– Wir machen es uns damit zu einfach.
Jede Generation muss etwas neu sagen, auf ihre Weise sagen. Nur so kann die Grobkörnigkeit einer früheren Generation verfeinert werden, indem wir ihre Stoffe aufnehmen, zu den Unsrigen machen und sie neu bearbeiten. Ihre Grobkörnigkeit ist kein Vorwurf. Sie hatte ihre Berechtigung in ihrer Zeit. Aber die Welt dreht sich weiter. Dinge entwickeln sich und bedürfen der Verfeinerung. Wenn wir zurückkehren müssen ins Jahr 1945, um uns verständlich zu machen, haben wir verloren. Es gibt keine Rückkehr, nur ein Weitergehen. Man redet nie wie die Alten, auch wenn man von demselben redet, denn wir leben in *unserer Zeit* und unsere Zeit verlangt von uns *unsere* Deutung. Darum kann man nicht nichts sagen wollen. Sagen wir das Unsrige! Alles andere wäre, als hätten wir nicht gelebt, als hätten wir von Anfang an resigniert, uns meinungs- und tatenlos ergeben. Darum: Wir dürfen vom Wetter reden – wenn wir darin etwas ausdrücken, das uns gehört.

***

Eine unbändige Sehnsucht nach Verständnis, Harmonie und Nähe zu allen: So kommt es, dass Theologen über Nietzsche doktorieren, mit Vorzug zu seinem *Antichristen*.
Wer bin ich?
Ein Mensch.
Was heißt das? Rechte haben? Welche Rechte?
Und nachher sind sie ein Leben lang bedürftig und bemühen sich um Respekt, so sehr, dass sie sich dafür korrumpieren und kaufen lassen.
Was Glück ist?
Souverän zu bleiben im Leben. Die menschliche Einsamkeit, das Anderssein, die Distanz zum anderen auszuhalten. Wir können ihn nie wirklich kennen. Die Nähe zu ihm ist nicht sicher.

Wenn wir *uns selber* nahe sein und sagen können, dass unser Lebensverlauf mit einer inneren Haltung übereinstimmt, dann haben wir schon viel erreicht.

Treue?
Die Entschlossenheit, an Konstellationen festzuhalten, seien sie familiärer, freundschaftlicher, beruflicher, aber auch geschmacklicher und gefühlsmäßiger Natur.

Somit ist Treue ein anderes Wort für das Bejahen und Annehmen von zum Teil unveränderbaren Bedingungen. Auch widrige Bedingungen soll man annehmen, Manipulation, Übergriffe, Spielerei. Treu zu sein im Widerstand wird dann unsere Aufgabe sein.

Ist dies nun schwer? Ist es nicht schwerer, untreu zu sein?

Was aber ist man noch, wenn man in allen Gebieten untreu ist? Wo liegt dann der Kern, das Fassbare einer Persönlichkeit?

Was Glück ist? – Der Entscheid zur Treue!

Treue *trotz* der Bedingungen. Ich sein, für mich und für die anderen.

Gesund sein.

9.
DER WILLE ZUR RETTUNG

Ob man den nötigen Willen zur Rettung *immer* aufbringen kann, ist eine andere Frage.

Man kann es nicht, wird die ehrliche Antwort sein.

Wir dürfen aber nicht vergessen: Es gibt dazu keine Alternative.

Was sonst ist, wenn man ihn nicht aufbringen kann: Mutlosigkeit, Orientierungslosigkeit, Kraftlosigkeit.

Es sind Zustände, die auch ihren Platz im Leben haben, die aber nicht dominieren, nicht sich dauerhaft installieren sollen. Sie schwächen, während der Wille zur Rettung kräftigt, offensiv ist, das Leben reicher macht.

Reicher woran, fragen Sie?

– An Gedanken, an Bildern, an Inspiration, an Freude.

10.
HUNGER UND SÄTTIGUNG
(DER WILLE ZUR VERBINDUNG)

Es war eine starke Generation, die 68er, in jeder Beziehung, kulturell, politisch, charakterlich, eine unabhängige Generation, die ihr Leben selber formulierte und sich nichts sagen ließ. Es ist heute noch eine junge Generation, jünger als die nachfolgenden.

1

Ist Ihnen schon die Wärme in der Musik der späten 60er und frühen 70er aufgefallen? Ich meine die menschliche Wärme darin. Wir waren ganz woanders, damals, und es ist zu vermuten, dass wir weiter waren. Weiter in Verbindungen, im Umgang miteinander, in dem, was die Leute zueinanderbringt, vorwärtsbringt. Das hört man. Nehmen Sie Milva, *Cuando sali de Cuba*, Abba, *SOS*, das ganze Album *Look at Yourself* von Uriah Heep, oder PFM *Appena un Po'*. Hören Sie sich *Hurdy Gurdy Man* von Donovan oder *Imagine* von John Lennon an. Da ist alles sehr emotional, sehr intensiv, sehr verbindlich, sehr menschlich. Das redet auf Augenhöhe. Gefährlich wird es bei *Jugband Blues* von Pink Floyd, *La Salamandre*, Musik von Main Horse zum gleichnamigen Film, bei Roxy Music *In every Dream Home a Heartache*, oder *Stairway to Heaven* von Led Zeppelin. Solcher Sound ist Statement, Ausdruck einer Haltung. Man kann ihn nicht leichtfertig abtun mit den Worten: Es berührt mich nicht. – Er fordert dich. Er will wissen, wo du stehst, wo du hinwillst in deinem Leben.

Heute hat kaum je ein Song noch eine Botschaft. Er teilt nichts mit. Er fordert nicht – und er lässt mich, den Hörer, allein. Eine Verbindung fehlt.

Ein Song aber soll Mitteilung sein, soll Haltung bezeugen, genauso wie es ein Text sein und tun soll. Dann kann er berühren.

Wenn er nicht berührt, ist seine Existenz sinnlos. Womit wir wieder bei einem bekannten Lied sind:

Es geht darum, dass ich zu Ihnen rede, Ihnen, liebe Leserin, lieber Leser, dass ich Ihnen eine Atmosphäre, eine Denkatmosphäre anzubieten weiß, definiert durch eine Thematik. Und darum müssen wir nicht nostalgisch sein, denn es ist auch heute möglich, wenn wir denn wollen, wenn wir inspiriert, wenn wir hungrig sind, eine Verbindung aufzubauen und Fragen zu provozieren: Wo stehen Sie? Wo wollen Sie hin im Leben?

2

Sie haben beste Beziehungen, hocken in den Fernsehstudios und geben Auskunft, sind schon beinahe nationale Institutionen mit höchster Glaubwürdigkeit. Sie degradieren Politiker zu Moderatoren ihrer Sache und diese machen noch mit Freude mit. Es ist alles da: die Werbung und der Bekanntheitsgrad. Und dann kommt dieses Geschunkel bei Bratwurst mit Senf. – Schade.

Metal kann und soll Kunst sein! Welche andere Musik könnte dies heute? Ein Metalstück vermag das Spannungsverhältnis von eines Künstlers Innenwelt zur Außenwelt auszudrücken, kann ein echtes, erschütterndes Statement sein, aber wenn einer von Kunst nichts versteht, wenn der Wille zur Verbindung fehlt ...

Aber manche wollen gefährliche Musik gar nicht, wie sie kein gefährliches Leben wollen. Sie sind damit überfordert. Sie wollen Sicherheit und Stabilität. Warum sollen sie sich mit Musik umgeben, die ihr Leben hinterfragt?

3

Mancher Song kann einem ein Gefühl vermitteln, als wäre man mutterseelenallein auf dieser Erde, von allen verlassen. Und immer singen sie dann von Liebe, dabei hat ihre Musik nichts mit Liebe zu tun, aber mit Leere, Öde und Einsamkeit.

Fast alles, was im Radio läuft, gehört zu dieser Gattung Musik.

Timberlake, Bieber und Co. Amerikaner machen Musik für Amerikaner. Da fordert nichts mehr; da ist nur noch

Übersättigung. Einen Europäer kann so etwas nicht im Ernst interessieren.

4

Stairway to Heaven: Es steht nicht nur für eine Epoche, sondern für ein Lebensgefühl. Es redet davon, dass das Schicksal stärker ist als wir. Es redet von Heimweh. Es sagt: Siehe, so ist dein Leben, so ergeht es dir darin. Hinter vordergründig Fröhlichem wirkt eine lange Traurigkeit und man fragt sich, ob man einst wieder frei sein kann ...

Man sieht, wie die Leute sich abmühen, und hört dazu innerlich *Hurdy Gurdy Man*; wieder ahnt man, wie zufällig das menschliche Dasein ist und wie sinnlos, wenn einer nicht alles darangibt, sich Sinn zu verschaffen für sein Leben, indem er es annimmt und sich einen Auftrag formuliert.

5

Und dann diese himmeltraurigen Lieder à la Tom Waits, die den Zuhörer beschädigt zurücklassen, während der Musiker ganz fidel sein Leben fristet, sich freuend ob des Gelingens seiner himmeltraurigen Kompositionen.

Ein ebensolcher Musiker muss schon ein einsamer Mensch sein, bevor es losgeht mit seinem Erfolg. Sonst wird die Einsamkeit in den unbekannten Städten, der täglich wechselnden Hotels und des monatelangen Reisens mit fremden Menschen zur Qual. Nur dann ist sie keine Qual, wenn das Leben zu Hause nicht anders, nicht weniger verbindungslos ist.

11.
DER WILLE ZUM AUSDRUCK: KURZE MONOLOGE

1

Der Kern
Wir müssen stärker sein als die Welt, will sagen: Wir mögen die Welt mit unseren Gedanken durchdringen, nicht uns ihr beugen oder anpassen.

Innere Wirklichkeit ist keine Willensfrage, ihr Gehör zu schenken aber wohl.

Was genau interessiert an einem Menschen?

Wie er sein Leben bewältigt, wie er seinem Leben begegnet, wovon er sich mental ernährt, wie er aus seinem Dasein einen mentalen Gewinn herausziehen kann.

Die Kraft im Kern – kann sehr groß sein. Man sieht es einem nicht an. Nahestehende können es einschätzen, wenn sie wissen, wie er lebt.

Einer, der sich mit fast nichts und niemandem mischt, verfügt über diese Kraft. Er wird sich mit dem Leben versöhnen.

Andere wiederum:

Wie sehr sich einer angepasst hat an sein Umfeld, da zu lange kein korrigierendes Ereignis eingetreten ist, zu lange kein rettendes Licht am Horizont auszumachen war und er dann allmählich vergessen hat, dass es ein Licht gibt ... ist eine traurige Geschichte.

Schaue deine innere Wirklichkeit, immer.

Wenn man sagt, man wolle nahe dran sein am Leben, dann meint man damit doch das Nachdenken über andere.

Wie soll man am Leben nahe dran sein, wenn man an Gegenstände denkt?

Leben definiert sich über das Verhältnis zu anderen, oder besser an der *Reibung* an anderen.

Darum:

Rousseau, *Bekenntnisse*. Der Titel ist problematisch. Kein Mensch braucht vor der Menschheit Geständnisse abzulegen.

Sich reiben an anderen, nicht sich unterzuordnen oder zu entschuldigen, verlangt ein Wissen um sich selbst.

Sitzt eine gutaussehende Frau in einem Kaffee mit aufgedonnerter Frisur. Wie eine Wildkatze schaut sie umher. – Solange sie integer ist, ist nichts verloren. Integer? Wenn sie sich einen inneren Reichtum entwickelt, sich Bilder bewahrt hat.

Über das, was einen berührt oder nicht berührt
Man kann dazu vielleicht so viel sagen:

Was uns berührt, geht uns etwas an, wir wollen es um uns haben.

Was uns nicht berührt, verstehen wir nicht, es geht uns nichts an.

Kunst ist es nun, unser Leben so zu steuern, dass wir wenig mit Dingen zu tun haben, die uns nicht berühren, und oft Zeit haben für jene, die uns etwas angehen.

Unsere Lebensqualität hängt von diesem Mischverhältnis ab.

Wenn uns nun gar nichts berührt, dann können wir tun und lassen, was wir wollen – es ist alles dieselbe Öde.

(Nur – die reine Öde gibt es selten. Hinter jeder funkelt irgendwo ein Licht, immer.)

Sich nichts durchlassen, nichts gelten oder zulassen, das man nicht *verantworten*, vertreten kann. Das ist ein Leitsatz fürs Leben, auf eine einfache Formel gebracht. Er bewahrt uns vor vielen überflüssigen Produktionen, vor vielen Leerläufen und unangenehmen Situationen im Beruf, in persönlichen Beziehungen.

Auf uns selber angewendet, in unserem Denken und in unserer Arbeit, verhindert er Scham, Zweifel und Inkompetenz – aber auch eine gewisse Lockerheit und Großzügigkeit.

Was man verantworten kann?

Das, was man ohne Zweifel und Zögern annimmt und vertritt. Das, was man als für sich richtig, geeignet und dem eigenen Niveau entsprechend empfindet.

Es kommt weniger darauf an, auf vielen Gebieten viel zu wissen, denn *Übersicht* zu gewinnen aufgrund eines bestimmten Wissens; eine Übersicht, die weniger aus dem Wissen resultiert denn aus dem Zutrauen in sich, aus der Einreihung der eigenen Person in eine bestimmte Stufe der Gesellschaft.

Wer etwas gut findet, gibt sich damit das Recht, es gut zu finden. Recht ist etwas, das nur du dir zugestehst. Recht kommt nie von außen (außer jenes, sich über andere hinauszuheben). Dasselbe gilt für Fähigkeiten. Du hast so viel Macht, wie du dir zugestehst ...

Vogelperspektive
Man muss das Beschäftigtsein der Leute nicht verachten. Es gehört wesentlich zu dem, was wir das Unveränderbare nennen, das es anzunehmen gilt. Es ist Teil des menschlichen Daseins und nicht wenige sehen in ihm den Sinn ihrer Existenz und Lebensinhalt, den ganzen Sinn menschlichen Daseins überhaupt. Dies wiederum kann man verachten. Denn das Beschäftigtsein ist nicht das Leben oder nicht das ganze Leben. (Dies wird mancher einsehen, nur weiß er es nicht zu ersetzen mit etwas ihm Gültigem.)

Lebt man nicht (tiefer, intensiver), wenn man das Leben unter sich zu sehen vermag, mit einer gewissen Distanz, wenn man seinen Standpunkt erwägt, das Verhältnis seines Innern zum Äußeren immer wieder neu definiert, seine Existenz grundsätzlich hinterfragt? Dazu muss man sich *innerlich* vom Beschäftigtsein, vom Weltentreiben lösen. (Äußerlich ist dies kaum möglich und unnötig.) Man muss wissen wollen, wer man eigentlich ist.

Dieses Wissen-Wollen verschafft innere Freiheit. Geht es nicht genau darum, wenn wir von Leben reden? Um das Ausbauen von innerer Freiheit, von innerer Distanzierung bei äußerer Nähe? Geht es nicht darum, wenn wir sagen, dass wir das Leben lieben?

2

Der Wille zum Ausdruck
Um kreativ zu sein, muss man sein Herz in Ordnung halten. Klare Verhältnisse sind die Grundelemente, auf die man bauen kann.

Auch wenn man nicht immer Zeit hat für die Produktion, ist doch sie allein, was zählt.
Du musst deine Arbeit tun, solange du lebst. Wenn du nicht mehr lebst, kannst du sie nicht mehr tun.

Vom Gefühl für das Herz der Dinge reden wir, wenn wir vom Zweck unserer Arbeit reden, von unserem Werk und dem, was wir darin zu erreichen suchen, anzutreffen hoffen.

Der untrainierte Geist mag nicht mit sich allein sein. – Untrainiert worin? Im Alleinsein. Ein solcher Geist kann auch nichts Eigenes sagen. Das Eigene erwächst aus dem Alleinsein, der Isolierung gegenüber Einfluss.
Wenn du als Musiker, Schriftsteller, Künstler dich mit der Arbeit anderer beschäftigst, riskierst du das Verblassen deiner eigenen Stimme. Du sollst verweilen in deinen eigenen Gedanken. Das Einzige, das dich beim Verweilen bei dir selbst nicht stört, ist die Natur, ein Ort, das Wetter. Das Zusammensein mit anderen, Gespräche, Termine, der Geldverdienst verhindern deine Arbeit. Als Künstler bist du ein Einzelgänger, nicht unfreundlich oder abweisend, aber innerlich unabhängig, in dir gefestigt und gerne allein.

Nicht bei Montaigne, sondern in mir selbst finde ich alles, was ich dort sehe, sagt Pascal.

Es ist gut, die Gedanken von Montaigne, Pascal, Spinoza oder Nietzsche nachzulesen, sie zeigen auf, worüber sie nachdachten. Für dich aber besser ist es, der eigenen Wahrnehmung Form zu geben während deiner Zeit. Du tust so nichts anderes, als was sie schon getan haben.

Sehnsucht ist der beste Komponist. Aus der Entsagung heraus kann man sehen, nämlich, dass es darum geht: das Unveränderliche anzunehmen und es zu bejahen, und dass wir dann gelebt haben, wenn uns die Sehnsucht eine Arbeit diktiert.

Wer sich unbezeugt lässt, hat dafür Gründe:

1. Er ist bescheiden. Er findet es nicht nötig, sich zu bezeugen, da es, wie er meint, niemanden interessiert und in seinen Augen eine Bezeugung seiner selbst eine Anmaßung ist.
2. Er ist vorsichtig. Er will sich schützen, keine Angriffsfläche bieten. Wer sich bezeugt, legt sich offen dar, im Richtigen sowie im Irrtum.
3. Es kommt ihm nichts in den Sinn.

Ausdrücke wie *Unterwegs zum Werk* oder *Alles ist Werk* zeigen, dass das Leben einer Arbeit vorausgeht, dass eine Arbeit eben nicht getan ist in einem raffinierten Konstrukt, das mit dem eigenen Leben gar nichts zu tun hat, sondern Dokumentation ist von dem, was man im Alltag erlebt. Wenn man nun aus täglichen Beobachtungen einen kleinen Schluss ziehen kann, dann ergibt sich das, was man unter den oben genannten Sätzen versteht: das Werk. Es ist eine gedankliche Auseinandersetzung mit dem, was einem fortdauernd vor Augen geführt wird.

Zu wachen, das ist unsere Aufgabe, hinauszuhorchen; und nicht ein Gedankengebilde zusammenzuschustern. Damit gehen wir bereits wieder zu weit, sind wir zu sehr beim Vermuten, Abwägen, Kombinieren, Glauben, sind wir zu sehr in uns verhaftet.

Zu wachen und dann zu wissen: Da ist ein klarer, richtiger Gedanke, der sich konsolidiert und Berechtigung hat.
Alles andere ist Diebstahl am Leben.

3
Was du hineingibst und was andere hineingeben
Man soll den Ball stets zurückspielen. Aber man muss nicht alles gleich frei Hand hergeben. Der den Ball dir zuspielte, tat es auch nicht. Den Ball zurückzuspielen entspricht einer Grundregel von Anstand und Respekt; es ist eine einfache Regel, aber die wenigsten haben sie begriffen.

Gib grundsätzlich alles! Jenen aber, die nicht zu geben bereit sind, die den Willen zur Verbindung nicht haben, gib nichts.

Wer andere geringschätzt, ist fast immer selber Opfer von Geringschätzung.
Man macht sich keine Freunde durch Erziehung. Freunde hat man, wenn man sie liebt. – Du armer Tropf. Hast nie begriffen, was das heißt: am Menschen Freude zu haben. Ihn verachten, dies konntest du. Die Härte mit Milde zu kompensieren wäre eine Lebensaufgabe gewesen. Wir leben, dies muss man doch einsehen, nicht, um zu brillieren, aber um lieben zu lernen.
Siehe, welches die verbissenen Gesetzesmacher sind: Sie litten unter einem strengen Vater oder einer strengen Mutter, auch Gesetzesmacher. So viel zur Entwicklungsfähigkeit mancher Leute. „Er ist halt ganz der Vater", sagte letzthin einer. „Ja, leider hat er es nicht weiter gebracht."

Orten ein Denkmal zu schaffen, ist eine schöne Aufgabe. Man kann sie mental durchdringen und so für sich gewinnen. Schreibend nähert man sich der Welt, indem man die Welt beschreibt.
Menschen ein Denkmal zu schaffen ist – schwierig. Es wird als Anbiederei missverstanden oder als Charakterschwäche.

Man nimmt in der Welt jeden, wofür er sich gibt: aber er muss sich auch für etwas geben. Man erträgt die Unbequemen lieber, als man die Unbedeutenden duldet.

Diesen Satz von Goethe kann man heute auf eine kurze, griffige Formel bringen:

Wer etwas anstößt, ist im Netz präsent. Wer nicht im Netz präsent ist, stößt nichts an.

Noch Fragen?

Auf einem Gebiet etwas können ist das eine; ein Projekt *mittragen* etwas anderes. Wo Gleichgültigkeit, Bequemlichkeit oder Egozentrismus sich mit Talent verbindet, gibt es keine Zukunft. Zukunft hat, mit oder ohne Talent, wer über Durchhaltewillen, den Willen zur Zusammenarbeit oder den Willen zum Gelingen verfügt.

Ob das Produkt einen Wert hat, ist nicht die Frage. Ob der Wille dazu vorhanden ist – das ist das Entscheidende.

Kritik, mit der eine Absage einhergeht, ist für die Füchse. Du kannst sie ruhig ignorieren. Kritik, die eine Zusammenarbeit anstrebt, ist etwas ganz anderes. Du sollst genau hinhören. Denn sie baut auf, fördert, will etwas entstehen lassen. Erstere ist nur ein Vorwand für Bequemlichkeit.

„Wir würden vielleicht und man könnte ..." ist das Vokabular von jenen, die weder wollen noch können. Aber da sie Angst haben, zu sagen: „Nein. Wir werden nicht und wir können nicht ...", was zur Klarheit einer Situation beitragen würde, wagen sie den definitiven Schnitt nicht zu machen. So viel zur falschen Freundlichkeit. Der definitive Schnitt wäre echte Freundlichkeit.

Elitismus

Man darf sich schon über andere hinwegsetzen, wenn man etwas *sieht*, was die anderen nicht sehen. So der Fall bei Nietzsche. Jene, die es tun, weil sie meinen, etwas darzustellen in der Gesellschaft, „wichtig" zu sein, kompensieren damit entweder

Hässlichkeit, Impotenz oder ein eingeschränktes Denkvermögen. Früher machte man dafür eine strenge Erziehung verantwortlich (Kirche, Schule, Eltern), aber heute, bei den ab den 60er-Jahren Geborenen, kann man dafür nur die Person selber verantwortlich machen. (Von einigen Ausnahmen abgesehen, die eine schwierige Kindheit hatten.)

Dies will nun nicht sagen, dass man sich für nichts einsetzen soll. Natürlich soll man das, so gut man es weiß. Es geht nicht darum, Ehrgeiz zu verpönen.

Wir reden hier von Elitismus, vom festen Glauben daran, zu einem kleinen Kreis der Besten zu gehören, besser zu sein als andere. Wohin dieser Glaube führt, ist nicht schwer zu begreifen: In eine immer kleiner werdende Welt, in die unproduktive Isolation und Einsamkeit.

Dass man das Angebot einer Zusammenarbeit ausschlägt, hat weniger mit der Sache zu tun als mit den Personen, die in sie involviert sind. Denn damit, dass sie dir ein Angebot machen, verlangen sie, dass du einer von ihnen wirst. *Sie wollen dich ihresgleichen wissen.*

Ein solcher Anspruch ist in einigen Fällen eine Zumutung.

Ob man jemanden erträgt, hängt von der eigenen Disponibilität ab. Die wiederum hat mit körperlicher Energie zu tun und variiert. Es kann demnach sein, dass man jemanden nicht erträgt, nur weil es an der eigenen körperlichen Energie fehlt. Und so geht es mit allem, das eine Empfindung, eine Reaktion unsererseits abverlangt. Unsere Disponibilität entscheidet, ob wir etwas an uns heranlassen oder nicht.

Du erklärst ein Problem, einen Sachverhalt. Der andere entgegnet: „Ja, aber vergiss nicht ... du musst auch sehen, dass ..." Er geht davon aus, dass du die Realität nicht siehst, dass du aus einem falschen Blickwinkel heraus argumentierst.

Was kannst du tun?

Nichts mehr sagen. Still deine Entscheidungen treffen. – Es gibt den falschen Blickwinkel nicht.

Das Problem ist: Eure Blickwinkel sind und können nicht deckungsgleich sein. Die Unstimmigkeit, das Missverständnis liegt darin, dass du für dich nie dasselbe gutheißt, wie was ein anderer für dich gutheißt.

Angemessenheit

Die Unfähigkeit zur Angemessenheit kann Herd größten Leids sein.

Biedermänner. Einige davon sind in der Politik zu Hause. Ein Biedermann hat einen beschränkten oder gar keinen Zugang zum eigenen Ausdruck. Aber sein Ego ist so stark, dass er sich nicht dafür zu schade ist, obschon er nichts Eigenes zu sagen hat, als Meinungsbildner aufzutreten.

Visionär zu sein in der Kunst führt zu *persönlich* höchsten Resultaten.

Van Gogh, Cézanne haben es gezeigt. Ihre Glaubwürdigkeit ist maximal, bewegt sich doch ihre Tätigkeit in dem für ihre Person Angemessenen.

Visionär zu sein in der Politik – ist genaugenommen nicht möglich. Man kann keine Vision haben für alle. Es grenzt an Größenwahn oder zeugt von einem romantischen Menschenbild.

Lenin ist darum eine sehr geschichtliche Figur. Einem, der heute eine ganze Gesellschaft umkrempeln muss nach seinen Überzeugungen, könnte man sagen, fehlt ein letztes Körnchen Weisheit – oder er muss einen Übergriff rächen.

Nochmals: Man unterschätze die radikalisierende Wirkung eines erlittenen Übergriffs nicht.

Wenn alles darauf hinweist, dass man sich, statt dem kulturellen Leben, dem sozialen, politischen Leben widmen soll, dann tut man gut daran, sich nicht dagegen zu wehren, sondern sich darin *einzurichten*. Es erspart unnötigen Energieverbrauch durch Ungeduld und ermöglicht Ruhe und Gelassenheit.

Die Schwierigkeit des Entscheids zwischen „Träume verwirklichen" oder „Sich-in-seinem-Denken-bequem-Einrichten": Man muss zuerst Träume haben – sie zu verwirklichen, ist dagegen ein kleiner Schritt.

4

Intuition
Über das, was ihm möglich und nicht möglich ist, weiß jeder für sich am besten Bescheid. Seine Aktionen, die er aus diesem Abwägen ableitet, sind denn auch für Außenstehende kaum nachvollziehbar. Er aber weiß genau, warum er gerade sie tut und keine anderen.

Intuition fängt dort an, wo gesichertes Wissen aufhört. Gesichertes Wissen ist in fast allen Bereichen, in der Politik, in Gesellschaftsfragen, in der Wirtschaft und der Wissenschaft, limitiert vorhanden. Zukunftsprognosen entbehren generell sicheren Wissens. Niemand weiß, wohin wir gehen. Was ist Intuition? Ein Gefühl für das Richtige. Was das Richtige für jeden Einzelnen ist, fühlt nur er selber. So kommt es, dass Wissenschaftler oder Philosophen zugleich Vertreter abstruser Verschwörungstheorien sind. Sie glauben an etwas, das sie intuitiv für richtig, für wahr halten, und sie vertreten ihre Ansicht mit Vehemenz. Dasselbe tun Politiker oder Gläubige. Sie alle folgen ihrer Intuition, da gesichertes Wissen fehlt. Man kann sagen: Die Welt funktioniert aufgrund intuitiver Entscheidungen, sie folgt einzelnen Meinungsbildnern, die intuitiv entscheiden. Die Menschheit bewegt sich in gefühlsmäßig als richtig empfundenen Strömungen. Ist dies gefährlich? Es kann gefährlich werden. Die Geschichte zeigt es. Aber es besteht die Wahl nicht, ob wir unserer Intuition folgen sollen oder nicht. Wer seiner Intuition nicht folgt, ist orientierungslos und manipulierbar. Intuition hilft uns zu überleben.

Wir sollen uns aber nicht wundern, wenn sie bei den einen ein bizarres Weltbild generiert. Das Richtige ist für den einen, was für den anderen etwas offensichtlich Falsches bedeutet. Das Richtige liegt für jeden immer woanders.

Man kann, zum Beispiel in einer politischen Frage, Argumente für oder gegen etwas so ausgewogen auflisten, dass eine Entscheidung aufgrund der Argumente kaum möglich wird. Irgendwann muss man aber eine Entscheidung fällen. Eine solche kann nur aus der Intuition heraus geschehen (da die Argumente pro und kontra sich aufwiegen). Für eine intuitive, an ein Gefühl gebundene Entscheidung kann vordergründig Gewichtsloses und Unbedeutendes plötzlich sehr gewichtig sein: die Mimik, die Körperhaltung, die Glaubwürdigkeit der Person, welche die eine oder andere Seite der Sache vertritt. Das Wissen, die Gewichtung der Information zu dieser Frage spielen dann keine Rolle mehr.

5
Wer Unrecht hinnimmt, begeht selber Unrecht.
Was sich in der Welt abspielt, zeigt: Der Mensch ist kein soziales Wesen. Er denkt an sich, vielleicht noch an seine Sippe. Dann beginnt sein Machtgebaren. Wir reden von globalem Denken, dabei will jeder sich selber retten. Einer, der wirklich global denkt, müsste Kommunist sein. Gibt es für heutige Verhältnisse einen weltfremderen Begriff? Wer „wir" sagt und dabei Abspaltung und Abgrenzung meint, wird erlittenes Unrecht vergelten wollen. Das Wort Entwicklung, auf die Menschheit bezogen, ist fragwürdig.

Wenn sich einer zurückzieht, um sich um das Seine zu kümmern, dann ist er genau dort, wo jene sind, die ihn zum Rückzug bewegt haben: bei sich. Nur immer bei sich. Das Problem: Man kann sich nicht von sich selber zurückziehen. Auch wenn sich einer für die Welt einzusetzen scheint, setzt er sich doch primär für sich und seinesgleichen ein und nimmt für ein persönliches Gelingen Rückschläge für andere in Kauf. Er kann nicht anders. Sein Wille zum Leben macht dies mit ihm.

Woher es kommt, dass einer seine ganze Energie dafür einsetzt, einen finanziellen oder persönlichen Verlust (in der Familie) vergelten zu wollen? Radikale Haltungen entsprechen im Mindesten der Energie des Schlages gegen die Sippe oder gegen die Person. Was sonst, wenn nicht solche Schläge generieren eine radikale Haltung? Die Sippe oder die Person muss überleben.

6
Schicksalsschläge
Hätte Lou von Salomé Nietzsche geheiratet, wäre er uns als Denker und Schriftsteller länger erhalten geblieben. Sein Größenwahn erwuchs aus der Einsamkeit, vielleicht wusste er um diese Gefahr. Sie hat seinen Heiratsantrag abgelehnt.

Hätte der Artemis Verlag Hohls *Notizen* gemäß der vertraglichen Regelung veröffentlicht, wäre Hohl produktiver geblieben. Sein Werk wäre umfangreicher. Der Artemis Verlag veröffentlichte nicht, Hohl musste neun Jahre lang prozessieren.

Wir sagen heute, dies seien Schicksalsschläge. Aber genaugenommen ist es so nicht wahr.

Es waren *Entscheidungen*, die jemand fällte und die das Leben eines anderen beeinflussten. Wenn man in diesen beiden Fällen von Schicksalsschlägen redet, dann schwächt man damit das in ihnen enthaltene aggressive, eingreifende Moment ab und delegiert es ins Nirgendwo.

Wir tun gut daran, über solche Entscheide im eigenen Leben nachzudenken.

Man kann sie in der Regel sofort benennen und man kann auch sagen, ob man zu jenen gehört, die gegen etwas oder jemanden entschieden haben, oder zu jenen, gegen die entschieden wurde.

Ich entschied damals, ich gehe nach La Capte trotz des Regens. So haben wir uns getroffen.

Du entschiedest damals, du gehst auf einen Spaziergang in die Stadt. So haben wir uns getroffen.

Entscheidung und Wirkung, Zufall und die daraus resultierende Weichenstellung – verwundert es, wenn ob dieser Zusammenhänge einige von Fügung, von Vorsehung, von Schicksal reden?

7

Von einer Gefahr
Wer es zu etwas bringen will auf einem Gebiet, muss sich sehr darauf fixieren, sich hineingeben für längere Zeit.

Wenn nun diese Zeit unbeschränkt ist und wir uns ohne Hindernisse und Verpflichtungen ganz an die Sache hingeben können, kann es sein, dass die Außenwelt für uns an Bedeutung verliert, dass wir sie verkleinern und aus unserem Gesichtsfeld verbannen.

Gefährlich wird es dann, wenn wir diesem Kontaktabbruch zur Außenwelt zusagen, wenn uns nichts mehr warnt und daran erinnert, dass auch wir zu ihr gehören.

Es ist ein Versteigen möglich, sodass sich kein Rückweg mehr findet, dass es ein Zurück in die Außenwelt nicht mehr gibt – weil wir dies auch nicht mehr *wollen*.

Die Fähigkeit zum Exzessiven ermöglicht eine herausragende Leistung. Die gleiche Gabe aber kann ins Abseits führen, wenn wir uns nicht bremsen und warnen lassen. Was bremst und warnt uns und hält uns davon ab, verrückt zu werden? Unser Wille zur Gesundheit.

Nicht mehr gesund ist einer dann, wenn sein Sensorium ihn nicht mehr zur Welt führt, sondern nur immer zu sich selber.

8

Arbeit und Leistung
Ob einer wichtig ist, ob er im Beruf etwas erreicht hat, ist nicht die Frage. Wenn der Motor seines Tuns das Sich-Abheben-von-anderen ist, bleibt es klein. Das zu tun, was dir dein Herz abverlangt, ist deine Aufgabe. Du wirst dich nicht im Verhältnis zu anderen definieren, sondern über die Frage, ob du auf der Höhe deiner Arbeit, ob du ihr treu bist.

Um Geld zu verachten oder es als unwichtig zu taxieren, muss man es verdienen und haben. Es lohnt sich nicht, Armut zu riskieren; sie verbiegt und reduziert den Menschen ins Kleinliche, Erbärmliche, Elende und macht ihn lebensuntüchtig. Sie verhindert und vernichtet sein Potenzial.

Wer keine Möglichkeit hat, Armut zu überwinden, wird gezwungen, seine Talente zu verschwenden.

Das andere Elend, die Talentlosen, die sich im Reichtum langweilen, seien hier nicht weiter erwähnt.

Man soll auch eine einfache Arbeit mit Sorgfalt und in Würde ausüben. Falschspielerei, das Tun-als-ob, das Mehr-sein-Wollen, der Einzelne, der nicht zu dem steht, was er ist, sind das Übel, nicht die Beschaffenheit der Arbeit.

Innere Wirklichkeit kann auch ausmachen: der unumstößliche Drang, sich auf keinen Fall unter dem eigenen Wert zu verkaufen. Die Frage ist einfach: Welcher Wert?

Ein anderer kann deinem Leben keinen Wert geben; Wert gibst du dir, wenn du aufrichtig arbeitest.

Respekt

Er hat seinen Weg gemacht, sagt man. Ob er aber *mental* einen Weg gemacht hat, bleibt offen.

Seine Abhängigkeit merkt man ihm an seinem ständigen Reden von sich selbst an. Immerfort kreisen seine Gedanken um das Verurteilen anderer und um Eigenlob. Entweder fühlt er sich überlegen oder er zeigt Bereitschaft zur Unterwerfung. Das Sich-Messen-mit-anderen ist Motor seines Denkens. Vergessen wir nicht:

Der Wettbewerb ermöglicht uns kaum Souveränität, aber der Instinkt für das Richtige.

Und schlussendlich will er sich als Respektsperson behandelt sehen. Diese Form von Hochmut – und Hochmut ist es – entspringt dem beinahe blinden Drang, jemand zu sein vor der Gesellschaft.

Aber es kommt nicht darauf an, jemand zu sein vor der Gesellschaft. Es kommt darauf an, vollumfänglich gutheißen zu können, was man tut; so kann man zu sich stehen, so respektiert man sich selbst. Und dieser Respekt ist echt.

Schlechte Vorbilder, mangelnde Referenzen, falsche Leitlinien, überflüssige Ziele.
Gegenmittel?
1. Dass man es merkt.
2. Man kultiviere sich eine schöne Sehnsucht. Das verfeinert.
Denn nochmals: Was genau heißt Arbeiten? – Einen Gedanken zu fassen, vielleicht auch zwei. Darunter geht es nicht.

Warum ich immer von Leistung rede?
Weil das, was gängig als Leistung gilt, keine Leistung ist. Warum begreift man das nicht?
Wer wirklich etwas leisten will, muss zuerst gründliche Vorarbeit leisten:
Erkenne dich selbst, erforsche deine Talente! Erst dann weißt du um die Stoßrichtung einer für dich *ernsthaften* Unternehmung. Dort fängt Leistung an.
Das andere ist – was weiß ich? – Sicherheit, ein ruhiges Leben, ein Einkommen, Beschäftigtsein, Legitimität vor der Gesellschaft.

In der Schweiz
Der frisch gewaschene Wagen vor einem Gedanken. Die Langeweile vor einem persönlichen Engagement. Alles ist gepützelt, überreglementiert, übervernünftig. Hier ist nichts mehr zu machen, es gibt keinen Spielraum, keine Entwicklungsmöglichkeit mehr – man ist lebendig begraben.

Und dann rennen immer alle. Vom Fitnesscenter zum Arbeitsplatz, vom Arbeitsplatz in die Einkaufszentren oder in die Abendschulen. Die Schweizer, sie rennen um ihr Leben.

In Frankreich rennt keiner. Es ist auch nicht elegant, das Rennen, und nicht souverän. Das wissen die Franzosen. Aber der

Schweizer rennt und meint, er sei damit zuverlässig, seriös, arbeitsam – aber es rettet ihn nicht – auf dass er es doch begreife – nicht als Mensch, im Menschsein!

Als Mensch rettet ihn die Einsicht, auf der Erde nur für *kurze Dauer Gast und nie auf der Höhe seiner Zeit zu sein*. Die Zeit eilt ihm voraus. Es nützt nichts, wenn er rennt. Er bemühe sich darum, eine Arbeit zu formulieren und einen Blickwinkel darzulegen.

Von dem, was einer erreichen kann
Dies hängt nur von ihm ab, von seiner Einstellung zum Leben – und nicht von seiner Ausgangsposition, seinen Vorlagen vererbter oder angeschulter Natur. Diese können ein Vorteil sein für seine Positionierung in der Gesellschaft.

Die Rede ist hier von etwas anderem, von dem, was einer aus sich macht – *mittels Gedanken*.

(Die Gefahr ist: Er bleibt irgendwann stehen, geht nicht mehr weiter, meint, er sei ein gemachter Mann. Dabei fängt nun das Aus-sich-etwas-Machen erst an.)

Das Leben ist lang, es lohnt sich, sich darin stabil einzurichten.
Ein Satz, so oder in ähnlicher Form irgendwo bei Kurt Guggenheim gelesen. Was meint er?

Redet er von stabilen finanziellen Verhältnissen? Befürwortet er ein Streben nach Gelderwerb?

Oder meint er Profilierung, Positionierung, das Erarbeiten einer Haltung? Redet er von einer „Schärfung der Sinne"?

Wann ist der Mensch auf der Erde richtig angekommen?

Wenn er sich und seine Familie ernähren kann? Oder wenn er weiß, was seine Talente sind?

Wenn Sie mich fragen, dann meint er das Zweite – aber jeder muss sich selber eine Antwort geben, für sein eigenes Leben.

Vielleicht meint er ja – in gut schweizerischer Manier – beides?

Nur – wer fühlt sich beidem zugleich verpflichtet, dem Gelderwerb und der inneren Entwicklung? Wer hat *dieses* Talent?

Selbstbetrug
„Keine Zeit, keine Zeit!", sagte er. Hätte er nicht besser gerufen: „Keine Ideen, keine klaren Gedanken!"

Selbstbetrug ist leicht zur Hand. Er entlastet zum Erträglichen – allerdings nur temporär und vordergründig.

Aber man mag ihm noch lange zurufen: „Wach auf! Hör endlich auf, deine Zeit zu verschwenden!" Wenn er doch nicht weiß, wozu und wie er seine Zeit nutzen soll. Seine Krise aber hat ihren Ursprung in diesem Unwissen.

Man kann nicht etwas nicht tun und später meinen, es gebe eine *Abkürzung*. Man reihe sich ohne Mühe ein in eine Stufe, die andere lange erarbeitet haben. Es ist dies nicht möglich.

Man hat es nicht getan und Punkt.

Man weiß darüber nichts und muss auch nicht so tun, als wisse man etwas.

Es gibt auf keinem Gebiet einen schnellen, mühelosen, kürzeren Weg. Welche meinen, es gebe ihn, unterschätzen den Umfang einer Sache oder nehmen sie nicht ernst.

Man kann davon ausgehen, dass es ihnen überhaupt an Ernsthaftigkeit mangelt.

Und dann sagen sie, sie arbeiten viel, täglich, über Wochen, viele Jahre. Dabei werden sie alt. Aber sie arbeiten gar nicht. Sie bringen ihre Zeit durch. Sie legitimieren dies mit dem Salär, das sie dafür kassieren, oder mit einem guten Ruf.

Aber ein Salär oder der gute Ruf können nicht darüber hinwegtäuschen, dass sie einer leeren, unmotivierten Beschäftigung nachgehen.

Die echte Arbeit entsteht in der Person selbst; das Schwierige ist nur, den Zugang dazu zu finden. Wer aber den Zugang gefunden hat, nennt eine entlohnte Beschäftigung nicht mehr Arbeit.

Und schließlich geben sie damit an, was sie im Job alles erreicht haben, dabei sind sie die größten Langweiler geblieben. In eigener Sache ans Limit zu gehen, das ist etwas. Im Job kann man das nicht. Es gibt dort kein eigenes Limit. Aber wenn man nicht einmal weiß, was das ist, die eigene Sache ...

An der Leere hat inzwischen niemand Arbeit getan. Sie zu füllen ist unsere Aufgabe – und es ist nicht die schlechteste.

9
Moral

In einer Zeit, in der Abgrenzung und Intoleranz mehrheitsfähig werden, wird von uns eine klare moralische Haltung gefordert. Man soll unaufhörlich entscheiden, wo man zusagt und was man ablehnt. Abgrenzung kann der Welt nichts geben, sie baut nicht auf.

Wir aber können und sollen wachsam sein, in unserer Haltung, in unserer Gesinnung, in unserer Moral. Wir müssen unbestechlich sein, in jeder Sekunde.

Man soll sich in einen anderen einfühlen können, um zu wissen, was man ihm zumuten kann und was nicht. Es geht nicht darum, ihn auszuhorchen, um mit einer Lektion in Moral oder Besserwisserei nachzudoppeln.

Das Erste hat mit Respekt zu tun, das Zweite ist eine Frechheit.

Moralisches Empfinden kommt nicht aus dem Ressentiment, aber aus dem Willen zu retten. Der Wille zu retten ist an sich schon eine moralische Empfindung, wahrscheinlich die stärkste, eine Art Grundlange aller moralischen Empfindungen, die da sind: der Wille zur Suche, der Wille zur Gesundheit, der Wille zur Wahrhaftigkeit, der Wille zur Macht und der Wille zum Widerstand.

Wenn man sagt: „Ich sehe etwas ganz anders", dann meint man damit: Ich *fühle* dies anders. Und dieses Gefühl ist so sicher, dass man ihm nicht mit Argumenten beikommt. Das Gefühl steht über dem Verstand. Oder:

Das Gefühl ist genauer als der Verstand, in etwa so, als eine Melodie genauer ist in Ausdruckskraft als ein Wort.

Diskretion
Einst hat man die Dinge weniger gesagt. Man hat sie gedacht, aber nicht alles gesagt. Heute kommt einer und sagt alles direkt, brutal, ohne Zurückhaltung.

Das Nichtsagen hinterlässt Ratlosigkeit oder Unsicherheit. Das Offenlegen von allem aber generiert ein widerwärtiges Gefühl. Wo alle Tabus aufgedeckt sind, fühlt man sich hilflos. Wo alles auf dem Tisch ist, gibt es keinen Zauber mehr.

Man muss nicht alles beim Namen nennen. Es macht die Welt stillos, nüchtern und nimmt ihr ein letztes Stück Eleganz.

Diskretion ist ein geeignetes Mittel, um der Welt Charme zu erhalten; und damit ist nicht gemeint Versteckspiel und Heuchelei, sondern eine Art Tanzvermögen, das aus Respekt und einem Wohlwollen ersteht.

10
Vom Alter, einem Punker und Widerstand

A: Alt zu werden, nur um *ebenfalls* zu sagen: „Ich glaube an gar nichts mehr", oder: „Ich habe so vieles hinter mir, unter mir gelassen", um die gleichen Erfahrungen zu machen, die bereits andere schon früher gemacht haben, und sie zu bezeugen, lohnt sich dies? Es wurde ja alles schon gesagt, bezeugt – und in einer Form, die überzeugt. Wie will man da noch weitergehen, einen neuen Blickwinkel hinzufügen?

B: Deine *Physis* ist eine andere und gibt dem Ganzen eine neue Note. Und zum Altwerden: Man kann es nicht stoppen, erstens. Und zweitens: Es erlaubt eine Zusammenfassung, einen Überblick und das Herauspicken von persönlichen Höhepunkten. Zudem wird man im Alter sagen können, warum es Höhepunkte waren und was sie in der Tiefe bewirkten.

Nichts ist trauriger als ein Punker, der mit 60 Jahren immer noch nicht begriffen hat (immer noch im Bier liegt, immer noch das Dreschen auf einer verstimmten Gitarre toll findet, immer noch im Schmuddel sich behaglich fühlt, an den Zigaretten, schlimmstenfalls noch an der Nadel hängt). Aber warum sollte er im Alter begreifen, was ihm schon in jungen Jahren abging – eben das Begreifen selber?

Genaugenommen war er nie ein „echter" Punker. Ein echter Punker kappt den Anschluss, glaubt nichts mehr. Ein echter Punker lebt im Widerstand, ist – Philosoph.

Nochmals: Was ist Widerstand?

Das Ablehnen von allem Falschen, Kranken, Geschwätzigen, Gemachten und das Annehmen von dem, was Energie hat, was richtig erscheint. (Widerstand ist nicht: sich betäuben, sich krank machen, sich Energie entziehen, einbrechen, sich zum Opfer machen.) Körperliche Gesundheit ist Voraussetzung, um Widerstand zu leisten, um offensiv zu bleiben, um sein Urteilsvermögen zu schärfen und Zusammenhänge zu erkennen, um Psychologe genug zu sein, *um sein Leben zu vergrößern*.

Agil sein heißt denn auch nicht: sich anzupassen, einen windigen Weg zu finden, sich durchzumogeln, den schlauen und cleveren Opportunisten zu geben.

Sondern: körperlich fit zu sein, um zu wachen, wachsam zu sein, seine Fühler auszustrecken, bereit zu sein für den Widerstand.

11

Im Süden
Geschichte ist auch Heimat; man ist darin gut eingebettet. In Europa fühlt man sich deswegen nie verloren. Viele waren schon hier und haben Spuren und Dokumente hinterlassen. Der Gegensatz dazu ist Kanada. An den Stadträndern fängt dort die Natur an. Das Land hat, nebst der geografischen Weite, keine Geschichte. Dort ist man wirklich allein – und immer der Erste. Menschliche Wärme tut da not.

Die schönen Schiffe, die dezente Musik im Restaurant, das Restaurant selber dienen zur Vergrößerung der Menschen, die sich an diesem Ort aufhalten. Sie allein sind nicht viel: zwei Beine, zwei Arme, ein Torso und ein Kopf. Ihre Umgebung ist bereits außerhalb ihrer Wirkungskraft, dient aber dazu, ihr Weniges größer und wirkungsvoller erscheinen zu lassen. Es schmückt sie.

Wenn der eigene Körper als Mittel zur Selbstdarstellung herhalten muss und nicht mehr primär als Werkzeug zum Leben wahrgenommen wird, dann geht mit dem modischen Ausdruck eine Werteverschiebung einher. Man kann auch sagen: Der Grad an Opferbereitschaft von Gesundheit für den körperlichen Ausdruck entspricht einem Grad an Pervertierungsfähigkeit. Diese Fähigkeit geht entsprechend so weit, als die Sättigung einer Gesellschaft in Wohlstand und Sorglosigkeit erreicht ist und ein mentales Unbeschäftigtsein die eigene Existenz nicht bedroht.

Gerade donnern drei Rafale über die Halbinsel Richtung Syrien. Französische Piloten fliegen ihren Einsatz. Man schaut gegen den Himmel, streicht sich dann ein wenig Sonnenschutz ins Gesicht. Es ist ein heißer Sommer.
– Die Menschheit ist nicht bereit für sich.

Horizonte, Freunde, Horizonte! Bemühen wir uns um Weitsicht. Lesen wir ein gutes Buch, machen wir eine Reise, auf dass wir nicht verkümmern in der Monotonie unseres Alltags. Holen wir Glanz in unser Leben, denken wir großzügig, großräumig.
Denken wir innerhalb der Welt, nicht bloß innerhalb unser selbst. Denken wir in Zusammenhängen, nicht in der Abkapselung.
Vergrößern wir unsere Welt durch unser Wissen über die Welt.
Wirkliche Macht besteht in geistigem Reichtum.

VII.
ARBEIT

1.
INNERE UND ÄUSSERLICHE LEISTUNG

Es kann ja einer nicht weiter gehen als die Welt.

Wenn einer weit gehen will, bringt er eine Leistung zustande, die für andere leicht sichtbar ist: Er besteigt einen Berg oder er spielt gut Tennis; er ist ein Spitzenkoch, er hat es als Pianist weit gebracht oder als Mitarbeiter in einem Unternehmen.

Was aber, wenn einer in der Empfindung, im Denken weit geht? Wo bewegt er sich dann? Für andere ist seine Leistung nicht sichtbar.

Weiß er selber überhaupt um sie?

Einer bewegt sich im geografischen Raum und tut etwas. Seine Leistung ist messbar. Wenn er sich nun im inneren Raum seines Empfindens bewegt, können andere seine Bewegung nur nachempfinden, wenn er sie an Bilder knüpft, die sie kennen. Er muss veranschaulichen, mit überraschenden und präzisen Bewegungen operieren, gleich jenen eines Spitzenkochs, eines Tennisspielers, eines Bergsteigers.

Nur dann ist eine innere Leistung messbar, wenn sie mit Altbekanntem verschwistert wird.

Ein Gleichnis allerdings läuft Gefahr zu banalisieren. Aber verwundert die Vereinfachung um des Verstandenwerdens willen?

Es gibt nichts über die sinnlich wahrnehmbare Welt hinaus, das der Mensch sich vorstellen kann. Seine Vorstellung bewegt sich innerhalb der Bilder, die seine Umgebung ihm liefert. Man verschaffe ihm darum Bilder. Was ist denn der innere Raum des Denkens anderes denn Bildkompositionen, werden nun einige sagen, und empfinden tue ja jeder.

Sie verkennen die Wirklichkeit. Es empfindet schon jeder irgendwie etwas. Die Frage ist einfach, *wie intensiv*. Man nivelliert gerne.

Ist nicht ein Kunstwerk, ein ernsthaftes Werk, eine Bezeugung dessen, dass einer ein bisschen mehr empfindet, dass er im Empfinden weiter gegangen ist?

Der Intensitätsgrad seines Empfindens aber kann im Werk nicht dargestellt werden, so etwas ist nicht möglich; es fehlen Beweise, hört man sie wiederum sagen, konkrete Hinweise, Überraschungseffekte, Bilder.

Wie weit der Urheber gegangen ist, sehr weit oder weniger weit, in seinem Innern, kann ein Außenstehender nicht erfassen. Der Urheber weiß es auch selber kaum.

Was er weiß: Sein Werk hat *Atmosphäre*. Und die wiederum hat zu tun mit seinem inneren Raum des Empfindens und Denkens. Je dichter und intensiver die Atmosphäre, desto mehr hat er innerlich geleistet.

Und da sind wir wiederum bei Begriffen, die man definieren müsste für jene, die sagen, dass sie nur glauben, was sie selber sehen: Dichte und Atmosphäre. Aber hier nun hören wir auf.

2.
DER INNERE RAUM

Größe macht man nicht.

Warum willst und musst du motivierte Sätze schreiben?
Um dem Leben immer näherzukommen.
Wie erreichst du, dass jeder Satz, den du schreibst, motiviert ist?
Du musst als Person dort sein.
Dort? Wo es möglich ist, solche Sätze zu empfangen. Arbeiten heißt: Von dort Sätze herholen.
Und wie kommst du dorthin?
Das ist die zentrale Frage. Wenn nur Mangel an Zeit dich davon abhält, wäre es ein Leichtes, sich einzurichten. Aber es ist eben nicht nur das.

Man erreicht nicht auf verschiedenen Gebieten verschiedene Dichtegrade. Es sei denn, man gibt sich auf einem Gebiet weniger Mühe als auf dem anderen.
Gehen wir aber davon aus, dass sich einer auf allen Gebieten Mühe gibt. Die Dichte in seiner Arbeit ist sich gleich. Alles ist aus einem Guss und passt zusammen.
Es muss dies nicht verwundern, ist es doch ein und derselbe Mensch, der die verschiedenen Arbeiten ausführt.
Es geht also nicht um die Frage, ob einer mehr oder weniger Talent hat auf einem Gebiet. Hat er kein Talent, so hat er es nirgends. Hat er Talent, so hat er es in allem, was er tut (vorausgesetzt, dass es ihm etwas bedeutet).
Vielmehr interessiert, ob er dort ist, wo er einen hohen Dichtegrad erreicht. Dies hat nichts mit Talent zu tun, sondern mit Lebenserfahrung, Erkenntnis, Reife, Einsicht.
Dichte zu erreichen, ist kein Handwerk. Man kann es weder erlernen noch schulen.

Ein hoher Dichtegrad in einer Arbeit oder in verschiedenen Arbeiten ist demnach nicht eine Frage der Übung, sondern der persönlichen Reife, des Charakters.

So kommt es, dass einer, der sich viele Jahre lang Mühe gibt, einen solchen zu erreichen, nie an das herankommt, was ein anderer scheinbar leicht und mühelos hinlegt.

Die Ursache für die Differenz ist in den verschiedenen Persönlichkeiten zu suchen. Ob einer eine Persönlichkeit ist oder nicht, ist eine Schicksalsfrage.

Somit ist die Fähigkeit zur Dichte eben auch eine Schicksalsfrage.

Dies alles will aber eines *nicht* sagen:

Dass man jetzt nichts mehr tue, dass man sich nicht bemühe, trotz der Mühe, eine rechte Arbeit abzugeben. Denn eine rechte Arbeit ist, auch wenn es sich nicht um eine wirklich große Arbeit handelt, immer noch das Beste, was einer im Leben vollbringen kann, und darum Quelle seines Glücks.

3.
SEIN ODER NICHTSEIN

Wenn man bei anderen gewesen ist und sie mit ihren Umgebungen, Gewohnheiten, in ihren notwendigen unausweichlichen Zuständen gesehen hat, wie sie um sich wirken oder wie sie sich fügen, so gehört schon Unverstand und böser Wille dazu, um das lächerlich zu finden, was uns ehrwürdig scheinen müsste.

Ja. Diese Aussage von Goethe ist gewiss wahr.

Nur – manchmal sieht man bei anderen nur große Bedürftigkeit und nichts Festes, Fassbares. Sie treiben dahin im Leben, gehen ihrem Unterhalt nach. Etwas Charakterliches im Denken, in der Auffassung und im Handeln fehlt. Dies muss man nicht lächerlich finden, es kann aber auch nicht ehrwürdig scheinen. Vielmehr ist es traurig – denn es ist eine große Verschwendung von Kräften.

Du sollst deinen Kern nicht verleugnen! Sein oder Nichtsein hängt für dich davon ab. Verleugne das dir Eigene, Charakterliche nicht. Es hält dich am Leben und es schützt dich. Wovor es schützen soll? Vor einem vorzeitigen Tod und nichts weniger! Denn ein Tod ist es, wenn du deine innere Wirklichkeit nicht mehr erkennst und sie wie weggefegt scheint. Von wem weggefegt? Von den Umständen, den Konstellationen und Gewohnheiten, die das Leben an dich heranträgt. Andere versuchen dich, wollen dich ihresgleichen wissen, wollen dich an sich binden. Du sollst dich einbinden, eine Funktion übernehmen und dienlich sein. Aber du bist dir damit unter Umständen nicht nur nicht dienlich, sondern selber größte Gefahr. Denn in der Einordnung, und dies zu unterschätzen ist die Gefahr, wirst du dich allmählich und schleichend verneinen. Du verlierst dich an die Gesellschaft, an die dich umgebenden Konstellationen. Du wirst dich selber verlieren im Arrangement, wenn du dir nicht einen Funken Willen zu innerer Freiheit, Willen zur persönlichen Macht, Willen zu Wahrhaftigkeit bewahren kannst. Vergiss nicht:

Wenn wir Dinge tun, die wir nicht tun wollen (etwas, das viele täglich im Alltag auf sich nehmen, um ihr Leben in Sicherheit und Komfort zu verbringen), dann schwächen wir damit unsere Person als Ganzes. Wir schwächen sie auch in den Bereichen, in denen wir stark sind und die wir tun wollen. Man unterschätze dieses Übergreifen, das Um-sich-Greifen der Schwäche nicht. Denn die Schwäche ist als Kraft stärker als die Stärke. Warum? Weil sie naheliegend ist, weil sie keinen Widerstand erfordert, weil sie sich ohne Anstrengung ergibt. Bequemlichkeit ist des Menschen größte Versuchung und gleichwohl größtes Unglück. Stärke aber erfordert Wachsamkeit. Darum, dir zuliebe, für dich: Bleibe wachsam und vertraue dir! Lass dich nicht entkernen!

Deine innere Wirklichkeit ist etwas, das dich sicher führt, das weiß, was für dich bestimmt ist. Du darfst dich auf dein Innerstes verlassen. So bist du unbestechlich und unbeirrbar. Du willst leben! Die Freude und Stärke dazu sollst du dir täglich, nein, stündlich, unentwegt holen, bei dir selbst. Es ist nicht traurig, aber auch nicht lächerlich, sagen zu müssen am Ende eines Lebens, dass das Leben darin bestand, sich selber treu gewesen zu sein. Wie anders hättest du *deine eigene Bewegung* wahrnehmen können?

Eine eigene Bewegung? Das, was dir die Vogelperspektive ermöglicht, womit wir wieder bei Goethes Satz sind und was dir deine Arbeit, die Richtung deiner inneren Arbeit vorgibt.

4.
DIE HÖCHSTE LEISTUNG

Es ist Zeit, deine Arbeit anzustoßen.

Wann und unter welchen Umständen erreichen wir unsere höchste Leistung?

Das „Wann" fragt nach der *Zeit*. Um etwas zu erarbeiten, um uns mit einer Sache zu befassen, brauchen wir genügend Zeit. Unter Zeitdruck, das heißt, im Rahmen eines vorgegebenen Zeitfensters, können wir unser Bestes nicht leisten. Wir können natürlich etwas erarbeiten in wenig Zeit – viele tun es täglich und müssen es tun –, aber wenn wir von unserer höchsten Leistung reden, dann ist der Druck, das Wissen um ein baldiges Ausgehen der Zeit kontraproduktiv und hindert uns daran, in die Tiefe zu gehen. Zeit braucht nicht nur das Ausführen einer Arbeit, ihre konkrete Umsetzung, sondern, und dies ist wichtig, ihre Vorbereitung. Mit Vorbereitung ist weniger gemeint eine Planung, eine Skizzierung, als eine Einstimmung, eine Art „lustvolle" Disponibilität oder Empfänglichkeit. Eine gute Leistung ist nicht möglich, wenn wir nicht eingestimmt, wenn wir nicht motiviert sind. Diese unsere Disponibilität ist unerlässlich für einen klaren Gedankengang und einen inspirierten mentalen Zustand – sie benötigt, um sich einzustellen, ein Vielfaches an Zeit verglichen mit der Umsetzung der Arbeit selbst. Dies führt uns zur zweiten Voraussetzung.

Welches sind die Umstände, die uns eine Höchstleistung ermöglichen? Es ist dies eine Frage nach dem Ort, der unsere Einstimmung ermöglicht, und nach dem Anreiz für eine Arbeit.

Der Ort für eine ideale Produktion ist nicht irgendwo. Es muss ein Ort sein, der eine Klausur möglich macht. Wir müssen dort *in Klausur gehen* können. Was heißt das? Wir sollen uns vor Ablenkung, vor überflüssigen, der Arbeit abträglichen

Reizen schützen können. Es wird folglich ein Ort sein, der uns einschränkt in unserer Bewegungsfreiheit und uns kanalisiert, nämlich in Richtung auf das zu Leistende. Wenn wir nun also genügend Zeit haben und dabei eingeschränkt sind in den Möglichkeiten, diese Zeit zu brauchen, sind zwei wichtige Grundvoraussetzungen für eine gute Leistung gegeben. Es kommt aber eine dritte dazu.

Was motiviert uns für eine Arbeit, was treibt uns an? Ich gehe davon aus, dass wir hier von Leistung reden, die wir uns selber abverlangen, die uns nicht jemand anders abfordert. Sie ist kein Auftrag von außen. Wir wollen sie erbringen aufgrund eines inneren Drucks. Dennoch soll sie eine Antwort sein. Was meint das? Der Anreiz für unsere Arbeit ist das *Antwort-geben-Wollen* auf die Arbeit eines anderen. Eine höchste Leistung ist isoliert, für sich allein, nicht möglich. Sie will sich messen an der Leistung eines anderen. Es braucht also, für eine gute Arbeit, eine Wettbewerbssituation, einen Kontrahenten, einen Antipoden, einen Gegenspieler, der uns nicht gleichgültig lässt. Was uns gleichgültig ist, verlangt uns keine Antwort ab.

Also ist dieser Gegenspieler uns *ähnlich*. Wir spielen beide auf demselben Spielfeld, nur mit verschiedenen Blickwinkeln. Ich wage zu behaupten, dass nur dank des Vorhandenseins eines Gegenspielers überhaupt Höchstleistungen zustande gekommen sind in der Vergangenheit. Das Uns-messen-Wollen mit einem anderen treibt uns an. Es ermöglicht unsere Positionierung, unsere Profilierung. Die Frage ist, ob wir diesen Antipoden zugeben können, oder ob wir eitel genug sind, ihn zu verneinen. Ich fasse zusammen:

Wenn uns genügend Zeit zur Verfügung steht und wir isoliert sind, uns dabei aber einen würdigen Kontrahenten vornehmen, dem wir eine rechte Antwort geben wollen, dann, und nur dann, ist es möglich, dass wir zu einer Höchstleistung auffliegen, aufsteigen, die uns im Nachhinein ein Erstaunen abringt und die Frage: Wie haben wir das nur gemacht?

5.
DIE GROSSE FELSWAND

Wovor läufst du davon? Von deiner Arbeit, die allein dir guttut, in die Belanglosigkeit, die dich vor nichts mehr schützt.

Deine Arbeit anstoßen kann nur ein innerer Druck. Einen inneren Druck zu haben ist eine Charakterfrage, allenfalls noch eine Frage der Fügung. Eine Frage des Mutes und der Ernsthaftigkeit aber ist es, nicht davonzulaufen.

Du kannst einen inneren Druck haben und dennoch stets davonlaufen. Du läufst davon in eine Beschäftigung mit vielem, aber kaum je mit dem, das dich verwurzelt im Leben. Wird das Resultat deiner Arbeit brauchbar sein? Dein innerer Druck ist abbaubar in etwas ganz Gewöhnliches, etwas, das dem Maß des Druckes nicht gerecht wird. Wie ist so etwas möglich? – Schon wieder bist du woanders. Du läufst davon, noch während du zur Arbeit ansetzt. Darum kann deine Arbeit nicht berühren. Wie wird deine Arbeit echt, sodass sie einen anderen berührt? – Laufe nicht davon. Forsche in dir. Bleibe bei deiner Empfindung. Verharre dort. Auch jetzt.

Man soll bestehen können vor sich selbst.

Voilà.

Das meiste ist Flucht im Leben, fast nichts davon hat Gewicht. Gewichtslos wird einst unser Leben zu Ende gehen. Und immer lag es nur an uns. Täglich, stündlich hattest du die Wahl.

Dein Wort bleibt ohne Bedeutung? Aber du hast einen inneren Druck. Es ist nicht zu vergleichen mit dem, der ihn nicht hat. Er muss nichts sagen. Aber du? Du hast die Spannung, die Eingebung, die Empfindung – und doch kommt alles falsch und unbrauchbar heraus.

Du hast Angst vor dir, das ist es! Du hast Angst, wo du doch vertrauen darfst. Bleibe bei dir. Schaue, wo du stehst; sage, wo du stehst.

Auch wenn man bescheiden lebt, wenn man nichts Großes erreicht hat, soll man bestehen können vor sich selbst. Es gibt keine andere Möglichkeit der Lebensbewältigung.

Soweit die Empfindung. Gebe ihr Gehör. Darin besteht deine Arbeit. Gebe deinem Innern Gehör. Nichts weiter. Nicht irgendwelche abstrusen Erfindungen taugen. Das Beliebige tut seinen Zweck nicht. Was du sagst, soll in dir bestehen. So kann dein Wort etwas sein.

Deine mentale Fassungskraft ist gegeben. Sie mag stark oder gering sein. Du kannst es nicht beeinflussen. Ob du davonläufst, aber schon.

6.
BEKLEMMUNG

Und schon immer hast du gearbeitet!

I. Krise
25. Oktober
Ich lebe nun in der Wohllebgasse an der Schipfe. Ein sehr schönes Quartier, ruhig. Zum Lindenhof hinauf ist es drei Minuten. Die Gasse gefällt mir im Regen besonders, wenn die nassen Pflastersteine glänzen. Noch schöner ist sie in der Nacht. Die Beleuchtung ist schwach, die Pflastersteine schimmern dann dunkel-ölig. In welchem Haus ich genau wohne? Wenn Sie die Gasse hinaufgehen von der Limmat her, ist es das schmale, zitronengelbe Gebäude mit Fenstern zu allen Seiten hinaus. Mein Zimmer befindet sich gleich unter dem Dach.

Ich war Journalist und bin nun Schriftsteller, freischaffend, seit genau drei Wochen. Der letzte Auftrag, den ich für eine Zürcher Zeitung ausführen sollte, hat mich in eine Krise gestürzt. Es ging darum, eine kurze Reportage zu verfassen über die Salzgewinnung und die Austernzucht auf der Insel Ré, die sich vor der westlichen Küste Frankreichs befindet. Ich hatte mich im September für eine knappe Woche auf die Insel begeben, um diese Reportage zu verfassen, aber auch um einige Ferientage zu verbringen. Es gelang mir weder das eine noch das andere. Ich traf mich wohl mit einem Herrn Martin, der mir die Salzgewinnung erklärte. Ich war dafür mit dem Fahrrad zu einer der Hütten neben den Salzfeldern in der Nähe des Städtchens Ars-en-Ré hinausgefahren. Herr Martin bemühte sich sehr, die Arbeitsprozesse aufzuzeigen, und er betonte, wie befriedigend die Tätigkeit auf den Salzfeldern unter freiem Himmel, unter der Sonne sei, sodass dieses Treffen meine Krise, die mich bereits kurz nach dem Überqueren der Brücke von La Rochelle auf die Insel Ré erfasst hatte, vertiefte. Mein ganzer Aufenthalt auf der Insel war gezeichnet durch ein unerträgliches Gefühl der Beklemmung, die ihren Ursprung in der Frage hatte, was eigentlich Arbeit sei, und der Gewissheit, dass ich nicht arbeitete.

Dass man mich nicht falsch verstehe: Eine gute Reportage zu verfassen ist auch Arbeit. Es ist entlohnte Arbeit. Ich konnte mir damit meine Brötchen verdienen. Aber es ist eben nicht eine Arbeit aus einer inneren Bewegung heraus. Es ist kein echter Auftrag. Es ist eine Dienstleistung. Ich habe nichts gegen diesen Typus von Tätigkeit. Aber wenn man *nur* solcher Arbeit nachgeht, was bei mir bis anhin der Fall war, läuft man Gefahr, in eine Krise zu geraten. Man läuft Gefahr, das Leben als sinnlos, als leer zu erfahren. Man steuert selber zum Leben nichts bei. Man lebt und denkt fremdbestimmt, man jagt von einer Tätigkeit zur anderen, in meinem Fall von einem Artikel zum anderen, ohne sich je zu fragen, was man *wirklich* will, wer man wirklich ist.

Ich finde es grotesk, wenn man sich damit begnügt, nur einem Geldverdienst nachzugehen. Man erreicht so keine nennenswerte Tiefe. Man darf Arbeitnehmer sein, ja, aber man muss sich zusätzlich einen eigenen Auftrag formulieren. Wenn man nie einen eigenen Auftrag formulieren kann, hat man nicht gelebt. Es ist dies ein Gedanke, der mir bestechend richtig erscheint. Er beschäftigte mich schon im September auf der Insel Ré unentwegt und gewann dort in einem Maße an Profil, dass ich daraus nach meiner Heimkehr nach Zürich genug Kraft schöpfen konnte, einen Entscheid zu fällen: Ich kündigte meine Anstellung.

Mit meinen Notizen unter dem Arm bin ich heute Morgen zum Lindenhof hinaufgekommen. Es ist ein schöner Herbsttag. Das Laub der Bäume ist bereits gelb verfärbt. Die Sonne scheint. Die Energie des vergangenen warmen, sommerlichen Septembers ist deutlich spürbar. Sogar in der ersten Oktoberwoche konnte man noch im See baden. Ich sitze nun auf einer Bank über der Limmat und sichte meine Blätter, die ich im September auf der Insel Ré verfasst habe und die meine Agonie und Beklemmung deutlich dokumentieren.

II. Insel Ré
10. September

Es war in einem kleinen Restaurant in St. Martin, als die Beklemmung mich erneut erfasste. Ein hellblauer Himmel lag über der Insel. Es war ein sommerlicher, schöner Tag. Ich hatte ein Fahrrad gemietet und war von St. Marie her ins Städtchen gekommen. Es ging gegen 18 Uhr. Ich wollte den kleinen Tisch auf der Terrasse ein wenig nach rechts rücken, damit ich besser Platz nehmen konnte neben der Glastür ins Lokalinnere. Der Besitzer kam sofort auf mich zu und hinderte mich mit einer groben Geste an meinem Vorhaben. Er hielt den Tisch fest, rückte ihn wieder zurück und sagte, es haben andere Gäste problemlos an diesem Tisch, so wie er dasteht, gesessen und gegessen.

Es überraschte mich sein herrischer Eingriff. Ich vermochte mich nicht zu wehren. Er erwischte mich auf dem falschen Fuß, in einem Moment der Schwäche.

Denn, was genau tat ich auf der Insel Ré? – Ich verbrachte einige Ferientage auf ihr. Ich war Gast, ich war Tourist. Natürlich hatte ich noch eine kleine Arbeit zu erledigen: die Reportage zur Salzgewinnung und Austernzucht. Aber das war nichts Besonderes. Es war mein Handwerk, mein Broterwerb. Ich hatte hier keinen Auftrag, außer des Füllens und Verbringens einiger Tage in der Sonne bei lockeren Aktivitäten wie Fahrradfahren, Baden und Essen. Es waren mehr oder weniger sinnlose Aktivitäten, die aber der Sinnlosigkeit meines Alltags zu Hause in nichts nachstanden.

Das war mein Problem: Ich hatte auch zu Hause keinen Auftrag. Mein Berufsleben erfüllte mich nicht. Meine Arbeit war keine Tätigkeit, in die ich mich genügend einbringen konnte. Was mich daran im Besonderen abstieß: Unehrlichkeit und Falschheit im Umgang untereinander, unter Berufskollegen, die in ihrer Tätigkeit genauso wenig einen echten Auftrag wahrnahmen, die aber eine innere Leere glaubten überspielen zu müssen. Einsam und unerfüllt waren sie, genau wie ich. Es war bei ihnen der Arbeitsplatz Fluchtort von einem Zuhause, in dem sie sich langweilten, in dem sie auch privat keinen Auftrag hatten. Sie waren ohne

Auftrag in ihrem Leben. Sie rannten hin und her zwischen sinnlosen Tätigkeiten und verbrachten so in einer Form von Agonie und Leiden ihre Zeit.

Dieser widerwärtige Zustand, er war ja auch der meine, peinigte und quälte mich so sehr, dass mir eine Reise in die Ferne gelegen kam. Als von der Ressortleitung eine Reportage über die Insel Ré zur Sprache kam, sagte ich sofort zu. Ich glaubte mich dadurch von meiner Agonie ein wenig befreien zu können.

Natürlich war diese Reise eine Selbsttäuschung. Ich verbrachte auch hier meine Tage nutzlos. Dieser widerwärtige Zustand tat mir nicht gut. Er schwächte mich umso mehr, als ich nun überhaupt keine Fluchtmöglichkeit mehr sah.

Der Besitzer des Restaurants roch nach Pineau, als er neben mir den Tisch wieder zurechtrückte. Nun machte er eine anzügliche Bemerkung zu einer Dame, die gerade an seinem Lokal vorbeiging, und grinste dabei frech. Ein Grobian, ein Schurke, ein Säufer, ein Ohnmächtiger ohne Auftrag, auch er, dachte ich, ein Langweiler. Er war nicht der Rede wert. Ich verließ das Lokal wortlos. Weiter vorne am Hafen befand sich eine Crêperie. Ich setzte mich und bestellte einen Fruchtsaft. Immer noch war es warm und die Sonne brannte nieder. Meine Beklemmung war unerträglich.

11. September
Ich mietete ein Fahrrad in Ars-en-Ré und fuhr auf die Salzfelder hinaus, um dort Herrn Martin zu treffen, der mir die Salzgewinnung erklären sollte. Dies tat er auch. Er war ein freundlicher Mann, der sich Zeit für mich nahm. Ich konnte mich aber nicht gegen das Gefühl wehren, mit meiner Fragerei einer absolut sinnlosen Tätigkeit nachzugehen. Für Herrn Martin war seine Aufgabe richtig, sie war ihm Auftrag. Unter der Sonne seiner Arbeit nachzukommen, erfüllte ihn. Sie war Teil eines Lebens, das sich in der Natur abspielte und Sinn machte. Ich konnte dies von meiner Arbeit nicht behaupten. Was brachte es, irgendwelche Meinungen und Ansichten, irgendwelche Nachforschungen kundzutun, die vielleicht irgendwer las, vielleicht auch nicht. Was genau brachte

es, über die Salzgewinnung auf der Insel Ré eine Reportage zu schreiben? Salz zu gewinnen auf diesen Feldern machte Sinn. Aber machte es Sinn, es zu beobachten, zu erklären und zu kommentieren? Es war diese Tätigkeit der Pädagogik verwandt. Man bereitete eine Materie auf, um sie nachher zu vermitteln. Aber man war nie direkt mit der Materie verbunden. Man ging sie nur immer anschauen, man ging daran schnuppern, als hätte man Berührungsängste, als hätte man Angst davor, sich konkret zu engagieren. Man beobachtete, was andere taten, wo sich andere einsetzten, ohne sich selber einzusetzen.

Ich hatte Berufskollegen, die sich so weit hinter ihrer Tätigkeit versteckten, dass es unmöglich war, herauszufinden, was sie wirklich dachten. Und es war zu vermuten und zu befürchten, dass sie gar nichts selber dachten. Es war alles im Verhältnis zu ihrer beruflichen Tätigkeit definiert. Was die alles erzählten, um ihren Job zu sichern, um gut dazustehen, um zu glänzen! – Lauter Lügen und Unwahrheiten. Wie konnte einer zu Hause weniger lügen, wenn er den ganzen Tag über am Arbeitsplatz log? – Die Komfortzone musste erhalten bleiben, um jeden Preis. Sie nannten es professionelle Einstellung. Ich fand dieses Verhalten feige und armselig. Es war – wie sollte ich sagen – leblos, unbeseelt, nicht bereit für das Leben. Es war gezeichnet von der Angst vor dem Leben. Es war ein Zeichen der übermäßigen Anpassungsbereitschaft, der Mutlosigkeit und Furcht vor dem kleinsten Widerstand. Es war die Selbstverneinung in ein völliges Nichts hinein. Es war das freiwillige sich Hineinfügen in eine Totenstarre.

12. September
Es kam keine Ferienstimmung auf auf der Insel Ré. Da nützte auch nicht ein schöner Teller Austern oder Crevetten bei einem Glas Rosé in einer der Degustationshütten am Nordufer der Insel. Da nützte auch nicht eine Fahrradtour von La Flotte nach Couarde durch Weinreben und Felder. Es nützte nicht ein Bad in den im Sonnenlicht weiß schäumenden und glänzenden, sich brechenden Wellen auf der Südseite der Insel. Es nützte nicht ein Sonnenunter-

gang beim Walfisch-Leuchtturm an der westlichen Inselspitze und es nützte nicht eine Fahrradfahrt zurück durch eine sternenklare Nacht, die nach verbranntem Holz, Salz, Pinien und Algen duftete, die Salzfelder entlang auf einem lichtarmen Feldweg.

Hatte die magere Kellnerin, die mit einem freundlichen Lächeln mir ein Dessert und einen Kaffee servierte, einen Auftrag? Sicherlich konnte sie ihre Tätigkeit legitimieren durch ein Salär. Genau wie ich meine Tätigkeit zu Hause legitimierte durch die Entlohnung, die ich Ende des Monats einstrich. Aber ein Salär machte noch keinen Auftrag. Ein Auftrag wurde legitimiert durch einen inneren Druck, eine innere Bewegung, eine Form von dauerhaftem Widerstand.

Mit einem Auftrag will man dem Leben etwas entgegenhalten, indem man es dokumentiert. Man will und darf es nicht spurlos vorbeiziehen lassen. Wenn man es dennoch tut, zahlt man dafür mit einer unerträglichen Beklemmung.

Ich wusste, wovon ich sprach.

Die Hitze war unerträglich. Es war windstill. Die Sonne brannte nieder. Ich nippte an meinem Kaffee, löffelte aus einem Becher ein Karamell mit Meersalz, schaute auf den Atlantik hinaus. Die hellen Steine und Felsbrocken an der Küste leuchteten und blendeten im Licht. Es war Ebbe. Einige Boote lagen schräg auf Grund mitten in einer sandigen, nach Algen und Tang riechenden Landschaft. Mein Unwohlsein ob der Üppigkeit und gleichzeitigen Sinnlosigkeit dieser Szenerie hätte größer nicht sein können.

Ich hatte den Eindruck, es grenze schon beinahe an Versündigung und könne nicht unbestraft bleiben, meine Tage in diesem übertriebenen Maß an Passivität und Konsum zu verschwenden, wie ich es seit vier Tagen, seit meiner Ankunft auf der Insel Ré, tat.

Und doch, und ich vergaß es immer und immer wieder: Meine Passivität und mein Konsum waren zu Hause nicht minder vorhanden. Die Sinnlosigkeit meines Daseins schrie auch dort zum Himmel. Es war überhaupt gar nicht anders dort. Einzig die Legitimation über die Entlohnung milderte meine Beklemmung dort ins Erträgliche. Aber das Maß an Verschwendung an Le-

benszeit war dasselbe. Mein Leben war überhaupt eine einzige große Verschwendung. Und dieses Gefühl war so überstark, so überdeutlich präsent, dass es mir auch keinen Trost sein konnte, zu wissen, dass es vielen anderen ähnlich erging, dass auch sie ihre Zeit ungenutzt verstreichen ließen.

Es konnte mir überhaupt gar nichts anderes Trost sein denn der Gedanke, einem Auftrag nachzukommen.

13. September
Leben heißt, einem Auftrag nachkommen. Was will dies sagen? – Etwas zu produzieren, etwas Selbstgemachtes in den Händen zu haben, etwas Eigenes vorweisen zu können.

Seit ich mit dem Notieren meines Befindens begonnen hatte, ging es mir besser. Ich empfand die großen Sandstrände im Nordwesten und im Süden der Insel nicht mehr als öde, als hoffnungslos, die leuchtend weißen Steine im Sand, die ab und an vom Wasser überspült wurden, weniger deprimierend. Die Sonne brannte immer noch heiß, es ging kaum ein Wind, aber ich hatte der Windstille, dem faden, hellen Licht am Horizont etwas entgegenzuhalten: erste zaghafte Worte, die etwas dokumentierten. Es war dieses Dokumentieren ein kleiner Lichtblick, eine stille Freude, eine erbauliche Spannung. Es tat mir gut. Es nahm mir etwas von der Schwäche und der lähmenden Ohnmacht, mit denen mich das Nichtstun gleich einer drohenden Verheißung erfüllte.

Der Mensch soll arbeiten. Er muss etwas tun. Es war mir dieser Gedanke sehr einleuchtend und bestechend richtig. Glück bedeutete, einer Arbeit nachzugehen. Aber nicht irgendeiner, sondern einem selbstdefinierten Auftrag.

Arbeite, Mensch, und dokumentiere! Dort liegt dein Heil. Somit musst du nicht mehr davonrennen. Du kannst dich deiner Flucht stellen. Du darfst dich umdrehen und deinen Todfeinden, dem Nichtstun und der Verschwendung, mutig entgegenblicken. Denn du hast etwas in den Händen! Du hast etwas vorzuweisen.

Mit Erleichterung las ich die vorliegenden Sätze an diesem Abend an einem der Tische im Hoteleingang. Ich hatte sie ins

Reine geschrieben. Eine lange Fahrradtour hatte meinen Tagesverlauf bestimmt. Dennoch hatte sich dabei immer wieder eine Gelegenheit geboten, etwas zu notieren, was meine Gedankenwelt beflügelte und mir Freude bereitete; das Notieren bereitete mir Freude und somit auch die Fahrradtour.

In einer großen, mehrstöckigen Kathedrale träumte ich mich in dieser Nacht. Es war ein Fest eines Onkels im Gange. Hunderte von Gästen waren für ein Zeremoniell in der Kirche eingeladen. Familienmitglieder, die ich nicht kannte, nie gesehen hatte, waren zugegen. Da schritt der Onkel, begleitet von Priestern und Ministranten, nicht gerade feierlich durch die Menge. Beinahe wurde er übersehen und zerdrückt in der übergroßen Zahl ihn umgebender Geistlicher. Und schon war er verschwunden, nicht mehr sichtbar, schnell an mir vorbeigezogen im Fluss der Menschen, die ihn weniger begleiteten denn zwangen, mitzugehen durch die überhohen Hallen des weiten Gebäudes. Er hatte nicht die Wahl, stehenzubleiben und seine Angehörigen zu begrüßen. Ich wusste nicht, ob er dies eigentlich wollte, oder ob ihm das Zwanghafte des Zeremoniells richtig schien. Ich wollte schließlich Platz nehmen auf einer der Bänke im zweiten Stockwerk, die aber plötzlich gefüllt war mit Menschen und es mir daher nicht möglich war, mich neben die Person zu setzen, neben die ich mich setzen wollte, die mit traurigen Augen und inmitten vieler Leute einsam und in sich versunken auf der Bank saß.

Ich erwachte mit dem aufkommenden Sturm und dem einsetzenden Regen mitten in der Nacht. Ein heftiger Wind peitschte Regenwasser gegen die Scheibe des Hotelzimmers. Die spärliche Straßenbeleuchtung warf ihren wackligen Lichtkegel ins Innere, dann wieder auf die Hausmauer auf der gegenüberliegenden Seite. Das Wetter hatte umgeschlagen. Der Sommer war plötzlich zu Ende.

Ich erhob mich und schaute für einen Augenblick auf die menschenleere Gasse hinaus. Es glänzte der feuchte, weiße Marmorboden im warmen Gelb der hin und her schaukelnden Lampe. Dumpf hörte man das Grollen des nahen Atlantiks.

14. September
Es regnete den ganzen Tag. Am Abend gab es gar Sturmwarnung. Ich notierte Folgendes:
In La Flotte schließen die Geschäfte um 18.15 Uhr. Nur das Teehaus, in dem ich sitze, hat noch offen. Es befindet sich unweit der Hafenanlage in der Nähe des Restaurants La Poissonnerie du Port, das ebenfalls geschlossen ist, des schlechten Wetters wegen. Der Touristenstrom ist abgebrochen. Die Rue Général de Gaulle, ansonsten sehr belebt, ist beinahe menschenleer. Die grauen und grünen Fensterläden der Häuserfassaden gegenüber sind fast alle geschlossen. Eine einzelne Straßenlaterne beleuchtet diesen letzten Abschnitt der Gasse, bevor sie in die Hafenpromenade mündet.
Gerade ist die Besitzerin der Teeboutique auf die Terrasse hinausgetreten, um zu sehen, ob ich noch da bin. Wahrscheinlich würde sie gerne kassieren und dann das Geschäft schließen. Neben dem Teehaus haben nur noch der nach Rauchwaren riechende Tabac in der Ecke zur Promenade, (ich war vorher kurz drin) und der Zeitungskiosk, von meinem Sitzplatz aus gesehen links, offen.
La Flotte ist, in meinen Augen, das schönste Städtchen auf der Insel Ré.

Am Abend gab es Fisch, dazu einen Rosé des Dunes, Wein von der Insel. Ich ertrug diesen Wein schlecht. Er machte einen weich und traurig. Er führte die Gedanken in die Vergänglichkeit der Dinge, ließ sie kreisen um eine Zukunft, in der es einige Leute nicht mehr gab, die man mochte, die man gerne hatte. Eine solche Zukunft hatte für mich absolut nichts Erbauliches. Ich ertrug den Gedanken des Abschiednehmens schlecht. Ich wollte von niemandem Abschied nehmen, obschon es mir völlig klar war, dass kein Weg daran vorbeiführte. Es war dies der normale Lauf der Dinge, dass geliebte Menschen gehen mussten. Ich ertrug den Gedanken daran nicht, mehr konnte ich dazu nicht sagen.
Man sollte keinen Wein trinken, wenn man unstabil ist, wenn man zweifelt, wenn man hadert, wenn man nagt. Sollen die wel-

chen trinken, welche sorglos glücklich, welche stark und zuversichtlich sind. Zu denen gehörte ich nicht.

Es regnete immer stärker, es war ein warmer und sehr dichter Regen, dazu kamen Donner und Blitze. Das Hotel zu verlassen für einen nächtlichen Spaziergang, kam nicht in Frage. So blieb mir Zeit, zwei, drei Sätze zu notieren. Es war dies eine Tätigkeit, die mich zufrieden stimmte.

15. September

Meine Verblendung dämmerte mir beim letzten Bad im Meer vor meiner Abreise. Der Sonnenstand war schon tief. Wiederum war der Himmel tiefblau. Das Glitzern der brechenden Wellen im Licht war bezaubernd und hatte etwas Magisches. In den Dunst über den Fluten mischten sich Möwen, die sich dem Fischfang hingaben. Die Natur zeigte ihre vollste Kraft.

Ich hatte dies bis anhin nicht sehen können. Ich war blind für es gewesen. Ich war beschränkt in meiner Wahrnehmung, weil ich beschäftigt war mit mir selbst, mit meiner Beklemmung, mit meiner Sorge um eine echte Aufgabe. Ich limitierte mich damit. Aber die Sorge, die Beklemmung waren nötig, um einen gewissen Grad an Wachsamkeit zu erreichen, dachte ich dann. Wachsamkeit erstand nicht aus der Fröhlichkeit und Unbeschwertheit, aber aus der Unruhe, aus einem Druck heraus.

Aber man konnte nicht auf allen Gebieten, allem gegenüber wachsam sein. Man war wachsam gegenüber dem, was einen betraf. Ich blieb wachsam gegenüber der Frage der Arbeit. Ich trug diese Frage mit mir herum, sah überall nur diese Frage. Was diese Frage nicht betraf, sah ich nicht. Die Schönheit der Landschaft zum Beispiel, in der ich mich bewegte, ich sah sie nicht. Ich war für den Reiz der Insel Ré nicht empfänglich. Ich war für sie nicht bereit.

Und doch würden, ich wusste dies, in dem Moment, wenn ich die Insel verlassen hätte, Bilder zurückbleiben. Zum Beispiel das Glitzern und Glänzen der brechenden Wellen im Licht. Oder die Fahrradtour durch die Salzfelder bei Ars-en-Ré. Oder der Besuch *der Degustationshütte zwischen St. Martin und La Flotte. Und was dann wie weggewischt sein würde in diesen Bildern, wäre meine Beklemmung. Es würde in ihnen eine Verschönerung stattfinden, eine Art Entproblematisierung, eine Bereinigung, eine Form von Purifizierung.*

Erinnerungen sind kaum je negativ belastet. Sie blenden unangenehme Gefühle aus. So kommt es, dass das Leben im Nachhinein leicht und spielerisch zu bewältigen schien.

So weit meine Aufzeichnung von der Insel Ré. Ich verstaue die Blätter in meinem Notizbuch, betrachte für einen Moment die verfärbten Lindenbäume. Die Zeit läuft, sie läuft unerbittlich, schnell ist es Herbst geworden, bald wird der Winter einziehen.

Ich nehme einen Notizzettel aus meiner Brusttasche und lese:
Nur Pascal und Nietzsche bringen etwas zum Schwingen. Nur sie erreichen die Tiefe, die anderen ein Licht sein kann. Und nur dort dürfen wir unseren Maßstab ansetzen für die eigene Arbeit.

Nicht wahr: Die Beklemmung – mit ihr ist nicht zu spaßen. Sie will uns etwas aufzeigen. Sie mahnt uns, unsere Zeit zu nutzen. Sie mahnt uns, einem Auftrag nachzukommen. Wir tun gut daran, wir, die wir diese Beklemmung kennen, alles, wirklich alles daranzusetzen, eine Form zu finden, die uns das Ausführen unserer Arbeit ermöglicht. Unsere Lebensqualität hängt davon ab, dass wir einmal begreifen: Arbeiten heißt, etwas zu dokumentieren, Zeugnis abzulegen, etwas Eigenes in den Händen zu haben, etwas vorweisen zu können. Mir ist überdeutlich, dass der Mensch sich nur retten kann durch einen Akt des Erschaffens. Es ist zwingend, dass er alle seine Kräfte, seine ganze mentale Kapazität einsetzt, um eine Bezeugung auf den Tisch zu legen, dass er den Prozess des Erarbeitens eines eigenen Gedankens im Leben priorisiert und dass dieser Prozess nicht hintangestellt werden darf und keine leichtfertige Verschiebung auf unbestimmt zulässt.

Mit der Beklemmung hört jeglicher Spaß auf, jede Spielerei, jeg-

licher leichte Lebenswandel. Mit der Beklemmung fängt Arbeit an, die richtige Arbeit, die unser Leben legitimiert.

Ich lese weiter:

Wir sollen uns um unsere innere moralische Härtung bemühen. Und wir härten uns nicht, indem wir delegieren oder gefallen wollen, sondern indem wir unserer Arbeit und dem Forschen, das wir darin zum Ausdruck bringen, treu bleiben.

Ich habe diese Sätze auf der Heimfahrt von der Insel Ré geschrieben, genaugenommen in der Klosteranlage Cluny. Ich weiß nicht genau, wie diese Dinge alle zusammenhängen. Ich weiß nur, dass der Besuch des Museums für Wandteppiche in Aubusson, einen Tag vor Cluny, mir durch einen Teppich einen bleibenden Eindruck hinterlassen hatte. Es war darauf eine junge Frau dargestellt, umgeben von verschiedenen Tieren, einem Reh, einem Wolf, einem Wildschwein, einer Eule, einem Eichhörnchen sowie einem dichten Wald.

Dieses Mädchen war moralisch integer, war „rein", so hatte ich den Eindruck, unverdorben. Es lebte furchtlos, in Einklang mit der Natur, die es umgab. Es erinnerte die Szenerie an die Romane *de la Table Ronde* von Chrétien de Troyes, an das französische Mittelalter, an Schlösser, Wälder und Flüsse, an eine Landschaft ähnlich derjenigen, die das Städtchen Aubusson umgab.

In der Ausstellung wurden auch Wandteppiche präsentiert aus dem 17. Jahrhundert, auf denen auffallend oft Schiffe auf dem Meer dargestellt waren, Motive aus der griechischen Sagenwelt, mit Vorliebe die Irrfahrten Odysseus'. Diese wiederum erinnerten an die Titelbilder der Romane *Les Aventures de Télémaque* von Fénelon und *L'Astrée* von Honoré d'Urfé und ließen schließlich an Blaise Pascal denken, *Gedanken,* und einen darin aufgeführten Satz:

Man muß sich selbst erkennen. Wenn das nicht helfen sollte, das Wahre zu finden, so hilft es wenigstens dabei, sein Leben einzurichten, und es gibt nichts Richtigeres.

Es ist dies ein bestechend guter Satz. Es ist ein Satz, der in seiner Schwingung wiederum mit den Darstellungen auf den

Wandteppichen zu tun hat. Mit den Wolken über Wäldern und Berglandschaften, den Schiffen auf dem Meer, den Flüssen, die an Schlössern vorbeiströmten, den Tieren im Wald und den Jagdszenen. Er hat mit den Menschen zu tun, die darauf dargestellt waren. Er fragt nach ihrer moralischen Haltung und ihrer Suche nach der Bewahrung von Integrität in einer Welt, in der nichts sicher war, in der ein Leben jederzeit beendet sein konnte, in der ein Leben überhaupt nicht viel galt.

Und schließlich hat der Satz mit mir zu tun. Denn worin unterscheidet sich mein Leben vom Leben der Menschen auf den Darstellungen? Worin soll ich es einfacher oder schwieriger haben denn sie? Warum soll ich es mir leichter machen als Pascal? Und Pascal hat es sich nicht leichtgemacht! Warum sollte mich die moralische Frage heute weniger angehen? Steht die Frage nach der Moral nicht im Zentrum eines menschlichen Lebens? Kann es im Leben überhaupt um etwas anderes gehen? – Die Zeit ändert nichts an dieser Frage. Sie ist für den Menschen, in allen Zeitepochen, stets von zentraler Bedeutung.

Die Klosteranlage von Cluny, die ich am selben Abend erreichte, führte mich noch mehr zu Pascal. Ihre Größe, ihre dunkle Ausstrahlung hatten mit ihm zu tun.

III. Pascal

Was hebt Pascal über andere hinaus? Über Montaigne zum Beispiel, über Descartes, über alle, die nach Ihm kamen, bis zu Nietzsche? Bin ich zu ungenau, wenn ich sage: seine *Intensität*, seine *Verbindlichkeit* in der moralischen Frage? Sein unbedingtes Interesse an ihr? Weil er mit seinen Sätzen etwas zum Schwingen bringt? Weil dieses Schwingen aus dem Leiden, einem Feuer, einer Ergriffenheit, ja, beinahe einer Besessenheit heraus entsteht? Eine Besessenheit, wie sie nur Nietzsche ebenso intensiv auf das Papier zu übertragen vermochte und die den Menschen in seiner moralischen Haltung genau beobachtet, zerpflückt, analysiert, psychologisiert, immer und immer wieder, in seiner Bestechlichkeit, in seiner Unbestechlichkeit, in seiner Schuld und Unschuld, in seiner zerquälten Suche nach Heil, nach einem integren Dasein?

Wie gesagt: Ich weiß nicht genau, wie diese Dinge alle zusammenhängen, die Wandteppiche von Aubusson, die Autofahrt durch ein Frankreich, dessen Wälder und Hügellandschaften, die Form der Wolken am Himmel, dessen sakrale Bauten und Höfe der Städte Angoulême, Aubusson, Montluçon mit diesen Teppichen zu tun hatten, die Klosteranlage von Cluny und das moralische Denken Pascals. Es wird, für mich, durch all diese Dinge erstens dem Menschen eine moralische Frage ans Herz gelegt, nämlich die Frage nach dem Heil und wie man es erreichen kann. Zweitens scheint es mir absolut richtig und unerlässlich, sich ganz dieser Frage anzunehmen. Sie ist eine Art Schlüssel, eine Belebung, eine Vitalisierung, die dem Menschen Leben gibt, die ihm guttut, die ihn stärkt.

– Ja, es scheint mir, da ich auf dem Lindenhof sitze und über diese Dinge nachdenke – dass nichts anderes, keine andere Frage, kein anderer Reiz den Menschen mehr beleben kann als die Frage nach seinem Heil und dem Weg dazu. Nur die Suche nach einer Antwort auf diese Frage ermöglicht ein annehmbares, sinnvolles Leben. Nur das Annehmen dieser Herausforderung ermöglicht ein Weiterkommen, einen Lichtblick am Horizont. – Ich verstehe die Besessenheit Pascals und Nietzsches in dieser Frage. Man muss besessen sein, wenn man hier Auskunft geben will. Wie man überhaupt davon besessen sein muss, worüber man Auskunft geben will. Sonst kann man nichts aussagen.

Nicht wahr, wer aus der Vernunft und der Logik heraus argumentiert, vermag mit seinen Sätzen nicht zu ergreifen, obschon alles klar und richtig dargestellt ist. Es fehlt ihm die Not. Es fehlt ihm die innere Unruhe. Es fehlt ihm das, was seine Sätze zum Schwingen bringt.

Ich schaue auf die träge fließende Limmat hinunter. Der Limmatquai liegt noch im Schatten, nur einzelne Personen bewegen sich durch die Stadt.

– Auch ich bin besessen von der moralischen Frage. Sie lässt mir keine Ruhe. Immer und immer wieder durchsetzt sie meine Gedanken. Immer und immer wieder holt sie mich ein. Pascal, Nietzsche, aber auch die Choralwerke aus dem 15. und 16. Jahrhundert sprechen von ihr, sind inspiriert, durchtränkt von ihr, die Musik von Josquin des Préz, Guillaume Dufay, Johannes Ockeghem, Orlando di Lasso, Palestrina, Thomas Tallis, Claudio Monteverdi.

Ich nehme das Buch *Gedanken* aus meinem Rucksack und schlage es auf einer zufällig gewählten Seite auf. Ich lese:
Wir sind spaßig, uns in der Gesellschaft von unsresgleichen auszuruhen; elend wie wir, ohnmächtig wie wir, werden sie uns nicht helfen; man wird allein sterben. Man muss also tun, als wäre man allein; und würde man dann prächtige Häuser erbauen usw.? Man würde ohne Zögern die Wahrheit suchen; und wenn man das zurückweist, dann bezeugt man, dass man die Achtung der Menschen höher stellt als die Suche nach der Wahrheit.
Ein weiterer guter Satz von Pascal.
Ich notiere:
Die Suche nach der Wahrheit. Welche Wahrheit? Größere Dimensionen, Zusammenhänge und deine Einreihung in sie. Die Suche nach Wahrheit: Deinen Platz in dieser Welt anzunehmen. Dem für dich Richtigen nachzugehen, deiner Arbeit nachzugehen.
Wir müssen uns nicht unterwerfen. Unterwerfung, Resignation kann nicht unser Ziel sein. Widerstand kann Ziel sein. Die Verneinung von fast allem, aber nicht alles. Zu etwas muss man ja sagen können. Unsere Arbeit ist es nun, diesem Etwas nachzugehen, das unsere vollste Zusage findet, das richtig für uns ist.
Mit der Zusage zu ganz wenigem geht eine Absage zu allem anderen einher. Eine Absage zum Alltäglichen, zur Arbeit als Sicherheit, eine Absage zu Verhältnissen und Arrangements zwischenmenschlicher Natur, die auf Interessen beruhen. Eine Absage zu einer sicheren Existenz.

Meine Zusage beschränkt sich auf die moralische Frage. Die Suche nach der Wahrheit. Aber diese Frage ernährt mich nicht. Was kann ich nun tun, um nicht bestechlich, um nicht korrupt zu sein? Was kann ich tun, damit das Leben mich nicht verführt, mir selber untreu zu sein? Wie kann ich meine Beugung hin zu Zusagen, die ich innerlich verneine, verhindern?

Die moralische Frage – sie kostet mich. Was bringt sie mir? Ein ruhiges Gewissen? Den Eindruck, eine saubere Gesinnung zu haben, rechtschaffen zu sein? Rechtschaffen vor wem? Vor mir?

Aber vor wem soll sich ein Mensch denn rechtfertigen, wenn nicht vor sich selbst! Doch nicht vor höheren Mächten oder den irdischen Gesetzen der menschlichen Gemeinschaft?

Unser Weg ist dünn. Vielleicht gar gibt es ihn kaum. Aber es ist kein Weg, an den Bedingungen zu scheitern, die das Leben an uns heranträgt. Es ist kein Weg, in korrupten Verhältnissen zu versumpfen.

Etwas in mir, ein Kern, weiß genau, was ihm entspricht. Es gibt keinen Weg an diesem Kern vorbei. Die moralische Frage fragt nach diesem Kern. Er ist hart und unspaltbar. Er lässt sich nicht betrügen. Dieser Kern ist meine innere Wahrheit, meine innere Wirklichkeit. Er macht mich aus. Er erinnert mich unentwegt daran, wer ich bin und was ich zu tun habe. Er treibt mich im Innersten an.

Ich lese weiter bei Pascal:

Um der wahrscheinlichen Aussichten willen müßt Ihr Euch Mühe machen, die Wahrheit zu suchen, denn sterbt ihr, ohne das wahre Prinzip angebetet zu haben, so seid ihr verloren. Aber – sagt Ihr –, wenn er gewollt hätte, daß ich ihn anbetete, hätte er mir Zeichen seines Willens gegeben. Das hat er auch getan, doch Ihr mißachtet sie. Sucht sie also; das ist es ja wirklich wert.

Wir müssen Pascal richtig verstehen. Wenn der Mensch keine Religion, keinen Glauben mehr hat, hat er nur noch sich selbst. Was hat er damit genau?

Konstanz und Verlässlichkeit sind des Menschen Stärke nicht. Doch genau dies sucht er, bei anderen, bei höheren Mächten.

In sich selber sieht er nicht immer, was er sucht. Darum muss Pascal sagen:

Was für ein Grund zur Freude, nichts weiter als Elend ohne Rettung zu erwarten! Was für ein Trost, wenn man daran verzweifelt, jemals einen Tröster zu finden!

Die Frage, die sich uns stellt, lautet: Dürfen wir dies tun? Dürfen wir unser Leben in die Hände eines Schöpfers delegieren, glaubend, dass es ohne ihn nur Elend und Sünde sei, dass es sich für sich alleine nicht lohne?

Ist es nicht unsere Aufgabe, uns in unser Leben einzubringen?

Wir bringen uns ein, indem wir unser Leben intensivieren durch Dokumentation, indem wir festhalten und bezeugen, was uns beschäftigt, was uns beunruhigt. Unsere Wahrheit ist nicht die Suche nach einem Tröster, sondern die Suche nach der Treffsicherheit im Ausdruck, in der eigenen Arbeit.

Unsere Verpflichtung, darf man sagen, liegt dort. Ihr sollen wir nachkommen mit allen unseren Kräften, in sie sollen wir unser Bestes investieren.

Warum wir dies tun sollen?

Weil es uns guttut, weil es unser Dasein vertieft und belebt, weil wir uns so legitimieren.

Ich notiere:

Unsere Kräfte sollen wir für unser Erdendasein einsetzen, nicht für ein anderes! Denn für das Erdendasein sind wir gemacht, ihm gegenüber sind wir verpflichtet.

Unsere Verpflichtung besteht darin, etwas aus uns zu machen, etwas aus uns herauszuholen.

Beklemmend ist es, dies nicht zu tun. Sünde und Elend bedeutet es, untätig zu bleiben, abzuwarten, Zeit ungenutzt verstreichen zu lassen, nie etwas Eigenes zu formen.

Wir bringen Konstanz und Verlässlichkeit in unser Leben, indem wir produktiv sind. Unsere Produktivität ist die Konstanz, die wir suchen. Es gibt keine andere.

Pascal sagt:

Man braucht keine überragende Seele zu haben, um zu verstehen, daß es hier auf Erden keine wahrhaftige und beständige Freude gibt, daß all unsere Vergnügungen nichts weiter als Blendwerk sind, daß unsere Leiden unendlich sind und daß schließlich der Tod, der uns jeden Augenblick bedroht, uns unausbleiblich nach wenigen Jahren in die entsetzliche Notlage bringen muss, auf ewig entweder vernichtet oder unglücklich zu werden.

Nein! Hier müssen wir sagen: Pascal irrt. Es gibt auf Erden *eine* wahrhaftige und beständige Freude: unsere Arbeit, unsere Bezeugung.

IV. Arbeit

Ich wolle nicht mehr Meinungsbildner sein, sondern Wortkünstler, sagte ich zu meinem Vorgesetzten in einem abschließenden Gespräch, nachdem ich statt der Reportage über die Insel Ré meine Kündigung auf den Tisch gelegt hatte. Er verstand mich nicht. Es wunderte mich nicht. Warum sollte er mich verstehen? Das Betreiben von Wortkunst schien ihm eine Tätigkeit, die kaum einen Sinn machte und in eine dunkle, unsichere Existenz führte voller Entbehrungen und Prestigeverlust. Ich konnte seine Argumente nicht entkräften. Ich wusste ja selber auch nicht, worauf ich mich einließ. Aber es lag mir so sehr an der moralischen Frage, nämlich der Frage nach dem Heil und wie man es erreichen kann, dass ich das Risiko eines unstabilen, unvorhersehbaren und materiell prekären Lebens auf mich nahm.

Denn eines hatte ich begriffen, als ich wieder in Zürich war nach meiner Rückreise: Man kann nicht im Wohlstand leben und gleichzeitig ernsthaft der moralischen Frage nachgehen. Es gehen diese beiden Dinge nicht zusammen. Warum?

Weil die moralische Frage eine innere Haltung fordert, die aus einer mentalen Unabhängigkeit wächst, einer Unabhängigkeit, die in einem sicheren, geregelten Umfeld kaum möglich ist. Man geht, wenn man in Sicherheit leben will, immer Kompromisse ein. Man macht Zugeständnisse, man nimmt Abstriche in Kauf. Man opfert seine Zeit, man opfert eine klare Haltung, man vernebelt seine Klarsicht, man greift zur Lüge, um nicht zu leiden an den Umständen, von denen man ahnt, dass sie einem nicht guttun, dass sie einem nicht weiterbringen. Um aber die Komfortzone zu verlassen, muss man ein klares Ziel vor Augen haben. Man muss *gezwungen* sein, innerlich, zu diesem Ziel, ansonsten ist man nicht bereit, ein sicheres Leben dafür zu opfern. Wer kann schon behaupten, er habe ein solches Ziel vor Augen? Und wer weiß überhaupt, wie er dieses Ziel erreichen kann?

Eine Mehrheit weiß nichts von einem inneren Zwang. Es gibt für sie keinen Grund, etwas zu ändern im Leben. Eine Minderheit kennt ihn, aber die Angst davor ist stärker denn die Zuversicht, daraus einen Gewinn zu erzielen. Darum werden auch sie nichts ändern.

Wer Wortkünstler sein will, muss den Komfort verlassen. Er muss seine Angst überwinden. Er muss ihn verlassen, weil er das leben soll, was er schreibt. Wenn er nicht das lebt, was er schreibt, ist er unecht, unglaubwürdig, dann ist er kein Wortkünstler, denn sein Wort gilt nichts. Einer, der Dinge schreibt, die nichts mit ihm zu tun haben, ist ein Schauspieler, ein Falschspieler, ein Aufschneider, ein Hochstapler, ein Dieb.

Ich kann mich nicht ernsthaft mit der moralischen Frage auseinandersetzen bei einem noblen Glas Wein und einem saftigen Stück Fleisch, das ich mir spielend leisten kann, da es mir finanziell gut geht. Einem solchen Verhalten ermangelt es an der nötigen Ernsthaftigkeit, am Engagement, an Verbissenheit, an Besessenheit. Die moralische Frage verlangt ein *karges* Leben. Ich sage nicht, sie verlange ein Leben in Armut. Sie verlangt ein Leben, das dem mentalen Wohl den Vorzug gibt, das eine geistige Entwicklung sucht.

Die Frage nach dem Heil und wie man es erreichen kann, fragt nach unserem Menschenbild und nach dem Sinn, den wir unserem Dasein geben wollen. Je nachdem, wie wir diese Frage beantworten, werden wir uns in der menschlichen Gemeinschaft platzieren und unsere Ansprüche stellen.

Wie steht es um unser Menschenbild?

Pascal sagt:

Alle Menschen hassen sich von Natur aus gegenseitig. Man hat sich, so gut man konnte, der Begierde bedient, um sie für das Gemeinwohl nutzbar zu machen. Aber das ist nur Heuchelei und ein falsches Bild der christlichen Liebe, denn im Grunde ist es nur Haß.

Ich finde diesen Satz richtig. Die Gesellschaft will für den Einzelnen nicht dasselbe, was der Einzelne für sich will. Die Gesellschaft will, dass der Einzelne in Funktion zu ihr lebt. Der Einzelne will seinem Leben Sinn geben.

Ich notiere:

Wenn wir von der Moral anderer reden, dann meinen wir ihr Verhalten bezogen auf die Gesellschaft. Wir erwarten, dass sie für das Wohl der Gesellschaft vom instinktiven Abwägen für sich selber absehen.

Aber vergessen wir nicht: Ein Mensch, der sich den gesellschaftlichen Normen fügt, läuft Gefahr, daran persönlich zu scheitern.

Wer nicht scheitern will, vertraue sich selbst, stärke sich in sich selbst, mische sich nicht mit anderen.

Welchen Sinn will ich meinem Leben geben?

Der moralischen Frage nachzugehen in Form von Arbeit.

Ich notiere:

Arbeiten heißt: Etwas Eigenes sagen. Woher nehme ich dieses Eigene? – Aus einem weitgehend unvermischten Denken, das ich mir im Einzelgang, in der Isolation, in der Distanzierung zu anderen aneigne.

Um zu arbeiten, tut es ein gutes Buch. Nicht um es zu kopieren, sondern um zu prüfen, was andere in der Isolation entdeckt und entwickelt haben. Man kann ihnen dann auch Antwort geben. *Gedanken* von Pascal, zum Beispiel, ist ein solches Buch. Oder ein Werk von Nietzsche. Auch Kurt Guggenheim und Ludwig Hohl sind gute Gesellschafter in der moralischen Frage. – Oder die Natur, die goldenen Lindenbäume über mir, der klare blaue Himmel, die Sonne.

Ich erinnere mich an eine Notiz, die ich vor einigen Tagen zu diesem Thema gemacht habe. Ich suche in meinen Akten, ziehe schließlich ein Blatt hervor und lese:

Etwas erfinden? – Kein guter Entscheid! Wer ist man denn, einen Hokuspokus zu veranstalten? Und doch: Ist nicht das meiste, das sich Kunst nennt, ein solcher?

Was macht die Glaubwürdigkeit eines Künstlers aus? Wenn er nahe an der Natur bleibt. Was heißt das? Die Natur kopieren, darstellen? – Mitnichten.

Dort zu sein, wo etwas richtig, natürlich ist, eben nicht erfunden wird.

Genauso wenig wie Cézanne hat van Gogh einfach erfunden. Auch Pascal und Nietzsche haben nichts erfunden. Woher nahmen sie's?

Aus einer inneren Verbundenheit zur Natur. Sie waren ja selber Natur. Warum sollte ihre innere Wirklichkeit etwas anderes sein?

Kunst ist, innere Wirklichkeit so genau als möglich aufs Papier zu bringen.

Um zu arbeiten, muss man auf Materielles verzichten können. Es ist dies nicht weiter schwer. Man braucht vieles nicht, von dem man glaubt, es haben zu müssen. Es sind Güter, die, wenn man sich von ihnen trennt, sofort nicht mehr fehlen. Man vergisst sogleich, dass man sie je besessen hat. Zu diesen Gütern zählen eine große Wohnung, eine umfassende Garderobe, teure Designermöbel, Schmuck, Fernseher, ein oder mehrere Autos in der Garage. Man braucht sie nicht nur nicht zum Leben, sondern sie lenken einem ab von dem, was man Leben nennen darf.

Der Umzug in meine kleine Wohnung an der Wohllebgasse hat mit meiner neuen Platzierung in der Gesellschaft zu tun. Mein geräumiges Loft in Wiedikon war zu groß, zu luxuriös, zu teuer. Es passte nicht mehr zu mir, zu meinem mentalen Zustand. Ich brauche nicht viel Platz. Es reicht ein Zimmer mit Bad. Hauptsache, es kostet nicht allzu viel. Zudem verkaufte ich den Wagen. Ich brauche kein Auto. Ich erreiche in Zürich alles zu Fuß.

Mein Bewegungsradius beschränkt sich auf die Stadt. Er endet im Süden am Seeufer, im Osten am Zürichberg, im Westen am Üetliberg und im Norden am Escher-Wyss-Platz. Ich kann mir Reisen in andere Länder oder innerhalb der Schweiz nicht mehr leisten. Aber das ist nicht weiter schlimm. Es ist auch nicht nötig, denn es dient der Arbeit nicht.

Um zu arbeiten, muss man aber auch auf Dinge verzichten, die man weniger einfach hergibt: auf Glanz und Ansehen, auf Wohlgefälligkeit und Wirkung, Eleganz und gutes Aussehen, auf Brillanz und Einfluss. Ich sage nicht, dass man Bescheidenheit üben muss. Bescheidenheit ist schon als Wort verdächtig. Es schwingt Falschheit und Unbescheidenheit darin mit. Man soll – wie kann ich sagen – die eigene innere Wahrheit annehmen und die Lüge nicht mehr tolerieren, das Lügengebilde, mit dem man sich rechtfertigt, vor sich, vor anderen. Man soll sich annehmen ohne Schein, ohne Scham, ohne den angelernten Ballast einer Arbeitsethik, die falsch ist. Man soll sich als besitzlosen Menschen annehmen, dessen einzige Qualitäten es sind, etwas zu fühlen, etwas zu sehen.

Materieller Besitz und Geltungsdrang führen zu Verstiegenheit, Vermessenheit und Größenwahn. Ein karges Leben, der Arbeit förderlich, fordert von einem Menschen, dass er in erster Linie in sich hineinhorcht, dann wiederum in die Welt hinausschaut, um erneut in sich hineinzuhorchen. Er vergleicht und denkt darüber nach, was er sieht und was er fühlt. Er besitzt kaum etwas außer seinen Gedanken.

Wer aber so leben will, muss mit der menschlichen Gemeinschaft abgeschlossen haben. Er glaubt ihr nicht, sie beeindruckt ihn nicht und bedeutet ihm nichts. Auch er will ihr nichts mehr sein.

Er soll die Einsamkeit als Mensch unter Menschen annehmen können und sich bereithalten für die Verbundenheit mit der Welt. *Man soll wie die anderen reden, aber nicht wie sie denken*, meint Pascal. Man muss reif sein dazu, für das einfache Dasein, das den Menschen nicht mehr verpflichtet ist, aber der Erde, der Welt, der Natur.

Natürlich kann man sich fragen, wozu sie gut sein soll, die Reduzierung eines Menschen auf seine Gedanken, auf ein karges, nacktes Leben ohne Besitz.

– Für seine Installation in der Welt, lautet die Antwort. In ihr installieren kann sich einer nicht durch Wohlstand, aber durch das Wahrnehmen und Durchdenken seiner Umgebung. Gedanken binden den Menschen an die Erde – und nicht etwas anderes.

Bereit zu sein für die Welt, ist aber nicht bloß Berufung einiger weniger, sondern eine Verpflichtung, eine Aufgabe, die für keinen zu klein ist. Nur muss dies jeder für sich begreifen. Dass Unzählige dieser Aufgabe kaum je nachkommen und stattdessen dabeibleiben, ihre Zeit zu verschwenden mit flüchtigen Genüssen und dem Nachdenken darüber, wie sie andere beeindrucken, ist ihre Sache. Sie verharren zu nahe dran – wie kann man sagen – am Menschsein, in seinen Irrtümern und Verstiegenheiten, in seiner vorschnellen Bereitschaft, getäuscht zu werden und zu täuschen.

Es geht nichts über die richtige eigene Einreihung, über die richtige Platzierung in der Gesellschaft. Es geht nichts über eine nüchterne Bestandsaufnahme von dem, was echt, und dem, was Schein ist. Da helfen Eigenliebe, Ehrgeiz und Gefallsucht nicht, aber die schonungslose Demaskierung in eigener Sache, der Wille zu dem, was richtig ist, der Wille zu Wahrhaftigkeit.

V. Ernüchterung
12. Dezember

Ich habe mich bei der Nationalbank als Portier anstellen lassen. Was wollen Sie? Ganz ohne Geldverdienst geht es nicht. Ich konnte meine Miete nicht mehr zahlen. Es drohten mir der soziale Abstieg und die Abhängigkeit von fürsorglichen Institutionen der Stadt. Dorthin wollte ich nicht. Wer die moralische Frage leben will, muss vorgesorgt haben. Man lebt diese Frage nicht in Armut, es sei denn, man lebt sie in einer kollektiven

Einfachheit, im Kloster zum Beispiel. Aber ich bin nicht religiös und, im Unterschied zu Pascal, sehe ich für den Menschen kein Heil im Jenseits, nach dem Tod, und im Diesseits sehe ich auch nicht nur Sünde und Elend. – Im *Diesseits* müssen wir unsere Arbeit tun. Das ist meine Meinung. Also müssen wir uns so positionieren, dass wir dieser Arbeit nachkommen können. Dies tun wir aber nicht, indem wir uns in die Armut hineinbegeben. Ein karges Leben ist ein Leben, das sich so weit wie möglich von der Gesellschaft zurückzieht, aber nicht ganz die Verbindung zu ihr kappt. Wir können auf dieser Welt nicht überleben, wenn wir uns nicht einen kleinen Handel erhalten.

Ich muss nun im Schichtbetrieb arbeiten. Die Nachtschicht fällt mir nicht leicht. Der Lohn ist bescheiden. – Aber ich kann dem Ganzen durchwegs etwas abgewinnen. Ich arbeite selbstständig, bin niemandem Rechenschaft schuldig und ich habe Zeit, während der Arbeit zu arbeiten. Es gibt immer ruhige Minuten, in denen ich lesen und schreiben darf.

Es ist kalt geworden. Der Winter ist hereingebrochen. Es schneit zum ersten Mal in diesem Jahr. Ich sitze am Arbeitstisch meines Zimmers. Der kleine Ölofen spendet Wärme und kompensiert die Kälte, die von den Fenstern und vom Dach her hereindrückt. Das Haus ist schon alt und schlecht isoliert. Ich erhebe mich und stehe an dem Fenster auf die Wohllebgasse hinaus. Ich sehe, wie die Schneeflocken an der Straßenlaterne haften bleiben. Die Gasse unten ist weiß und menschenleer. Der Himmel über dem Lindenhof ist grau. Es schneit aus dem Nebel heraus.

Es hat sich an meiner Situation nicht viel geändert, außer dass ich nun Portier bin und in einer bescheidenen Wohnung lebe. Ich bin in der moralischen Frage nicht weitergekommen. Aber immerhin, der Wechsel hin zu einem einfachen Lebenswandel ermöglicht mir, ungestört über sie nachzudenken. Dies, scheint mir, ist schon viel wert.

Ich setze mich erneut an den Tisch und lese in dem vor mir aufgeschlagenen Buch:

Vergebens, o ihr Menschen, sucht ihr in euch selbst die Heil-

mittel für euer Elend. All eure Einsichten können nur bis zu der Erkenntnis gelangen, dass ihr nicht in euch selbst die Wahrheit und das Glück finden werdet.

Und weiter unten:

Wir sind nichts als Lüge, Zwiespältigkeit und Widerspruch, und wir verbergen und verstellen uns vor uns selbst.

– Welche Trostlosigkeit spricht aus diesen Sätzen. Welche Resignation. Welche Freudlosigkeit. Pascal hat in vielem recht. Auch diese beiden Einsichten mögen nicht ganz falsch sein. Seine Sätze erzeugen Schwingung. Sie kommen aus der Tiefe einer leidenden Seele. Aber er vermag es nicht, einem Mut zu machen. Er vermag es nicht, eine Versöhnung mit dem Leben auszusprechen. Immer nur ist das Leben Sünde, Elend und Begierde. Nie ist es Ort der Freude, der Zuversicht und der Bejahung. Die Gesellschaft Pascals ist keine, die aufbaut, die Kraft verströmt. Bei ihm bleibt es dunkel und kraftlos. Man könnte daran beinahe verzweifeln.

Manchmal braucht man aufbauende Worte. Manchmal ist man froh um Worte, die Kraft und Freude ausdrücken, die vom Leben als etwas Lebenswertem sprechen. Es ist einfach, zu resignieren und zu sagen, dass das menschliche Dasein wertlos sei. Ich sage nicht, dass Pascal es sich einfach gemacht hat. Wer solche Sätze schreibt wie er, muss gelitten haben, muss am Leben verzweifelt sein. Aber seine Botschaft, nach seinem Kampf, ist die der Resignation. Ich kann eine solche Botschaft nicht akzeptieren. Sie bringt niemanden weiter.

Eine Botschaft, von einem Menschen geschrieben oder gesagt für andere Menschen, muss mehr sein denn eine Verneinung. Wenn einer nur eine Verneinung weiterzugeben hat, muss er keine Botschaft schreiben. Eine Botschaft soll eine Aufforderung zu einer Haltung oder Handlung sein, die das Leben lebenswert macht, die eine Verbesserung sucht in den Lebensumständen. Sie soll einen Weg aufzeigen, dem Erdendasein Würde zu geben. Was bringt es denn, wenn wir glauben, Schuld abbauen zu müssen, oder wenn wir uns schämen? Man soll sich schämen für eine üble Tat oder grobe, verletzende Worte, ja, aber warum soll sich einer a priori schämen für sein Dasein, für seine Existenz als Mensch?

Wenn ich Pascal lese über lange Zeit, wenn ich Pascal an meiner Seite habe als Begleiter, wie fühle ich mich dann? Fühle ich mich schlecht, fühle ich mich gut? Das Gefühl bei der Lektüre eines Textes entscheidet, ob man einem Schreibenden vertrauen kann oder nicht. Kann ich Pascal vertrauen?

– Nein. Ich kann ihm nicht vertrauen.

Mich berührt seine menschliche Tiefe. Viele seiner Beobachtungen sind treffend. Ich kann jedoch nur den Kopf schütteln ob seines Exzesses der Selbstverneinung und Ergebenheit. Exzess ist das richtige Wort. Sein Ausharren, sein Stehenbleiben im Schatten sind exzessiv.

Seine Botschaften sind für mich als einem dem Erdenleben Zugewandten nicht ergiebig. Ich kann davon zu wenig umsetzen und anwenden. Also werde ich Pascal irgendwann verlassen und mich einem anderen zuwenden.

Nietzsche zum Beispiel. Drei Sätze, die sich in seiner *Morgenröte* finden, lassen an Pascal denken:

Resignation. – Was ist Ergebung? Es ist die bequemste Lage eines Kranken, der sich lange unter Martern herumgeworfen hat, um sie zu finden, der dadurch müde ward – und sie nun auch fand!

Oder:

Hinterfragen: – Bei allem, was ein Mensch sichtbar werden lässt, kann man fragen: was soll es verbergen? Wovon soll es den Blick ablenken? Welches Vorurteil soll es erregen? Und dann noch: Bis wie weit geht die Feinheit dieser Verstellung? Und worin vergreift er sich dabei?

Und schließlich:

Zur Liebe verführen. – Wer sich selber hasst, den haben wir zu fürchten, denn wir werden die Opfer seines Grolls und seiner Rache sein. Sehen wir also zu, wie wir ihn zur Liebe zu sich selber verführen!

Ich will hier nicht weiter auf Nietzsche eingehen. Aber eine

Frage soll doch gestellt werden: Darf man *ihm* vertrauen? Wenn er von der Natur redet, ja. Wenn er solche Sätze sagt: *Was ist an einem Buche gelegen, das uns nicht einmal über alle Bücher hinweg trägt?* Dann ja. Wenn man seine letzten Werke liest, bewundert man den schneidenden Psychologen und fürchtet den Kranken. Allein, Vertrauen ist da kaum mehr möglich.

Aber müssen wir einem Botschafter überhaupt vertrauen können? Reicht es nicht, das für uns Geeignete bei ihm herauszunehmen, für uns umzusetzen? Auch wenn uns manch anderes bei ihm befremdet, auch wenn sein Lebenswandel nicht so war, wie es uns richtig scheint?

Vergessen wir nicht: Ein Botschafter ist primär *ein Mensch*, der einen Weg sucht, sein Leben zu bestehen. Aus seinem Menschsein sind seine Gedanken erstanden. Sie sind immer an Körperlichkeit und das Erdendasein gebunden und können nie darüber hinausgehen. Es ist dies nicht möglich. Es kann daher nicht Aufgabe oder Ziel sein, für niemanden, Übermenschliches auszusagen. Wer sich dazu geeignet fühlt, hat jeglichen Kontakt zu sich und der Realität verloren; und seine Glaubwürdigkeit ist minimal.

Ein Botschafter muss also nicht perfekt sein. Er kann es nicht sein, er ist menschlich. Seine Fehler, seine Irrtümer lassen seine Treffer umso mehr erglänzen.

Es gibt aber welche, mit denen wir *mehr* Berührungspunkte haben, bei denen wir beinahe keine Sätze antreffen, die uns ernüchtern oder befremden, bei denen uns fast alles richtig scheint.

Wenn wir einen solchen Botschafter suchen, dem wir vertrauen dürfen in all seinen Schriften, der uns eine Botschaft mitgibt, die wir in unserem Leben umsetzen können, die uns in unser Erdenleben hineinführt und zu einer Aufgabe, die bewältigbar ist, dann müssen wir Ludwig Hohl lesen. Ich gebe Beispiele aus *Die Notizen*:

Der Mensch hat die Pflicht, reich zu sein.

Wenn die Menschen einmal begriffen, dass sie nur eine Heimat haben: das ist die Arbeit; aber die gute, die wahre.

Die Freude ist viel weniger ein Naturgeschehen als eine menschliche Schöpfung: die schwerste und größte.

Solche Sätze haben Gewicht, geben Auftrieb, stacheln an und wecken auf. Solche Sätze vermögen ein Leben zu verändern. Ein solches Buch trägt uns über alle Bücher hinweg. Wir haben es hier mit einem Schreibenden tun, der seine Gedanken in Stein gemeißelt hat.

Nach Ludwig Hohl wird es dünn. Nach ihm gibt es nichts Vergleichbares mehr, nichts, das einen auf diese Art anspringt. Es ist kaum übertrieben zu sagen: Es gibt ein Leben vor Hohl und eines danach. Und wenn wir ihn noch einmal zitieren wollen mit einem Satz, den wir absolut und ganz verstehen, dann geschieht es aus Freude an der Richtigkeit dieses Satzes, der auch richtig ist für das eigene Leben:

Stehst du aber da, so willst du vor allem anderen selber rasch noch etwas tun. Es ist aber etwas tun und solches Tun – eigenes Tun, zu dem dich nicht fremde äußere, sondern innere Gewalten nötigen –, das einzige, was Leben gibt, was retten kann.

Solches Tun nenne ich Arbeiten.

Ich schaue aus dem Fenster. Immer noch fällt Schnee. Allmählich dunkelt es ein. In wenigen Minuten wird die Straßenbeleuchtung über der Wohllebgasse angehen. Bald werde ich mir ein Abendessen zubereiten und mich dann umziehen für die Nachtschicht.

Nicht wahr – was man liest, ist vielleicht so wichtig nicht. – Denn ich muss doch selber arbeiten! Die benannten Autoren und Botschafter haben ihre Werke doch auch nur geschrieben, weil sie arbeiten und damit ihr Leben bestehen wollten. Ihre Bücher sind Bezeugungen ihrer Arbeit und nicht etwas, das mir, dem Leser, zu Erkenntnissen verhelfen soll. Keiner kann dem anderen diesbezüglich helfen.

In mir selber finde ich, was ich brauche. Auch meine Arbeit ist nichts, das einem anderen dienen soll. Sie dient mir. Sie macht mein Leben sinnvoll. Sie bringt Spannung hinein. Was ich tue und was ich selber denke, das muss mich interessieren. Und dass dies gleichzeitig bedeutungslos ist für einen anderen, soll mir nicht wehtun. Ich muss dem nachgehen, was mich etwas angeht. Und ich will mein Leben bestehen; so werde ich dafür sorgen, so zu leben, dass ich es gut bestehe.

Arbeite ich?

– Ich schreibe diesen Text, den Sie gerade lesen. Ich suche die richtigen Worte, um einen Gedanken zu bezeugen.

Ja – ich glaube sagen zu dürfen, ich arbeite.

SCHLUSSWORT

Man kann nicht vieles im Leben. Man kann etwas. Schauen wir zu, dass wir dieses Etwas umsetzen.

Wie will sich einer einen Auftrag formulieren, wenn er sich ständig ablenken lässt? – Und an Ablenkung fehlt es wahrlich nicht.

Sich mit sich zu begnügen, ist bereits ein Auftrag, die Stille auszuhalten – und dann den schmalen Weg zu begehen zum eigenen Projekt.

Es führen nicht viele Wege nach Rom. Man unterschätze diese Limitierung nicht. Es gibt für dich dahin nur einen einzigen, dünnen.

Die vielen breiten Wege führen nirgendwo hin. Sie bedeuten Stillstand. Genaugenommen sind es keine Wege.

Der schmale Weg ist ein Weg im Einzelgang hin zur Umsetzung deiner Gedanken.

Rom ist dein Werk.

P.T.